Corinna Waffender

Sterben war gestern

Kriminalroman

W0392591

Querverlag

Dieses Buch erzählt eine fiktive Geschichte. Figuren und Handlung sind frei erfunden. Ähnlichkeiten mit Lebenden oder bereits Verstorbenen sind rein zufälliger Natur.

Erste Auflage September 2011

Alle Rechte vorbehalten. Kein Teil des Werkes darf in irgendeiner Form (durch Fotokopie, Mikrofilm oder ein anderes Verfahren) ohne schriftliche Genehmigung des Verlages reproduziert oder unter Verwendung elektronischer Systeme verarbeitet, vervielfältigt oder verbreitet werden.

Umschlag und grafische Realisierung von Sergio Vitale
unter Verwendung eines Fotos von miradora.
Gesamtherstellung: CPI Moravia
ISBN 978-3-89656-190-9
Printed in the Czech Republic.

Bitte fordern Sie unser Gesamtverzeichnis an:
Querverlag GmbH und Salzgeber & Co. Medien GmbH
Mehringdamm 33, 10961 Berlin
www.querverlag.de • www.salzgeber.de

Der Raum war alles andere als einladend, auch wenn es schien, als hätte sich vor geraumer Zeit jemand Mühe gegeben, ihn ein wenig wirtlicher zu gestalten. Gut fünfzig Meter von den restlichen Gebäuden entfernt stand das lieblos eingerichtete Häuschen, das einst der Wasserwacht gedient hatte. Nun waren Sonnenliegen darin untergebracht, es standen zwei klapprige Bänke an einem nicht minder wackligen Tisch, ein Arrangement wie in Biergärten oder auf Dorffesten. Mobile Sitzgelegenheiten, die ebenso rasch wieder verschwinden konnten, wie man sie hingestellt hatte.

Leicht entzündbar, guter Brennstoff.

Der Mensch blickte flüchtig in den vier Wänden umher, erfasste die ungelenk angebrachte Wandmalerei, Ergebnis eines dilettantischen Versuchs, der rauen Oberfläche etwas Lebendigkeit abzutrotzen: Im Licht des fast vollen Mondes bildete sie unverkennbar den Strand und die See ab, die sich draußen je nach Wetterlage mehr oder weniger sanft gen Horizont erstreckten. Bei Tag stach sie hier drinnen dem Betrachter brutal farbig ins Auge. Der Sand so gelb, das Wasser so unwirklich blau, als wäre die an sich eher graue Ostsee in einem karnevalesken Schrei erstarrt. Nun verschwammen die Konturen diffus zu einer Schwarz-Weiß-Aufnahme.

Der Gestank war unerträglich. Trotz des fast immer gekippten Fensters hing der kalte Rauch unzähliger bei Regen oder Schnee gerauchter Zigaretten in der Luft. Im Winter wurde tagsüber ein kleiner Heizofen in Gang gebracht, um den dann die Plastikstühle herumgruppiert waren, die nun vor der Tür auf Waschbetonplatten unter einem Sonnenschirm standen. Sit-in der Süchtigen zwischen Yoga und Gruppentherapie. Von November bis

Februar Kuscheln bei Zähneklappern, im Frühling und Sommer bei Sonnenschein auf der Miniterrasse. Durch das vergitterte Fenster fiel der Mondschein herein, zog eine helle Spur auf dem staubigen Boden und tauchte den Raum in eine unwirkliche Atmosphäre.

Perfekter Ort für Mord.

Der prüfende Blick wanderte noch einmal durch den Raum, senkte sich auf den Tisch, auf dem eine abgegriffene Illustrierte lag, und folgte der Brise nach draußen. Der Wind ließ das Glockenspiel an der Decke leicht erzittern. Die Töne brachte er nicht zum Klingen.

Inge Nowak betrat das Foyer, als ginge sie zum Schafott. Auf den gerahmten alten Fotos im Eingangsbereich konnte sie sehen, dass sich hier in den 1920er Jahren erholungsbedürftige Industrielle getroffen hatten, bevor die Anlage vierzig Jahre später zum Erholungsheim des Freien Deutschen Gewerkschaftsbunds für arbeitsame Genossen umfunktioniert wurde. Gleich nach der Wende hatte ein Investor aus der Gesundheitsbranche zugeschlagen und das Gebäude samt Umgebung grundsaniert. Eine Anmutung altmodischer Ruhesuche war jedoch geblieben, es war merkwürdig still in der großen Halle. In roséfarbenen Drehstühlen, an Marmorbeistelltischen mit geschwungenen Holzbeinen saßen Männer und Frauen mittleren Alters mit aufgeschlagenen Büchern oder in gedämpft geführte Gespräche vertieft. Glücklicherweise sah niemand auf, als die sich vorübergehend außer Dienst befindende Hauptkommissarin ihren Rollkoffer vor der Rezeption abstellte. Unschlüssig blickte sie auf die Messingglocke, die einem Schild nach betätigt werden musste, um auf sich aufmerksam zu machen.

Niemals, dachte sie, das schaffe ich nicht. Und was soll ich überhaupt sagen? Meinen Namen? Die Krankenkasse?

Oder sollte sie nur stumm das Schreiben über den Tresen schieben, das sie ein paar Wochen zuvor erhalten hatte: *Bestätigung des Aufnahmetermins für Ihre Behandlungsmaßnahme.* Man hatte sie über die Anreisemodalitäten und die Annehmlichkeiten ihres Erste-Klasse-Zimmers mit Farb-TV und Zimmertelefon informiert sowie eine Patientenmitteilung mit umfangreichen Hinweisen beigelegt. Die Anfahrtsskizze war überflüssig gewesen, Inge Nowak hatte zuletzt vor ungefähr vier Monaten für eine längere Strecke am Steuer gesessen und nicht gewusst, wie sie jemals von der Raststätte herunterkommen sollte, auf deren Parkplatz sie sich im letzten Moment hatte flüchten können. Die Straße hatte einfach begonnen, ihre Form zu verändern, war immer enger, immer steiler geworden und hatte im Takt zu ihrem Herzschlag vibriert. Eine Fahrt von ungefähr zweihundert Kilometern wäre unmöglich gewesen, sich von ihrer Tochter Marit bringen zu lassen, undenkbar, und die Vorstellung, sich nach der Ankunft von Verónica verabschieden zu müssen, einfach zu grausam. Sie hatte also den Zug genommen. Und vom Bahnhof ein Taxi zur Fachklinik für Psychosomatik und Psychotherapeutische Medizin mit dem vielsagenden Namen *Seerose*.

Die bereits in die Jahre gekommenen Sitzmöbel im Eingangsbereich, der die Spuren der Zeit zeigende Empfang in gedrechselter Kiefer samt der kleinen Glocke, die sie noch immer nicht in die Hand zu nehmen wagte, verunsicherten Inge Nowak ebenso wie die gelben Sonnenschirme auf der großzügigen Terrasse, die hinter einer offenstehenden Glastür zu erkennen war. Für einen Augenblick fühlte sie sich zurückversetzt in die 1970er Jahre, als sie die deutsche Küste noch nicht wegen seelischer Beschwerden aufgesucht hatte, sondern zwischen ihrer Mutter und ihrem Vater an der Nordsee durchs Watt gewandert war. Das Zustellbett hatte sie mit dreizehn als Zumutung empfunden, und der bloße Gedanke, ihre Eltern könnten sich neben ihr auch nur zufällig berühren, hatte sie kaum ein Auge zutun lassen. Ähnlich schlecht schlief sie seit nun mehr einem halben Jahr, und das, obwohl von Gesellschaft in ihrem Schlafzimmer keine Rede mehr sein konnte.

„Auch gerade angekommen?"

Ein schlaksiger Kerl in Ledermontur, der eher den Eindruck eines Möchtegern-Rockers als den eines Kranken auf sie machte, stellte sich neben sie und griff beherzt nach der Glocke. Sie nickte hilflos und wäre am liebsten im Boden versunken, als der Messingschlegel hart gegen das Metall schlug und die Blicke aller im Foyer Anwesenden neugierig auf ihnen beiden verharrten.

„Warten Sie schon lange?", fragte der Riese.

Inge schüttelte den Kopf. „Höchstens fünf Minuten."

„Wird schon einer kommen."

„Bestimmt."

In ihren Schläfen pochte es, wie immer, wenn sie sich in die Enge getrieben fühlte, kurz bevor der Schweiß ausbrach, das Atemholen schwerer wurde und sie nur noch eines wollte: raus, sofort raus an die frische Luft.

Gerade als sie die fünf Stufen zum Ausgang wieder nach oben gehen wollte, erschien eine junge Frau in bunter Bluse an der Rezeption, die den Hochgewachsenen etwas fragte. Inge Nowak hörte nicht, was die beiden sprachen, sah nur ihre Münder sich öffnen und schließen und bemerkte, dass die Körper in eine eigentümliche Schieflage gerieten, die Köpfe nach links tendierten und mit ihnen das Messingglöckchen, das Schild mit der Aufschrift: *Neue Patienten bitte klingeln*. Instinktiv griff sie nach dem Rand des Tresens, verfehlte ihn knapp, fasste nach, riss ein mittelgroßes Arrangement aus rot-weißen Plastikrosen mit sich, stolperte über ihren Koffer und landete, bereits ohnmächtig, in den langen Armen des verblüfften Ledertypen.

Die energische Frau in bunter Bluse, die sich als Schwester Agathe vorgestellt hatte, händigte Inge Nowak nach einem Konglomerat von guten Ratschlägen, scherzhaften Androhungen und besorgten Fragen endlich einen Zimmerschlüssel aus. Rückzug auf ihren Balkon mit Blick aufs Meer – nach dem Wiegen, Blutabnehmen und Blutdruckmessen wollte sie nur noch eins: eine Zigarette.

„Wir haben leider kein Strandzimmer mehr für Sie."

Inge hatte die Bemerkung nur mit halbem Ohr wahrgenommen, doch als sie die Zimmertür aufschloss und sah, welche Aussicht ihr die nächsten Wochen bevorstehen sollte, begriff sie schlagartig, wie wesentlich diese Information gewesen war. Zimmer 101 lag im ersten Stock, direkt über dem Lieferanteneingang und der Ein- und Ausfahrt der viel befahrenen Bundesstraße. Ein winziger Austritt schloss mit der Überdachung des Klinikeingangs ab, eine löchrige Teerdecke, die schon bessere Zeiten gesehen hatte. Nach etwa zehn Metern endete der freie Blick aus dem Fenster auf dem gegenüberliegenden Parkplatz, eine wilde Balkenkonstruktion samt Ziegelsteinschräge versperrte die Aussicht auf ein Stück Himmel. Dafür konnte jeder, der die Klinik durch den Haupteingang betreten würde, bei zurückgezogenen Vorhängen ihr Zimmer einsehen und auf ihren Balkon spucken. Auch wenn zu diesem Zeitpunkt noch unklar war, wer daran ein Interesse haben sollte.

Sie ließ ihren Koffer mitten im Zimmer stehen und schaute sich unschlüssig um. Der Farbton der Wände passte gut zum Rosé im Erdgeschoss und zum hellen Lila des Teppichbodens. Zum zweiten Mal an diesem Tag sank die Kriminalhauptkommissarin in sich zusammen, diesmal in einen Polstersessel mit hoher Lehne. Wäre es ein elektrischer Stuhl gewesen, hätte Inge Nowak freiwillig die Stromzufuhr betätigt.

Sterben, dachte sie, sofort sterben, endlich Ruhe.

Mit geschlossenen Augen versuchte sie das eben nur flüchtig betrachtete Zimmer zu erinnern, in dem sie saß. Das kleine resopalumrandete Bett, daneben der scheinbar freischwebende Nachttisch mit einem stoffummantelten Lämpchen darauf. Von der gleichen Sorte hing noch eine Lampe von der Decke. Gab es einen Schrank? Eine Kommode? Vorhänge? Inge hielt die Augen geschlossen. Vielleicht ließ sich die Realität verändern, wenn man die Vorstellung nur intensiv genug wirken ließ.

Hör auf, immer alles schön zu reden! Sieh doch mal hin, wie es wirklich aussieht. Muss immer alles so sein und werden, wie du es dir ausgemalt hast?

Die Stimme in ihrem Kopf war ihr mehr als vertraut. Bei diesen Worten hatte Verónica damals ihre Kaffeetasse auf die Anrichte in der Küche geknallt und sie zum ersten Mal einfach sitzen lassen.

Es klopfte.

Inge Nowak öffnete die Augen und sah gegenüber an der Wand die dritte Lampe, die nicht weniger lächerlich aussah als die beiden anderen. Dann schaute sie in den kleinen Flur, von dem das winzige Bad abging und der mit der Zimmertür endete.

„Ja, bitte?“ Sie setzte sich auf, in Alarmbereitschaft.

Statt die Klinke herunterzudrücken und hereinzukommen, rief ein Mann durch die geschlossene Tür: „Ich wollte nur fragen, ob es Ihnen wieder besser geht? Und ob Sie vielleicht etwas brauchen?"

Draußen stand der Schlaksige, nun etwas leichter gekleidet, ein wenig gebeugt und mit gesenktem Kopf. Er sah aufrichtig besorgt aus. „Habe ich Sie gestört?"

Sie schüttelte müde den Kopf. „Ich hörte, Sie haben mich vor einer Gehirnerschütterung oder Schlimmerem bewahrt."

Seine Gesichtszüge entspannten sich merklich. „War mir ein Vergnügen." Dann streckte er ihr unvermittelt seine Rechte entgegen. „Gestatten Sie, dass ich mich vorstelle: Ewald Klee."

„Inge Nowak, freut mich." Sie versuchte ein Lächeln. „Oder was sagt man hier?"

Er grinste. „Vor allem, wahrscheinlich eher ‚du'."

„Wahrscheinlich, ja."

„Kommst du mit runter zum Essen?"

Gerade als sie den Kopf schütteln wollte, schob er nach: „Ich glaube, das ist eine Pflichtveranstaltung."

Schlagartig wurde ihr klar, dass sie nicht im Türrahmen eines Wellnesshotels stand und mit einer Urlaubsbekanntschaft plauderte, sondern in jener Klinik angekommen war, in die ihr Hausarzt sie mit den Worten geschickt hatte: „Sie brauchen ärztliche Hilfe, Frau Nowak, alleine kommen Sie aus Ihrer Depression nicht mehr heraus. Und vor allem werden Sie immer kränker und labiler. Ich kann die Verantwortung dafür nicht mehr übernehmen." Die Akuteinweisung in die Fachklinik *Seerose* an der Ostsee hatte sie noch am gleichen Tag bei ihrer Krankenkasse abgegeben und nun, neun Wochen später, war sie hier.

„Ich brauche noch einen Moment im Bad, okay?“

Ewald Klee nickte und trat einen Schritt zurück. „Ich warte im Foyer auf dich.“

Man hatte Inge und Ewald gemeinsam platziert. Sie saßen nebeneinander, an einem Tisch mit Seeblick, an dem sie von zwei neugierigen Augenpaaren gemustert wurden.

An Inges Platz lag eine weinrote Stoffserviette mit einem Plastikschildchen, in das ein orangefarbenes Zettelchen mit ihrem Namen geschoben worden war. Ewalds Schildchen zeigte seinen Namen auf grünem Untergrund, und sie fragte sich, ob man hier ernsthaft Männer und Frauen nach Farben unterschied und wenn ja, weshalb. Unauffällig ließ sie ihren Blick auf die Servietten der beiden Tischgenossinnen schweifen, um erstens festzustellen, dass die eine Angela Esser und die andere Ellen Weyer hieß, und zweitens, dass ihre Namen beide auf Grün gedruckt waren. Das machte sie stutzig. War sie ein besonders schwerer Fall? Würde sie eine Sonderbehandlung bekommen?

„Orange ist Fleisch“, sagte die Jüngere der beiden freundlich und deutete auf Inges Schildchen. „Muss man jeden Tag nach dem Frühstück in den Schrank da drüben hängen.“

Wahrscheinlich so alt wie Marit, um die Dreißig, dachte Inge Nowak. Die Ältere daneben war schätzungsweise fünfzig, also ungefähr in Inges Alter. Hatte sie auch so tiefe Furchen auf der Stirn? Und solche Tränensäcke unter den Augen?

Ellen Weyer zeigte in Richtung Buffet und auf das Loch am oberen Rand des Namensschildchens. „Du hast zwei so Kärtchen. Grün ist vegetarisch, Orange Fleisch. Was du haben willst, lässt du liegen, das andere hängt im Schrank.

Wenn du weißt, dass du nicht zum Essen kommst, hängst du beide in den Schrank."

Inge sah zu Ewald. Der hob abwehrend die Hände. „Ich hab auf dem Anmeldezettel schon angekreuzt, dass ich Vegetarier bin."

Sie konnte sich nicht erinnern, überhaupt einen Anmeldezettel ausgefüllt zu haben. Aber sie konnte sich an einiges nicht mehr erinnern. Es gab in ihrem Kopf eine Zäsur, und dahinter lag ein tiefer Abgrund, dem sie sich nur ungern näherte. Schon die Vorstellung, zu nah an seinen Rand zu treten, verursachte ihr Schwindel. In ihrer Fantasie stand unweit davon ein Baum, an dessen Stamm sie manchmal lehnte und den sie, wenn sie besonders verzweifelt war, so fest umarmte, dass sie fast die raue Rinde an ihren Wangen spüren konnte. Von dort blickte sie in ihr Inneres, eine in Dämmerung getauchte Weite, die in der Ferne verschwamm. Irgendwo dahinter lauerte der Krater, in dem ein Teil ihrer Gedanken versunken war und damit auch ein Stück des unsagbaren Schmerzes.

„ … wer eure Bezugstherapeuten sind?"

Inge hörte Ewald sagen: „Wir sind beide erst heute Mittag angekommen. Ich hab noch gar nichts bekommen. Nur mein Zimmer."

„Wohnst du zum Strand raus?", fragte Ellen Weyer interessiert. Sie hatte ein hübsches Gesicht und wache Augen. Schöne Augen, dachte Inge für einen Moment, und sofort stieg etwas Zitterndes in ihr auf und verschwand hastig hinter der Stirn.

„Ja. Wunderbarer Seeblick." Ewald lehnte sich zurück. „Ich schau gern aufs Meer."

„Und du?" Der Blick ihres Gegenübers traf sie unvorbereitet.

Inge errötete, entschloss sich aber zur Offensive. „Mein Bezugstherapeut heißt Zikowski, meine Ärztin Meyfarth und beide zusammen sind ungefähr so groß wie mein Zimmer. Gott sei Dank keine Aussicht aufs Meer. Endlose Weite hab ich in mir genug."

Die drei am Tisch lachten herzlich, und zum ersten Mal entspannte Inge sich ein wenig. Sie war also offenbar noch gesellschaftsfähig und konnte Erheiterndes zu einem Gespräch beitragen.

„Dann bist du in unserer Gruppe", sagte Ellen. „Also, ich hab ja nur noch zweimal."

„Wie lange seid ihr denn schon hier?", fragte Ewald die beiden Frauen.

Ellen Weyer lächelte versonnen. „Ich drei Wochen, morgen ist mein letzter Tag." Sie machte einen zufriedenen Eindruck, überhaupt sah sie sehr entspannt und gut erholt aus.

Anders Angela Esser. Ihre Stimme klang brüchig. „Ich bin vor sieben Wochen gekommen." Sie hielt den Blick gesenkt, als schämte sie sich für ihre Antwort und das, was sie nun hinzufügte. „Und ich muss wohl noch eine Weile hierbleiben."

Warum?, lag es Inge auf der Zunge, doch im letzten Moment hielt sie das Wort zurück. Sie war hier nicht beim Verhör, und im umgekehrten Fall hätte sie eine solche Frage unangemessen gefunden, mehr noch, sie fürchtete sich davor, dass sie ihr gestellt würde. Sie wollte niemandem erklären, weshalb sie hier war. Aber der Moment, in dem sie es müsste, würde kommen, da war sie ganz sicher.

Zimmer 101 lag nach dem Mittagessen vollends im Schatten. Inge zog die Gardinen samt den Vorhängen zur Seite, öffnete die Balkontür und setzte sich in den Sessel davor. Hier konnte sie unmöglich rauchen, der Qualm wäre direkt in den Eingangsbereich abgezogen, und sie hätte ihren Koffer gar nicht erst auspacken müssen.

„Im Haus und seiner näheren Umgebung", so hatte Schwester Agathe erklärt, „herrscht absolutes Rauchverbot. Das gilt auch für die Balkone, die Gartenanlage und den Privatstrand. Einzige Ausnahme: der Raucherraum außerhalb, am Ende des Geländes. Wer innerhalb der Klinik woanders beim Rauchen erwischt wird, wird sofort und ohne Zögern nach Hause geschickt und trägt die Kosten selbst, die seiner Krankenkasse dadurch entstehen."

Inge war nach dem Essen ihrer Tischnachbarin Ellen in den Raucherbereich gefolgt: „Zwischen den Anwendungen hast du kaum Zeit hierherzukommen, um eine zu rauchen. Die meisten gehen einfach über die Straße in den Wald, hinter den Parkplatz. Geht schneller."

Sie waren stumm nebeneinander hergelaufen, bis Ellen schließlich fragte: „Was machst du denn sonst so?"

Obwohl sie sich fest vorgenommen hatte, mit niemandem über ihren Beruf zu reden, hatte sie geantwortet: „Ich bin bei der Polizei." Das klang nach Uniform und verriet nicht allzuviel.

„Wow!"

Doch bevor Ellen hatte weiterbohren können, war Inge eingefallen zu sagen: „Du machst doch bestimmt auch was Interessantes."

Augenblicklich hatte sich Ellens Gesicht aufgehellt: „Ich bin Journalistin. Fest angestellt bei einer Tageszeitung."

„Toll!", hatte Inge bemerkt und gespürt, wie sich etwas in ihr verschloss. Sie traute Presseleuten eher wenig und ging ihnen beruflich lieber aus dem Weg. Öffentlichkeitsarbeit überließ sie grundsätzlich anderen, in ihrem ganzen Leben hatte sie noch nie ein Interview gegeben. Glücklicherweise hatten sie bereits die anderen Raucher erreicht, die um einen Tisch mit zwei überquellenden Aschenbechern saßen, neben denen diverse Zigarettenpäckchen und Tabakbeutel lagen.

„Wir kriegen Verstärkung", hatte Ellen Weyer gesagt und auf Inge gedeutet.

Die Männer und Frauen hatten mehr oder weniger freundlich genickt, einer hatte gesagt: „Willkommen im Raucherklub!", und man stellte sich mit Vornamen vor. Kurz darauf war das unterbrochene Gespräch wieder aufgelebt, und Inge flüchtete, nachdem sie ihre Zigarette nach drei Zügen hastig zwischen einem Berg voller Kippen ausgedrückt hatte, in ihr Zimmer. Die Tatsache, dass draußen ein Meer rauschte, änderte für Inge Nowak überhaupt nichts. Sie war unempfänglich für schöne Anblicke, im Gegenteil, sie versagte sie sich geradezu. Jeder Moment der Freude erinnerte sie schmerzlich daran, dass sie ihn nicht verdiente.

„Soll ich mitkommen?", hatte Verónica am Bahnhof scherzhaft gefragt.

Am liebsten hätte Inge genickt und geantwortet: „Ja, komm mit mir. Lass mich bloß nicht alleine."

Doch sie wusste viel zu gut, dass nicht nur sie klinikreif war, sondern dass auch ihre Freundin eine Pause brauchte. Eine Pause von ihr und ihrer Schwermut.

Inge war müde, hätte gern die Augen geschlossen, doch der Schwindel hielt sie davon ab. Seit Wochen spielte ihr Gleichgewichtssinn verrückt, die Welt um sie herum hatte begonnen, leicht zu schwanken. Am Anfang war ihr latent übel gewesen, inzwischen hatte sie sich daran gewöhnt, dass der Film vor ihren Augen aus den Fugen geraten war, die Leinwand sich von Zeit zu Zeit verschob. Sie versuchte ihren Blick auf einen festen Punkt zu richten, auf ein Schild neben der Parkplatzzufahrt, das sie auf die Entfernung nicht lesen konnte. Wahrscheinlich stand dort: *Auf Rauchen steht die Todesstrafe!,* und Inges Lust, sich eine Zigarette anzuzünden, war kaum zu unterdrücken.

Verónica wäre sicher etwas eingefallen. Nikotinkaugummis, Akupunkturpflaster oder eine dieser Elektrozigaretten, die man auch im Flugzeug rauchen durfte. Für die gemeinsame Amerikareise hatte sie vier davon im Internet bestellt und Inge war ihr dafür im Flieger um den Hals gefallen. Verónica wäre vorbereitet gewesen, sie kam mit allem besser zurecht. Auch damit, dass Inge mit gar nichts mehr zurechtkam. Inge erledigte ihren Alltag wie eine Art Pflichtprogramm, aß und trank sich leidenschaftslos durch den Tag, kämpfte gegen die Tränen bis zum Abend, bis zu dem Fläschchen, aus dem sie 25 Tropfen auf einen Löffel träufeln durfte, um danach wenigstens für ein paar Stunden in ein schwarzes, traumloses Loch zu fallen. Eine gnädige Pause, um zwei Gedanken zu entfliehen, die sich unaufhörlich in ihrem Kopf drehten: dass sie schuld war und dass sie eine Waffe besaß, mit der sie sich töten könnte, wann immer sie wollte.

Im Inneren von Kriminalhauptkommissarin Inge Nowak herrschte Dunkelheit. Es gab keinen Horizont, an dem eine Sonne aufging. Es war eher so, dass sie unaufhörlich unterging, ein brennender Ball hinter pechschwarzen Bergen, ein Leuchtfeuer der Angst, es war die Katastrophe selbst, die lange Schatten warf, bis zu dem Punkt, an dem sie stand, barfuß, nackt und ohne Ziel. Es gab nichts, worauf sie zuging, nichts, was in der Ferne lag und lockte. Es gab nur die bleierne Schwere in der Luft, die das Herz stolpern ließ und in der Magengrube ein steinernes Gewicht versenkte. So sah sie sich, wenn sie mitten in der Nacht erwachte und keinen Schlaf mehr fand: eine in die Erde gepflockte Figur, schutzlos der Kälte ausgeliefert, die unerbittlich durch das riesige Loch strömte, das die Katastrophe in ihr Leben gerissen hatte. Ihr Zuhause war in schwindelerregender Geschwindigkeit in sich zusammengefallen, aller Schutz mit einem Schlag wie weggefegt, übrig geblieben war nur sie, allein und bis auf die Knochen entblößt. Eine Büßerin, die zugleich ihre eigene Richterin war, unerbittlich und unempfänglich für Vergebung. Sie hatte einen Fehler begangen und würde ihn nie wieder gutmachen können.

Deshalb hatte sie das Gleichgewicht verloren, deshalb rauschte ein Ton in ihrem linken Ohr und deshalb war sie hier.

Draußen vor der Eingangstür hatte sich eine kleine Menschenansammlung gebildet, Frauen und Männer unterschiedlichen Alters in Trainingskleidung, einige hielten Nordic-Walking-Stöcke in der Hand und unterhielten sich. Der Gedanke, dass auch sie, vielleicht schon morgen, in Jogginghose und Turnschuhen zum Appell antreten, durch Felder und Wälder rennen oder sich Arme und Beine auf Yogamatten verrenken müsste, machte Inge Nowak panisch. Ihre körperliche Verfassung war denkbar schlecht, sie hatte in den letzten Monaten an die zehn Kilo abgenommen, zuletzt hatte sie sich kaum mehr aufraffen können, regelmäßig zu essen. Sie pendelte von ihrer Wohnung ins Kommissariat, vom Schreibtisch zu Tatorten und wieder zurück, um gegen sieben Uhr abends leise durch den Hausflur zu schleichen, möglichst lautlos die Treppen hinauf, schnell vorbei an der Wohnungstür im dritten Stock, betend, dass sie nicht aufginge und die vorwurfsvollen Augen sie nur hinter dem Spion zum Teufel wünschten.

Fünf vor drei.

Inge schreckte hoch, sie musste sich beeilen: Um drei, so war ihr gesagt worden, erwartete man sie in Raum 4 im Untergeschoss zur Gruppentherapie. Sie warf einen schnellen Blick auf ihr Gepäck, für das sie jetzt keine Zeit mehr hatte. Eines musste sie jedoch dringend auspacken und im Safe verwahren, bevor sie das Zimmer verlassen würde: ihre *Sig-Sauer P6* samt Munition. Beides unrechtmäßig mitgeführt.

Was tat ein Mensch, bevor er willentlich ein Leben auslöschte? Er ging wieder und wieder den Ablauf durch und vergewisserte sich, an alles gedacht zu haben. Und es gab so viel dabei zu bedenken: den rechten Ort, die rechte Zeit und das geeignete Werkzeug. All das stand an diesem Nachmittag längst fest. Die Tatwaffe lag bereit, die noch fehlenden Hilfsmittel harrten ihrer rechtzeitigen Entwendung, und niemand, absolut niemand, schöpfte Verdacht. Der Mensch, der einen Mord plante, tat die gewöhnlichsten Dinge. Er aß und trank wie jeden Tag um die gleiche Zeit, er erfüllte seine Pflichten und verhielt sich unauffällig. Seine Kleidung wies für Ahnungslose nicht darauf hin, was er vorhatte, denn er würde sich noch umziehen für den Moment, in dem er zur Tat schreiten würde. Sein Wagen war nicht sauberer als sonst, seine Fingernägel gepflegt wie immer, und seine Hände zitterten nicht. Eine gewisse Nervosität war zwar bei genauerem Hinsehen nicht zu leugnen, doch dafür gab es einfachere Erklärungen als eine Tötungsabsicht. Nach außen wirkte er vollkommen ruhig und zeigte keinerlei Auffälligkeiten. In ihm sah es anders aus. Sobald der Gedanke aufkam, er könnte mit dem beabsichtigten Handeln einen Fehler begehen, setzte eine Art Selbsthypnose ein. Der kleinste Zweifel an dem zu Erledigenden wurde noch im selben Moment seines Aufkommens niedergemetzelt, und an seine Stelle traten überzeugende Argumente, die über jede Unsicherheit erhaben waren, mantramäßig wiederholt wurden, bis wieder Klarheit im Kopf herrschte: Es war schlicht und ergreifend der einzige Ausweg.

Als Inge durch die offene Tür trat, saßen bereits Patienten auf einigen der Stühle, die im Kreis aufgestellt waren, unter ihnen Ellen und Angela. Am anderen Ende des Raums führte eine Glastür in den Strandgarten, durch ein riesiges Fenster vom Boden bis zur Decke schien die Sonne und tauchte den hell gestrichenen Raum mit dem honigfarbenen Parkettboden in gleißendes Licht. Inge setzte sich zwischen Glastür und Eingang, zu ihrer eigenen Sicherheit behielt sie die Fluchtwege im Auge.

Nach und nach hatten sich alle einen Platz gesucht, und schließlich betraten zwei Therapeuten den Raum. Dr. Juliane Meyfarth und Dr. Roland Zikowski. Sie, so hatte Inge im Erstgespräch erfahren, war nicht nur Psychologin, sondern auch praktische Ärztin und zuständig für die körperlichen Leiden ihrer Patienten, die ihrer Ansicht nach nur Ausdruck einer kranken Seele waren. Mit ihrem Kollegen würde sich Inge Nowak zweimal die Woche treffen, um, so hatte Juliane Meyfarth zuversichtlich durchblicken lassen, ihre persönlichen Anliegen zu klären. Inge Nowak übersetzte diese Mitteilung so, dass Zikowski für das Reden zuständig sein würde und Meyfarth für die Pillen. Inge war froh, dass die Ärztin nicht viel Zeit gehabt hatte und nach einer kurzen Abfrage, ob sie regelmäßig Tabletten einnehme, kürzlich operiert worden sei oder unter chronischen Krankheiten leide, eine zweite Untersuchung für nach dem Wochenende angeordnet hatte. Ihre Krankenakte, so Meyfarth, sei noch in der Verwaltung, und die müsse sie zuerst noch genauer studieren.

„Einen guten Donnerstagnachmittag wünsche ich!“ Es war Dr. Zikowski, der die Gruppensitzung eröffnete. „Vielleicht machen wir erst mal eine kleine Befindlichkeitsrunde, wir haben uns schließlich zwei Tage nicht gesehen. Sagt doch bitte noch euren Namen dazu, wir begrüßen heute nämlich ein neues Mitglied in unserer Gruppe. Ich fange mal an: Mein Name ist Roland, in diesem Kreis duzen wir uns ja alle. Ich arbeite seit drei Jahren als Therapeut hier in der Klinik und das mit sehr viel Freude.“ Bei diesen Worten nickte er Inge lächelnd zu, und sie spürte, wie es in ihrer Brust enger wurde. Sie bemühte sich, souverän zurückzulächeln, und warf einen schnellen Blick in die Runde.

„Wollen wir noch kurz an die Gruppenregeln erinnern?“, meldete sich nun Dr. Meyfarth zu Wort und gab die Antwort gleich selbst: „Alles, was wir hier besprechen, bleibt in dieser Gruppe. Wir reden mit den anderen Patienten nicht darüber, was wir hier hören und erleben, es ist ein Schutzraum des Vertrauens und des Aufgehobenseins. Wir versuchen immer von uns selbst zu sprechen und nicht zu verallgemeinern, also nicht *man* denkt, sondern *ich* denke, zum Beispiel. Und das Allerwichtigste: Wir verlassen während der Therapiestunde nicht den Raum. Wir können aufstehen, im Raum herumgehen, uns, wenn es gar nicht mehr geht, aus dem Kreis bewegen, aber wir bleiben hier." Sie sah die anderen an: „Hab ich was vergessen?"

„Pünktlichkeit!", antwortete eine ältere Frau mit einem vorwurfsvollen Unterton in der Stimme, den Inge nicht mochte.

„Stimmt. Wir wollen pünktlich anfangen und pünktlich aufhören, danke, Anita."

Anita nickte zufrieden und sah dabei zu einem sehr sportlich wirkenden Mann, der sich erst kurz nach der Begrüßung des Therapeuten auf den letzten freien Platz gemogelt hatte.

Nacheinander nannten die Patienten ihre Namen, erzählten kurz, was sie in der Woche erlebt hatten, wie es ihnen gerade ging und was sie momentan beschäftigte. Je näher die Reihe an Inge Nowak kam, umso schneller purzelten ihre zurechtgelegten Worte im Kopf durcheinander. Was um alles in der Welt sollte sie sagen? Wie viel von sich preisgeben?

Nun waren alle Augen auf sie gerichtet.

„Inge. Inge Nowak." Als ob ihr Nachname hier von Bedeutung wäre.

„Herzlich willkommen, Inge. Möchtest du uns vielleicht sagen, was du dir von deinem Aufenthalt in der Klinik erhoffst?"

Inge sah den Therapeuten an, als hätte er Kisuaheli gesprochen. Und schüttelte den Kopf. Nicht ohne zu denken, dass sie sich wie ein kleines bockiges Mädchen benahm. Sie spürte, wie ihr die Röte ins Gesicht stieg.

„Das ist in Ordnung. Vielleicht magst du es ja ein anderes Mal erzählen."

Wenn ich es nur wüsste, dachte Inge. Wenn ich nur wüsste, was ich hier soll.

Manchmal konnte der Mensch alles um sich herum vergessen. Das kam vor allem vor, wenn er gefordert wurde, und es lag daran, dass er sich dabei beobachtete. An diesem Morgen hatte der Mensch kaum Zeit, sich daran zu erinnern, dass er töten wollte, denn er machte seine Sache mit Hingabe. Mit allen Sinnen bei dem zu sein, was man tat und zur selben Zeit neben sich zu stehen, erforderte große Konzentration. Vielleicht in etwa so, wie zwei Rollen in einem Theaterstück zu spielen: Niemand durfte merken, dass man ein- und derselbe Schauspieler war. Der Mensch hatte diese Fertigkeit schon früh gelernt. Wegducken hier, sich aufrichten da. Und immer die Wahrheit verstecken. Den Hunger, der kein Hunger, sondern Gier war, verschlucken bis zur nächsten Gelegenheit, ungesehen die weggeworfenen Pausenbrote aus den Papierkörben angeln, am frühen Nachmittag, bevor der Hausmeister sie leerte. Sich einverleiben, was die anderen übrig ließen, weil ihre Reste immer noch besser waren als der Inhalt des heimischen Kühlschranks. Die Scham aushalten, wenn es der Lehrer gut meinte und mit nach Hause kam. Nach Hause. Drei Zimmer für fünf im Erdgeschoss, ein Stockwerk über den Ratten. Jeder will aus der Siedlung raus, aber die von ganz unten, die bleiben, hieß es, oder vielleicht hatte der Mensch sich das auch nur ausgedacht, kurz bevor er dem Elend endgültig den Rücken kehrte. Den Ungelernten, den Ungehobelten, den Sozialhilfeempfängern und dem Geruch nach Kohl im Treppenhaus. Der Mensch besaß zu diesem Zeitpunkt nichts als ein Stück Papier, das bezeugte, dass er nicht dumm war. Den Rest galt es zu beweisen. Nur nicht die Herkunft verraten, alles dafür tun, sie nicht zu erinnern und Fakten schaffen, die jeden Gedanken daran im Keim erstickten.

Sich selbst dabei zuzusehen, ein neuer Mensch zu werden, vielleicht überhaupt erst ein Mensch zu werden, dient der Selbstkontrolle. Man darf dabei keine Fehler machen, nicht zögern und sich nicht verunsichern lassen: Der Weg nach oben ist steil, steinig und kostet Kraft. Aber er lohnt sich. Denn vom Gipfel aus betrachtet, ist der Rest der Welt verschwindend klein und der Mensch, der ihn erklimmt, Teil des mächtigen Bergmassivs. Solange man sich an der Spitze orientiert, kann einem nichts passieren. Nur nicht in den Abgrund sehen. So dachte der Mensch, während er sich dabei beobachtete, wie er mit bedächtigen Schritten zu einem Fenster ging. Seine Schritte waren fest und er zufrieden mit seinem Auftreten. Erst als er sich wieder setzte, sah er für einen Augenblick deutlich vor sich, was ihm bevorstand, und sein linker Mundwinkel zuckte bei dem Gedanken ganz leicht.

Während Inge im Therapieraum ihren Gedanken nachhing und versuchte, die Aufmerksamkeit von sich abzulenken, indem sie unbeirrt auf einen unsichtbaren Punkt auf dem Boden starrte, hatten die anderen begonnen, Vorbereitungen für eine Familienaufstellung zu treffen. Inge hatte von Berger schon darüber gehört. Seit er nicht mehr an ihrer Seite ermittelte, sondern sich der Gewaltprävention verschrieben hatte, begeisterte er sich für moderne Therapiemethoden. Ganze Systeme ließen sich angeblich in einer Art Laientheater aufstellen, ihrem Kollegen nach zu urteilen eine vortreffliche Methode, alte Muster aufzulösen und sich von überkommenen Abhängigkeiten und ungelösten Konflikten zu befreien.

Es ging um Anita. Der vielleicht Sechzigjährigen war inzwischen jegliche Farbe aus dem Gesicht gewichen und sie sah aus, als würde sie jeden Augenblick zusammenbrechen. Die Stühle standen nun an der Wand, die Gruppenmitglieder hatten sich im Raum verteilt. Inge hielt sich nahe der Tür, die Arme vor dem Körper verschränkt. All das war ihr nicht geheuer. Wie durch Nebel sah sie dabei zu, wie Anita einen Mann und eine Frau aussuchte und sie stellvertretend als ihre Eltern mitten im Raum platzierte. Dann ergriff sie die Hand einer anderen, jüngeren Frau und sagte zu ihr: „Du bist mein inneres Kind."

Nicht weniger ernst erwählte sie einen zweiten Patienten, der zwei Köpfe größer war als sie selbst: „Und du bist mein Beschützer."

Die beiden stellte sie den Elternvertretern gegenüber, dazwischen legte sie ein Bambusrohr, das der Therapeut ihr gereicht hatte.

Schwachsinn, dachte Inge Nowak, vollkommener Schwachsinn. Was zum Teufel, mache ich bloß hier?

Gerne wäre sie einfach durch die Glastür verschwunden, hätte sich draußen hingesetzt und in aller Ruhe eine geraucht. Aber es war ja verboten, den Raum zu verlassen. Stattdessen musste sie mit anhören, wie Anita den Auserwählten Namen gab und kurz erklärte, wo sie in der Familienhierarchie standen.

Schließlich hatte man sich fertig gruppiert und das konzentrierte Schweigen im Raum deutete daraufhin, dass es losging.

„Mutter", sagte Anita in die Stille zu der Frau vor ihr und ihre Stimme zitterte. „Deine Liebe habe ich nie gespürt. Du hast mir immer nur Geld gegeben. Wolltest ein besseres Leben für mich, als du es selbst hattest. Ich sollte tun, was du nicht geschafft hast. Weil du dich nie getraut hast, deinen Weg zu gehen. Weil du Angst hattest, Vater zu verlassen. Und mich."

Bei diesen Worten schluchzte plötzlich der junge Mann auf, der zu spät gekommen war. Er hatte sich in die hinterste Ecke des Raums verkrochen und verbarg nun den Kopf in den Armen. Auch Inge spürte eigenartigerweise einen Kloß im Hals. Die sogenannte Mutter war nur wenige Schritte von ihr entfernt und unwillkürlich trat sie ein wenig zur Seite, sodass sie jetzt mehr hinter dem Vater stand.

Anita sprach jetzt lauter. „Heute darfst du mich verlassen, ich bin alt genug, meinen Weg allein zu gehen."

Die Angesprochene hob versöhnlich die Arme, doch Anita wich zurück.

„Lass mich. Ich habe lange genug darauf gewartet, dass du dich um mich kümmerst. Jetzt ist es zu spät. Hab lieber den Mut, endlich du selbst zu sein."

Damit wandte sie sich der Vaterfigur zu.

Ihre Stimme wurde weicher. „Du hast dich verraten, verleugnet und bist an deiner Todesangst zugrunde gegangen. Du bist einfach abgehauen und hast mich alleine gelassen." Anita liefen nun Tränen über das Gesicht, und Inge spürte einen Druck am Körper, als käme ihr eine Welle entgegen. Der Mann vor ihr schwankte und stammelte etwas, machte einen Schritt zurück, doch Anita ließ ihn nicht zu Wort kommen.

„Ich habe mich fünfzig Jahre lang für euch bestraft. Mich nie getraut, zu tun, was ich wirklich will. Einen Beruf ergriffen, den ich nicht mag, einen Mann geheiratet, der nicht gut für mich ist, eure Krankheiten bekommen und in eurem Gefängnis voller Zwänge und Lügen gesessen. Ich werde euch jetzt zurücklassen und in eine Zukunft ohne euch gehen. Dort wartet ein neues Leben auf mich."

Inge hatte das Gefühl, mit aller Gewalt Richtung Tür gedrängt zu werden.

Anita atmete tief durch, schaute noch einmal vom einen zur anderen und setzte dann zum Rückzug an. Je dichter sie dem Bambusstock auf dem Boden kam, umso fragiler erschienen Inge die gespielten Eltern, von denen die Tochter sich entfernte.

„Mutter, Vater – ich vergebe euch, ihr seid frei." Anita trat entschlossen auf die andere Seite des Bambusstocks, dann veränderte sich plötzlich ihr Gesicht und ihre Lippen formten sich zu einem Lächeln. „Und ich bin es auch."

In diesem Augenblick begann Inge Nowaks linker Oberschenkel zu kribbeln. Als würde eine Armee Ameisen über sie herfallen und die Kraft aus ihren Muskeln saugen, musste sie in die Hocke gehen. Durch die Lücke der Beine vor ihr sah sie, wie Anita die Seite wechselte, die Eltern keines Blickes mehr würdigte und der jüngeren Frau auf der anderen Seite des Bambusstockes, die ihr einen Schritt entgegengegangen war, in die Arme fiel. Sie hörte nicht, was gesprochen wurde, der Tinnitus wütete in ihrem Ohr, sie war wie in Watte gepackt, und nun erst bemerkte sie, dass ihr Tränen aus den Augen liefen. Unmöglich aufzustehen, unmöglich, Contenance zu bewahren, etwas hatte von ihr Besitz ergriffen, und entgegen allen ihren Vorsätzen, sich nichts und niemandem jemals wieder zu nähern, ließ sie es geschehen, dass jemand sie an sich zog, ließ sich sanft wiegen, vergrub ihren Kopf in einem fremden Schoß und schlang ihre Arme um weiche Hüften, von denen sie keine Ahnung hatte, wem sie gehörten.

Verónica Sánz saß an Inges Schreibtisch und starrte auf den Bildschirm des längst abgeschalteten Computers. Noch vor ein paar Tagen hatte sie Inges Abreise kaum erwarten können, hatte sich erhofft, dass der räumliche Abstand zwischen ihnen Luft zum Durchatmen bringen könnte und sie sich weniger angespannt fühlen würde. Doch das Gegenteil schien einzutreten. Kaum war Inge in den Zug gestiegen und Verónica in die S-Bahn, hatte eine bisher ungekannte Müdigkeit sie überfallen. Im Büro, während der täglichen Teambesprechung hatten ihre Augen zu tränen begonnen, und Erkner hatte natürlich gedacht, sie weine wegen Inge.

Am Nachmittag waren sie zusammen bei einer Zeugenbefragung gewesen, und ihr Kollege, der in Inges Abwesenheit auch Leiter der Mordkommission war, hatte sie danach auf eine Pizza im Stehen eingeladen.

„Quatsch, ich bin nicht traurig. Ich bin wahnsinnig froh, dass Inge endlich in der Klinik ist und professionelle Hilfe bekommt. In den letzten Wochen hatte ich echt Angst, dass sie zusammenklappt."

„Und du?"

„Wie, ich?"

„Wann klappst du zusammen?"

„Ich hab doch gar keinen Grund dazu."

Der Hauptkommissar runzelte die Stirn und schüttelte heftig den Kopf.

„Entschuldige, wenn ich dir zu nahe trete, aber mir scheint, deine Wahrnehmung ist gestört. Ihr habt doch genauso lang den gleichen Stress, wieso sollte es dir denn besser gehen?"

„Weil ich nur Nebendarstellerin in dem Film bin?"

„Und wer hat die Rollen verteilt?"

Verónica zog eine Salamischeibe von dem Pizzabelag ab und kämpfte mit dem Käse dazwischen. Sie wusste nur allzugut, wie recht Frank Erkner hatte. Ausgesprochen hatte sie es höchstens wütend im Streit mit Inge und sich danach geschämt.

„Der unbekannte Regisseur, der sich dieses Scheißdrama ausgedacht hat?", fragte sie scherzhaft.

„Falsch. Der hat nur das Drehbuch geschrieben. Den Rest habt ihr improvisiert." Erkner wischte sich mit einer dünnen Serviette über den Mund, zerknüllte sie und warf sie in einen Mülleimer, der gleich neben ihm stand. „Und wie ich finde, durchaus auch auf deine Kosten."

So hatte er in all den Jahren nie mit ihr gesprochen und Verónica wusste nicht, ob sie es als unangenehm empfand oder einfach nur von seiner Offenheit überrascht war.

„Auch auf die Gefahr hin, dass du mich grenzüberschreitend findest", fuhr er fort und drückte dabei das Blech seiner leeren Coladose ein. „Ich glaube, du solltest damit aufhören, immer nur an Inge zu denken. Wer kümmert sich denn um dich? Was ist denn mit dir? Willst du mir erzählen, dass an dir alles spurlos vorbeigegangen ist? Das Mädchen seit Monaten in der Klinik, ihre Mutter hasserfüllt im selben Haus, das Disziplinarverfahren gegen Inge und vor allem ihr Zustand seitdem? Natürlich hatte sie allen Grund dazu, den Boden unter den Füßen zu verlieren. Aber sie ist nicht das einzige Opfer." Fast hatte er sich in Rage geredet, und Verónica fragte sich, wie lange er diese Gedanken schon für sich behalten hatte. Er holte Luft und dämpfte seine Stimme. „Was ich sagen will, ist: Ich habe vollstes Verständnis für Inge und ihre Situation. Aber ich verstehe nicht, wie sehr du dich davon mitreißen lässt. Ich kenne dich jetzt seit fast zehn Jahren und davon sieben als Kollegin. Ich hab dich noch nie so wenig lachen hören, noch nie so nachdenklich gesehen und noch nie so unkonzentriert erlebt. Wo ist deine Lebensfreude?"

Verónica verzog leicht das Gesicht. „Das ist nicht so einfach, wie du denkst. Wenn du Tag für Tag mit einem Menschen zusammen bist, der sich in den Keller seiner selbst zurückgezogen hat, zieht es dich automatisch auch nach unten."

„Hübsche Metapher."

„Ich gebe mir Mühe." Sie sah auf die Uhr. „Oje, wir müssen los." Sie schob die Pappteller zum Wegwerfen zusammen. „Aber ich habe die Lektion verstanden. Irgendwie bin ich auch froh, dass ich die nächsten vier Wochen alleine bin. Ich bin, glaube ich, wirklich ziemlich erschöpft."

„Erschöpft? Du bist fix und fertig, Mädchen." Erkner trat einen Schritt zurück, damit sie leichter an den Mülleimer kam. „Und deshalb gehst du jetzt nach Hause."

„Unsinn, wir …"

„… machen heute gar nichts mehr, den Papierkram schaffe ich alleine. Und morgen ist Freitag, da will ich dich nicht im Büro sehen. Du machst dir jetzt einfach drei ruhige Tage. Das ordne ich an, das kann ich, ich bin nämlich für die nächsten vier Wochen dein Chef." Er grinste und hielt ihr die schmuddelige Tür der Stehpizzeria auf. „Nach dir."

Draußen blieb Verónica stehen und für einen winzigen Moment verspürte sie das Bedürfnis, Frank Erkner zu umarmen. Stattdessen wartete sie, bis sich die Tür hinter ihm geschlossen hatte, sah ihn nur ernst an und sagte leise: „Danke."

Wenn Ereignisse keine Schatten vorauswarfen, konnten sie nicht so schlimm sein. Wenige Stunden, bevor er einen anderen töten würde, saß der Mensch in einem von der letzten Nachmittagssonne beschienenen Zimmer und schaute hinaus. Er dachte, dass die Fenster dringend geputzt werden müssten. Auch war es an der Zeit, dass sich jemand um den Garten kümmerte. Vielleicht wäre das eine schöne Beschäftigung für die Tage danach, in gewisser Weise ein körperlicher Ausgleich für die geistige Anstrengung der vergangenen Wochen. Der Mensch hatte noch nie Sträucher beschnitten, ein Beet bepflanzt oder Unkraut gejätet. Aber er gönnte sich den Luxus, sich mit Grün zu umgeben. Er, der zwischen Waschbetonplatten und Wäscheleinen groß geworden war, wo schlechtgelaunte Nachbarinnen unerbittlich über den abgezirkelten kurzgeschorenen Rasen für ihre Bettlaken und Handtücher herrschten. Von Blumen und Bäumen weit und breit keine Spur, ein wenig Wildwuchs im Schotter an den nahegelegenen Bahngleisen, sonst alles Grau in Grau.

Ein Garten, so schien es dem Menschen Jahrzehnte später, war der Inbegriff des geordneten Rückzugs der Seele. Ein überschaubarer Raum halbwegs gezähmter Natur, der seinem nicht seltenen Bedürfnis nach Ruhe und Einfachheit entsprach. Sitzen und lesen unter Bäumen entspannte ihn ebenso sehr wie das Hören klassischer Musik vor dem Einschlafen. Und wurde nicht gerade der Gärtner immer scherzhaft für den Mörder gehalten? Wäre es nicht eine geradezu feinsinnige Volte, sich im Garten zu verschanzen, bis alles vorüber wäre? Der Mensch mit Sinn für Humor ließ seinen Blick schweifen: Die Hecken wucherten wild, die Beete waren mit Unkraut durchsetzt, der Frühling hatte ganze Arbeit geleistet. Aus den bis vor wenigen Wochen noch kahlen Ästen sprossen grüne Blätter, die Forsythien blitzten unverschämt gelb und die Krokusse hielten wacker dem Ostwind stand. Auch die letzten Knospen an den Sträuchern standen kurz vor dem Bersten. So wie die Pflanzen hatte auch der sonnenhungrige Mensch nach einem langen Winter nach der Wärme gelechzt und sich, wie so viele, auf die ersten Narzissen gefreut. Für einen winzigen Moment wurde er melancholisch: Es würde jemanden geben, der das große Blühen nie mehr zu Gesicht bekäme, und kein anderer als er hätte das zu verantworten. Doch die Schwere in ihm war flüchtig, hielt nicht lange genug an, ihn zweifeln zu lassen. Sein Entschluss stand fest, die Dinge hatten bereits ihren Lauf genommen. Und so wie der Frühling täglich Leben neu erweckte, so war der Mensch bereit, eines auszulöschen.

„Warum kommst du nicht mit zum Strandfeuer?" Ewald Klee versperrte ihr nach dem Abendessen spielerisch den Weg zur Treppe.

„Ich mag kein Feuer."

„Grundsätzlich nicht?"

„Grundsätzlich nicht."

„Dann ist das natürlich nicht das Richtige."

„Eben."

Inge ließ ihn grußlos stehen, zog sich am Treppengeländer hinauf und versuchte, die Stufen möglichst schnell zu nehmen. Flucht nach vorn, nur keine Rede und Antwort stehen, bloß zurück ins Zimmer. Irgendwie die Tür aufschließen, hinter sich zuziehen, zum Bett stolpern und liegen. Das Wummern im Kopf, das Karussellfahren, alles besser als die Welt da draußen, die Stimmen, das fremde Leben.

Feuer, dachte sie, ausgerechnet.

Und schon lief der Film: Wie der ohrenbetäubende Knall das Frühstück mit Verónica jäh beendete. Wie sie beide gleichzeitig zum offenen Fenster rannten und nach unten sahen. Wie sie ihren Augen nicht trauten, wie sie allmählich begriffen, was auf der Straße vor dem Haus brannte und was das bedeutete. Wie sie die Feuerwehr und einen Krankenwagen riefen, wie sie die Treppen hinunterliefen, wie sie die bewusstlos vor dem Auto liegende Johanna von den Schaulustigen abschirmten, sie in die stabile Seitenlage brachten, wie Minuten zu Stunden wurden. Bis endlich das Martinshorn zu hören war, musste Verónica unter Aufbietung all ihrer Kräfte Susanne festhalten, damit sie nicht zu nah an ihre Tochter kam: *O Gott, o Gott, o Gott, das darf nicht wahr sein, bitte, bitte, bitte, lass es nicht wahr sein.* Das Entsetzen, das Schreien, das Murmeln der Umstehenden, und immer wieder der verwundete Körper der Zweiundzwanzigjährigen auf dem Asphalt. Johanna, die sie kannte, seitdem sie auf der Welt war, die sich zehn Minuten zuvor Inges Auto geliehen hatte, um eine Freundin vom Flughafen abzuholen.

Inge hob den Arm und malte Achten in die Luft. Die Gedankenschleife ließ sich nur unterbrechen, wenn sie die linke und die rechte Gehirnhälfte miteinander verband. Behauptete ihre Therapeutin in Berlin. Doch sie wusste, es würde nur wenige Minuten dauern, bis der brennende Wagen wieder vor ihrem inneren Auge auftauchte; das Wort Feuer reichte aus, um die Bilder im Handumdrehen zu aktualisieren. Am Anfang hatte sie kaum eine Zigarette anzünden können, hatte wochenlang statt eines Feuerzeugs oder Streichhölzer einen Elektroanzünder benutzt. Ihr ganzes Empfinden von Hitze hatte sich verändert, nachdem sie neben Johanna auf den Krankenwagen gewartet hatte, ihren eigenen Körper schützend vor das Mädchen gebeugt, den Blick fest auf die geschlossenen Augen gerichtet, auf ein Wunder hoffend.

Ein Wunder, das nicht eingetreten war.

Eigentlich war es noch zu früh zum Schlafen, eigentlich sollte sie Verónica noch anrufen, die sicher wissen wollte, wie der erste Tag verlaufen war. Was würde sie dann sagen? Dass sie Angst in diesem Zimmer hatte, sich fühlte wie in einem billigen Motel, an dem die Autos vorbeirasten, während sie an Ort und Stelle verrückt wurde?

Die Patientin in Zimmer 101 sah und hörte nichts. Nicht das Geräusch von geschütteltem Benzin in einem Kanister in der Dunkelheit. Nicht das Aufprallen des leeren Plastikbehälters im Sand. Nicht das Streichholz, das über die Reibefläche gezogen wurde, kurz und hart, bis zum Funkenschlag. Und nicht das sich entfachende Feuer, das die Wände und den Boden entlangzüngelte und bald den leblosen Körper in der Mitte erreichen würde. Es wäre nur eine Frage der Zeit, bis die Flammen die gelbe Strickjacke und das orangefarbene Kleid vernichten, die Haare von dem seitlich aufliegenden Kopf fressen und sich an der Haut festbeißen würden.

Bis auf die Notbeleuchtung im Foyer und das funzelige Licht im Schwesternzimmer war in der Klinik alles dunkel. Wer unter Schlaflosigkeit litt, sah mit Kopfhörern fern, um die Zimmernachbarn nicht zu stören, oder hörte eine der Entspannungs-CDs, die man sich in der Bibliothek samt tragbarem CD-Player ausleihen konnte. Schwester Agathe war während ihres heutigen Bereitschaftsdienstes nur einmal gestört worden – der Patient aus Zimmer 405 hatte um eine Wärmflasche gebeten.

Die Krankenschwester war erschöpft, sie hatte schon einen anstrengenden Arbeitstag gehabt. Ausgestreckt und mit hinter dem Kopf verschränkten Armen lag sie auf der Pritsche im Schwesternzimmer und erlaubte sich, den Pieper ans Revers geheftet, das Handy in der Kitteltasche und das mobile Kliniktelefon in der rechten Hand, ein ganz klein wenig zu dösen.

Als es dicht neben ihrem Ohr klingelte, schreckte sie sofort hoch, drückte geistesgegenwärtig auf die grüne Taste und sprach ohne Zögern klar und deutlich in den Hörer: „Fachklinik Seerose, Schwester Agathe, ja bitte?"

„Moin! Bei euch brennt was! Ich glaub die Raucherhütte." Die männliche Stimme am anderen Ende klang nicht besonders aufgeregt. „Wir haben Meldung bekommen, rücken jetzt mal an."

Noch immer leicht benommen, rutschte Agathe Simonis von der Liege, fuhr sich durch ihre kurzen Haare, die nach dem Liegen nach allen Seiten abstehen mussten, und lief eilig auf die Terrasse. Noch bevor sie den Blick ganz nach links wandte, nahm sie die zuckende Helligkeit aus dem Augenwinkel wahr. Sie kam nicht von dem Feuerplatz, an dem sich die Patienten am Abend mit ihren Therapeuten zu einem Reinigungsritual getroffen hatten, wie es regelmäßig einmal in der Woche stattfand. Es kam aus der Richtung des ehemaligen Wasserwachthäuschens: Aus den Fenstern des Raucherraums schlugen Flammen.

Ein Ruck ging durch den schmalen Körper von Schwester Agathe. Sie musste etwas tun. Schon hörte sie die Sirenen der Feuerwehr, als sie die Nummer des Professors wählte. Heute war sie ganz sicher: Dies war einer der Fälle, in denen er geweckt werden wollte.

Inge Nowak erwachte von Sirenen. Trotz der starken Schlafmittel im Blut setzte sie sich sofort auf und betrachtete bewegungslos die wilden Schatten, die die Blaulichter an die Wände warfen. Träumte sie schon wieder schlecht oder fuhren vor ihrem Fenster wirklich Einsatzwagen der Feuerwehr vorbei? Sie schlug die Bettdecke zurück, knöpfte den obersten Knopf ihrer Pyjamajacke zu, schlüpfte in ihre Flipflops vor dem Bett und ging auf den Balkon. Bis hierhin konnte es noch ein Albtraum sein, einer von vielen nächtlichen Filmen, die allesamt mit Sirenen begannen und verbrannten Körpern aufhörten. Nicht selten kam sie im Badezimmer oder in der Küche bei dem Versuch zu sich, einen Eimer Wasser zu holen, oder am Fenster, weil sie den Brand nur spürte oder hörte, nicht aber sehen konnte. Doch der Lärm vor der Klinik und auf der Straße war zu real für einen Traum, das sich hektisch drehende Licht auf dem nun folgenden Krankenwagen zu vertraut und das Stimmengewirr unten am Eingang zu deutlich.

„Der Raucherklub brennt!"

„Wegen dem Lagerfeuer?"

„Quatsch. Das ist doch viel zu weit weg."

„Außerdem war das total aus, als wir gegangen sind."

„Hat bestimmt einer seine Kippe nicht richtig ausgemacht!"

„Dann ist jetzt hoffentlich endlich Schluss mit der Raucherei."

Inge Nowak atmete innerlich auf. Es war also eine Hütte, die brannte, kein Wohnhaus. Kein Unfall oder Schlimmeres. Ihr Herz, das bis zum Halse schlug, beruhigte sich ein wenig, sie ging zurück in ihr Zimmer und schloss die Balkontür, um das Ereignis auszusperren. Sie war nicht im

Dienst und morgen würde sie sicher alles darüber erfahren, ohne dass sie auch nur eine Frage stellen müsste.

An Schlafen war jetzt allerdings nicht mehr zu denken. Zu dicht waren ihr die Geräusche gekommen, zu lange hatte sie dem Blaulicht nachgestarrt, das in Richtung Strand verschwunden war.

Damals nach dem Attentat hatte sie gleich ihren Vorgesetzten angerufen und ihm alles erzählt. Kriminalrat Helmut Frickel hatte am anderen Ende lange geschwiegen und dann gesagt: „Kommen Sie morgen in mein Büro und reden Sie bis dahin mit niemandem darüber." Erst am Abend war sie ins Krankenhaus gefahren. Bis dahin hatte sie die Zeit damit verbracht, sich unaufhörlich Vorwürfe zu machen und die von Verónica einzustecken, die nicht weniger unter Schock stand als sie selbst. Schweigend waren beide mit dem Aufzug zur Intensivstation gefahren. Johannas Mutter hatte man ein starkes Beruhigungsmittel verabreicht, das sie noch davon abhielt, darüber nachzudenken, was eigentlich aus welchem Grund genau passiert war. Sie lächelte erschöpft, als sie ihre Nachbarinnen sah, ein Lächeln, das Inge Nowak niemals vergessen sollte, denn es war die letzte freundliche Geste, die ihr die langjährige Freundin zuteil werden ließ. Susanne nahm nicht wahr, dass sich Inge und Verónica vor dem behandelnden Arzt auswiesen, sowenig sie in ihrem Zustand begriff, dass die beiden Frauen nicht nur privat hier waren.

Johanna hing an Schläuchen, die in einer stählernen Apparatur voller Monitore, Schalter, Hebel und Knöpfe endeten. Ihr Körper lag unbedeckt auf einer silbrigen Folie, der Blick durch die milchige Scheibe erlaubte nur eine Andeutung dessen, was ein ausgestreckter Mensch auf einem Bett war.

„Ist sie bei Bewusstsein?“, fragte Inge Nowak fast unhörbar.

„Nein. Wir haben sie in ein künstliches Koma versetzt. Und da bleibt sie, bis wir alle nötigen Operationen durchgeführt haben. Wir holen sie erst wieder, wenn wir die Schmerzen unter Kontrolle halten können. Also so in drei bis vier Tagen“, antwortete der Arzt sachlich. „Es sieht schlimmer aus, als es ist. Sie hat wahnsinniges Glück gehabt. Wenn das eine Autobombe war, dann ist sie nicht richtig detoniert.“

Bei diesem Gedanken zuckte Inge Nowak zusammen.

„Sie ist im Moment in einer anderen Welt. Wir verlängern diese Pause, solange es geht, bevor die Wirklichkeit sie wie ein Bumerang einholen wird.“

„Wie lange wird es dauern, bis sie wieder…?“ Inge konnte den Satz nicht beenden. Ihr fehlte jede Vorstellung.

„Wochen, Monate. Das kommt auf ihre Selbstheilungskräfte und ihre Konstitution an. Sie wird einige Zeit hier bleiben müssen. Wir sind spezialisiert auf so etwas.“

„Auf was genau?“

„Brandopfer. Hauttransplantationen. Glauben Sie mir, es hätte sie schlimmer erwischen können. Wir kriegen hier ganz andere Fälle rein. An der Patientin ist ja noch alles dran. Sie hat starke Verbrennungen an den Gliedmaßen, aber sie wird überleben. Füße und Hände sind nur oberflächlich betroffen, Gesicht und Oberkörper kaum – das ist ein wahres Wunder.“ Er blickte auf seine schlafende Patientin. „Und die restlichen Unvorstellbarkeiten vollbringen unsere Chirurgen.“

„Sie war noch nicht angeschnallt, hatte zum Ausparken wohl die Fahrertür noch offengelassen und wurde sofort aus dem Wagen geschleudert“, sagte Verónica leise. „Glück im Unglück.“

„Das erklärt einiges.“ Er schaute auf seinen Pieper, der begonnen hatte zu vibrieren. „Wir werden ihr helfen können, es wird eine Weile dauern, aber irgendwann wird sie nach Hause zurückkehren, es wird erträglich werden und sie wird lernen, mit den Folgen zu leben.“

Der Chefarzt der Abteilung für Brandopfer des Berliner Bundeswehrkrankenhauses hatte aufmunternd gelächelt, aber schon da hatte Inge Nowak gewusst, dass auch in ihrem eigenen Leben nichts mehr so sein würde wie früher. Das war vor gut sechs Monaten gewesen und seither trennte sich die Welt in ein Davor und ein Danach.

Hätte sie die Drohungen ernst genommen, hätte sie es verhindern können. Hätte sie getan, was sie hätte tun müssen, wäre alles nicht passiert. Aber sie hatte die Zettel unter ihrem Scheibenwischer und im Briefkasten verschwinden lassen, hatte Verónica nicht beunruhigen wollen und sich selbst vorgemacht, keine Angst zu haben. Berufsrisiko.

Die Bombe hatte ihr gegolten. Rache für elf Jahre Gefängnis wegen Mordes. Gregor Mannstein, frühzeitig entlassen wegen guter Führung und mit Krebs im Endstadium, hatte vor seinem eigenen Tod nur noch ein Ziel gehabt: diejenige zu quälen, die ihn seiner Freiheit beraubt hatte. In seinen kühnsten Träumen hätte er sich nicht vorzustellen gewagt, wie gut ihm das gelungen war. Denn schlimmer als jede Verletzung und jeder Verlust war die Schuld. Johanna hätte in diesem Jahr ihren Bachelor machen können, wenn Inge verantwortungsvoller gehandelt hätte. Stattdessen befand sich die Sportwissenschaftsstudentin jetzt in einer Spezial-Rehaklinik, um zu lernen, den Ausnahmezustand als Alltag zu akzeptieren. Johannas

Mutter wäre schon vor Monaten nach Kanada ausgewandert. Sie hätte den so lange vorbereiteten Neubeginn in der zweiten Lebenshälfte geschafft, wenn Inge nicht einem Konflikt aus dem Weg hätte gehen wollen. Nun verbrachte Susanne ihre Zeit mit der Sorge um ihre erwachsene Tochter, die plötzlich wieder ihre Kleine geworden war. Und schließlich würde Verónica Inge heute noch vertrauen können, wenn sie nicht wüsste, dass es nur dem Zufall zu verdanken war, dass nicht sie an diesem Samstagmorgen die Zündung ihres Wagens betätigt hatte.

Gregor Mannstein war seinem Leiden inzwischen erlegen. Inge Nowak war diese Gnade nicht vergönnt.

Lautes Schreien drang ihr entgegen, als die Hauptkommissarin sichtlich unausgeschlafen die Treppen zum Foyer hinunterging.

„Daran seid ihr hier alle schuld. Ihr habt meine Frau verrückt gemacht. Niemals hätte sie das getan! Das ist alles nur wegen eurer Scheißtherapie." Der kräftige Mann, der das atemlos herausbrüllte und dabei versuchte, sich aus dem Griff von zwei Krankenpflegern zu befreien, schlug wild um sich. „Lasst mich los, ihr Schweine. Ich zeige euch an. Alle. Ihr habt Angela auf dem Gewissen."

Inge Nowak beschloss, schnell vorbeizugehen. Nur nicht stehen bleiben, sich nicht infizieren lassen von einer fremden Geschichte, nichts wissen wollen, zumachen, abschotten, außen vor bleiben. Auch wenn ihr Kommissarinneninstinkt vermeldete, dass es hier etwas zu ermitteln geben könnte. Sie hatte auf dem Weg zum Frühstücksraum einen Mann und eine Frau durch die Eingangstür kommen sehen, gefolgt von zwei Polizisten in Uniform, und witterte ein Gewaltverbrechen: Diese Art von Auftritt war ihrer Zunft vorbehalten.

Unter den Patienten herrschte eine gewisse Aufruhr. Viele saßen nicht an ihren Tischen, sondern standen zusammen am Buffet, redeten und gestikulierten aufgeregt, alle schienen nur ein Thema zu haben. Als sie schließlich an ihrem Tisch ankam, fand sie einen stillen Ewald und eine bleiche Ellen vor.

„Was ist denn hier los?", fragte Inge so unbefangen wie möglich.

Ellen schaute auf und es war ihr anzusehen, dass sie geweint hatte. „Angela. Sie ist tot."

Inge Nowak setzte sich. Derlei Information hatte sie so häufig in ihrem Leben erhalten, dass die nächste Frage automatisch kam. „Wie ist es passiert?"

„Sie ist …" Weiter kam Ellen Weyer nicht, ihre Stimme brach ab und sie schlug die Hände vor den Mund.

„Man hat ihre Leiche im Raucherraum gefunden", erklärte Ewald an ihrer Stelle mit belegter Stimme. „Wahrscheinlich hat sie ihn selbst angezündet."

Inge Nowak wurde schwindlig. Sie musste an einen Fall sechs Jahre zuvor denken. Während der Ermittlungen in einem Mordfall an einer Berliner Pfarrerin hatten sie ganz zufällig den Tod eines Heranwachsenden in den 1980er Jahren aufgeklärt – der Achtzehnjährige hatte sich aus Scham und Angst, bloßgestellt zu werden, mit Benzin übergossen und verbrannt. Sie hatte die Leiche niemals gesehen, nicht einmal auf Fotos in den Akten. Dafür schoss ihr jetzt ein anderes Bild in den Kopf: Johanna. Die Verbrennungen, die Wunden, die Narben.

Nicht schon wieder, dachte sie, bitte nicht.

„Niemals", flüsterte Ellen Weyer und fixierte Ewald beinahe feindselig. „Angela hätte sich niemals umgebracht. Nicht freiwillig."

Inge Nowak war versucht zu fragen, wie man sich unfreiwillig umbringen konnte. Stattdessen fragte sie sachlich: „Wie hat man sie denn so schnell identifiziert?"

„Schwester Agathe hat sie erkannt, obwohl sie offenbar schon… na, ja: Die Feuerwehr war wohl ziemlich schnell da und hat gelöscht."

Plötzlich hallte ein lauter Gongschlag durch den Raum und ließ sämtliche Gespräche verstummen. Der Chefarzt, den Inge Nowak bisher nur von der Klinikwebsite kannte, stand in dem Durchgang der beiden Räume, in denen die Patienten der ersten und die Patienten der zweiten Klasse getrennt aßen.

„Wie Sie sicher schon gehört haben, ist heute Nacht etwas Schreckliches passiert. Auf unserem Gelände ist jemand zu Tode gekommen. Wir werden deshalb heute Morgen alle zuerst in unsere Gruppen gehen und versuchen, mit diesem tragischen Ereignis so gut wie möglich umzugehen." Er machte eine kleine Pause und wendete sich abwechselnd nach beiden Seiten. „Bitte beachten Sie auch, dass ein Teil des Geländes abgesperrt ist, und der Raucherraum …", er holte tief Luft, „also, wer unbedingt rauchen will, macht das bitte auf dem Parkplatz gegenüber. Ihre Therapeuten warten in den jeweiligen Gruppenräumen um 9.30 Uhr. Seien Sie bitte pünktlich. Vielen Dank."

Nachdem er sich mit einem leichten Nicken in beide Richtungen verabschiedet hatte, blieb es noch einen Augenblick still, die Betroffenheit aller schwebte spürbar im Raum. Stühle wurden vorsichtig über die gesprenkelten Steinfliesen geschoben, es wurde mehr geflüstert als laut gesprochen. Inge Nowak hatte das dringende Bedürfnis, den Raum zu verlassen, etwas schnürte ihr die Kehle zu. Vielleicht die Vorstellung von den Überresten jener Frau, die am Vortag noch an ihrem Tisch gesessen und sie aus traurigen Augen angeschaut hatte.

Ich muss wohl noch eine Weile hierbleiben.

Sagte man so etwas am frühen Morgen, wenn man sich am späten Abend tötete?

„Warte." Ellen hielt sie am Arm zurück.

Inge versuchte sich auf die Mitte des Gesichts der jungen Frau zu konzentrieren, doch es gelang ihr nicht recht. Die Nase hielt nicht still.

„Nicht jetzt. Später." Dann lief sie ohne ein weiteres Wort davon, vorbei an schiefen Wänden, kippenden Schränken, die fünf schwankenden Stufen nach oben zum Ausgang, durch eine beinahe querliegende Tür, mitten durch ein Blumenbeet, gegen einen Fahrradständer auf die weite helle Fläche zu, an deren Ende ein riesiges graues Handtuch ausgebreitet schien. Als sie spürte, wie sich feiner Sand in ihren Schuhen ansammelte, blieb sie stehen, folgte dem Impuls ihres Körpers, ließ sich auf die Knie und dann zur Seite fallen. Die Nadel ihres inneren Kompasses drehte durch. Über ihr musste ein Himmel sein und vor oder hinter ihr ein Meer. Sicher war nur, dass sie einmal mehr den Boden unter den Füßen verlor.

Der Mensch wachte erst durch das Klingeln des Weckers auf, er hatte tief und fest geschlafen. Bevor er aufstand, ließ er die vorangegangene Nacht noch einmal Revue passieren. Alles war exakt nach Plan gelaufen. Fast zu perfekt, wie ihm schien: Ein-, zweimal hatte er über die Schulter zurückgeschaut, weil er befürchtete, verfolgt oder aufgehalten zu werden. Doch als die ersten Flammen seine Spuren verwischten, befand er sich bereits auf dem Weg nach Hause. Schon auf dem Waldparkplatz hatte er sich im Auto umgezogen, sich in lockerer Freizeitkleidung hinters Steuer gesetzt und war gemächlich zu seiner Wohnung gefahren. Es überraschte ihn, nach einer Weile bereits die Sirenen der Feuerwehr zu hören, doch es beunruhigte ihn nicht. Angela Esser könnte ihn nicht mehr verraten und alles, was von ihm an ihr hängengeblieben wäre, wäre längst versengt.

Als käme er vom Joggen oder aus dem Fitnessstudio, trug er die Sporttasche mit all jenen Dingen ins Haus, die er am nächsten Tag verschwinden lassen müsste. Dann betrat er das Badezimmer, steckte sämtliche Kleider, die er auf dem Leib trug, in die Waschmaschine und duschte heiß und lange. Die Haare shampoonierte er sich zweimal, seine Hände seiften sanft seinen Körper ein. Alles, was an ihm klebte, verschwand mit dem leicht bräunlichen Wasser im Abfluss. Wie schnell man sich doch schmutzig machte, dachte er, und auch, dass er keinerlei Bedürfnis hatte, sich reinzuwaschen. Erst, als er sich abgetrocknet hatte, warf er einen flüchtigen Blick in den Spiegel, um sich davon zu überzeugen, dass er aussah wie immer.

Am ersten Morgen als Mörder, nach einem ausgiebigen Frühstück mit Blick in den Garten, den er vielleicht noch umgraben, aber bald schon vermissen würde, bereitete er die nächste Tat vor. Respektvoll steckte er die Pistole in seine Aktentasche. Ein wenig nervös war er schon. Doch vielleicht verhielt es sich mit dem Töten wie mit jeder anderen Tätigkeit auch: Das zweite Mal geht immer leichter von der Hand.

Inge Nowak sah nicht, wie Ellen Weyer hektisch ihr Gepäck in ihren grünen Polo packte. Auch nicht, dass sie sich danach eine Zigarette anzündete und trotz des milden Wetters fröstelnd und um sich schauend in Richtung des abgesperrten Raucherklubs ging. Das Feuer, die Hitze und schließlich die Wucht des Löschwassers hatten dem Platz etwas Geisterhaftes verliehen. Wäre die Journalistin mit den Gedanken nicht ganz woanders gewesen, hätte sie das Ganze unter dem Aspekt betrachtet, später eine Reportage für den *Ostsee-Anzeiger* zu schreiben. Doch dafür fehlte ihr der nötige Abstand.

Die Zeitung samt Redaktion kannte Inge Nowak ebenso wenig wie die aus der Hansestadt im Fall Esser ermittelnden Kollegen. Sie hatte noch nie von Kriminalhauptkommissar Erich Werle aus Rostock gehört. Sein Umgangston hätte ihr sicher missfallen.

„Bis spätestens heute Abend will ich wissen, ob der Schlamassel hier uns betrifft oder ob hier bloß eine durchgedreht ist. Vielleicht hat ja auch ein Verrückter den anderen umgebracht."

„Das sind keine Verrückten, das sind psychisch Labile", widersprach ihm die Oberkommissarin an seiner Seite.

„Sag ich doch." Er grinste. „In welcher Verfassung ist der Ehemann denn inzwischen?"

„Die Identifizierung hat ihn sehr mitgenommen. Er steht noch unter Schock."

„Was macht er überhaupt hier?"

„Er ist gestern spät in der Nacht angekommen. Er wollte seine Frau übers Wochenende besuchen."

„Und da kommt er schon Donnerstagabend? Wieso nicht erst Samstag? Hat der Mann nichts zu tun?"

Sylvia Eberstätter atmete unhörbar durch. Sie hoffte nur, dass ihr Chef sich vor den Ärzten und Patienten zusammenreißen würde. Es reichte völlig, wenn sie sich den Unsinn anhören musste, den er verzapfte. Aber die Aussichten standen schlecht. Das Schlimme war, dass Werle genauso dachte, wie er redete.

„Jürgen Esser ist Bauunternehmer und sein eigener Chef. Er wollte ein langes Wochenende mit seiner Frau verbringen. Weil er sich Sorgen um sie gemacht hat, sagt er.“ Sie sah von ihrem Notizbuch auf.

„Scheint ja nicht viel genützt zu haben.“ Erich Werle wandte sich von dem Berg verbrannter Utensilien ab und dem neuen Forensiker zu. Er fragte sich, was der Mann hier zu suchen hatte, wo die Leiche doch schon seit Stunden in der Gerichtsmedizin war. „Wann kriegen wir Bescheid?“

„Wenn wir fertig sind.“

„Und wann wird das sein, werter Kollege?“

Der Mann, den Oberkommissarin Eberstätter erst vor Kurzem beim alljährlichen Polizeisportfest kennengelernt hatte, stand aus der Hocke auf, klopfte sich den Sand von der Hose und antwortete leicht süffisant: „Ich weiß nicht, wie Sie sonst arbeiten. Das ist mein erster Einsatz in Ihrem Revier. Aber ich werde ihn nicht anders durchführen als die vielen, die ich schon hinter mir habe. Und das heißt, Sie müssen ein wenig Geduld haben. Man sagt mir nämlich eine gewisse Gründlichkeit nach.“ Er griff in seine Hosentasche, zog sein Portemonnaie heraus und eine Visitenkarte hervor: „Wenn Sie etwas wissen wollen, bevor ich es weiß, rufen Sie einfach meinen Anrufbeantworter an, ja?“

Werle kochte. Am liebsten hätte er ausgeholt und dem Flegel eine geknallt. Aber er wusste zu gut, dass sein Chef große Stücke auf Hoffmann hielt, er hatte den jungen Doktor aus Hamburg abgeworben und schwärmte von ihm, als wollte er ihn zum Schwiegersohn. Also verkniff er sich jeden unsachlichen Kommentar.

„Es wäre schön, wenn wir die Selbstmordfrage klären könnten, dann dürfte der arme Witwer vielleicht nach Hause fahren."

„Ich tue, was ich kann. Fritzi könnte schon mehr wissen."

„Fritzi?"

„Meine Kollegin Frau Götze. Ebenfalls neu hier, auch aus Hamburg. Sie beschäftigt sich gerade mit der Leiche. Ich wollte mich noch einmal im Hellen am Tatort umschauen. Wir arbeiten im Team, wenn Sie verstehen, was ich meine."

Nein, dachte Oberkommissarin Eberstätter versonnen, er versteht überhaupt nicht, was du meinst.

Natürlich war Inge Nowak wieder aus dem noch kühlen Sand aufgestanden, um in das Klinikgebäude zurückzugehen. Hoffentlich hatte sie niemand gesehen, sie wollte sich nicht durch andauerndes Umkippen einen Namen machen. Überhaupt wollte die Hauptkommissarin nicht auffallen, sondern ihren Aufenthalt in der Klinik möglichst ungesehen hinter sich bringen.

Im Foyer näherte sie sich zum ersten Mal den Schließfächern, ließ ihre Augen über die kleinen metallenen Vierecke gleiten und entdeckte ihre Zimmernummer in der unteren Reihe. Das letzte Mal hatte sie Fächer in dieser Größe in der Raiffeisenbank ihrer Münsteraner Heimat gesehen. Doch diesmal reckte sich nicht die kleine Inge, um den Schlüssel in die Nummer 7 zu stecken und die

Kontoauszüge ihrer Großmutter herauszuholen, sondern die längst erwachsene Patientin Nowak musste sich bücken, damit sie ihren Behandlungsplan aus Nummer 101 fischen konnte. An diesem Freitag stand ihr Einiges bevor:

9.30 – 11.00	*außerordentliches Gruppentreffen, Raum 4*
12.00 – 12.30	*Qi Gong am Strand (11.55 Uhr im Foyer)*
13.00 – 14.00	*Mittagessen*
14.30 – 15.00	*Massage, Physiotherapie-Räume*
16.00 – 16.30	*Wassergymnastik, Schwimmbad*

Das war Krisenmanagement – man hatte die Situation offenbar gut genug im Griff, um die Behandlungspläne den Gegebenheiten anzupassen. Während sie den Plan studierte, ging sie die Treppen nach unten und bemerkte nicht, dass eine Frau ihren Schritt verlangsamt hatte.

„Na? Schon ein bisschen eingelebt?"

Es war die Patientin, zu der die Hüfte gehörte, an der sie tags zuvor Halt gesucht hatte. Ihren Namen hatte sie bereits wieder vergessen.

„Hallo. Ja, ein wenig." Was sollte sie noch sagen? Eilig ging sie auf den Gruppenraum zu und setzte sich dort auf den ersten Stuhl, der frei war, ohne verhindern zu können, dass die Hüfte sich neben sie setzte. Das bedeutete, das Gespräch war noch nicht beendet.

„Du hast Glück! Die Meyfarth und der Zikowski sind klasse. Sozusagen das Dreamteam der *Seerose*. Die kriegen auch das hier in den Griff."

Inge nickte und versuchte dabei freundlich auszusehen.

„Ist es dein erstes Mal?" Die Frau ließ nicht locker.

„Wie meinst du das?“

„Deine erste Klinik? Bist du zum ersten Mal stationär?“

Inge Nowak blieb die Antwort erspart, denn in diesem Augenblick betraten die beiden Therapeuten den Raum, nahmen zwei Stühle vom Stapel und setzten sich in die bereits vollzählige Runde.

„Guten Morgen.“ Dr. Zikowski schaute ernst in die Runde. „Wir treffen uns heute außergewöhnlicherweise, weil etwas Außergewöhnliches passiert ist. Angela ist heute Nacht gestorben.“

Gestorben, dachte Inge Nowak. Ein Wort, das in ihrer Welt so gut wie nie vorkam. Es wimmelte von Leichen, es wurde gemordet, getötet und erschlagen. Aber niemand schien dabei zu sterben. Die Opfer waren einfach nur tot.

„Ich fände es schön, wenn wir uns erzählen, wie es uns damit geht. Seid ihr einverstanden?“

Verhaltenes Nicken, gesenkte Köpfe.

„Sind denn alle da?“, wollte Dr. Meyfarth wissen.

„Ellen fehlt noch. Sie fährt ja heute“, antwortete Anita leise. „Aber sie wollte sich später noch von uns verabschieden – hat sie doch das letzte Mal gesagt. Oder?“ Ihre Augen waren gerötet, und sie hatte vorsorglich eine Packung Kleenex auf ihren Oberschenkeln positioniert. Weinte sie um Angela?

Angela, dachte Inge. Ich habe noch nie einen Menschen vor seinem Tod nur so kurz gekannt, dass ich nicht mehr von ihm wusste als seinen Namen.

„Ellen kommt bestimmt, ich hab sie vorhin beim Frühstück gesehen. Sie saß ja mit Angela an einem Tisch“, sagte die Hüfte, die zuvor jemand mit Manuela angesprochen hatte.

Betretenes Schweigen.

„Soll ich sie suchen gehen?", bot sich ein junger Mann von höchstens zwanzig an, den Inge zum ersten Mal wahrnahm.

Nicht mal richtig erwachsen und schon in der Klinik. Inge schüttelte innerlich den Kopf. Kam man in dem Alter nicht von ganz alleine mit seinem Leben zurecht? Boxten sich nicht alle so wie Marit irgendwie durch die Pubertät in die Volljährigkeit und von da ins richtige Leben? Der Junge sah nicht gerade aus, als gehörte er einer benachteiligten Schicht an oder leide unter sozialer Verwahrlosung. Im Gegenteil. In seiner glänzenden Trainingsjacke, einer Markenjeans und mit Sicherheit nicht ganz billigen Turnschuhen hätte er ebenso in einem Schöneberger Szene-Café sitzen können. War er schwul und kam damit nicht klar? Nun schüttelte die Hauptkommissarin den Kopf über sich selbst. Völliges Klischeedenken einer pseudotoleranten Mittelschicht, hätte Marit ihr vorgeworfen. Deshalb kam man nicht hierher. Der Typ musste ein handfestes Problem haben.

„Nein, Mirko, sie wird schon noch kommen. Wir fangen jetzt einfach mal an." Roland Zikowski hatte eine ziemlich sanfte, aber bestimmte Art, Entscheidungen zu treffen, fand Inge Nowak und sie war nicht sicher, ob ihr das gefiel. „Möchte jemand beginnen?"

Kollektives Auf-den-Boden-Schauen. Es herrschte jene Stille im Raum, die man aus Klassenzimmern kennt. Die einen sagen nichts, weil sie nichts wissen, die anderen schweigen, weil sie nicht als Streber dastehen wollen. Alle hoffen, dass der Lehrer jemanden aufruft und dass man es nicht selbst ist, sofern man zur ersten Gruppe gehört.

Schließlich machte Jana, eine junge Frau mit feuerroten Haaren und unzähligen Sommersprossen im Gesicht, den Anfang.

„Ich kann das überhaupt nicht fassen. Wir waren gestern noch zusammen schwimmen. Sie war nicht besonders gut drauf, aber sie hat sich total auf ihren Mann gefreut. Dieses Mal wollte er schon früher kommen, also gestern oder heute ... Ich dachte echt, es geht ihr besser ..."

„Und wie geht es dir selbst, Jana?"

Schwachsinnige Frage, dachte Inge Nowak und rügte sich augenblicklich. Das hier war kein Verhör und es war völlig irrelevant, welchen Eindruck Angela gemacht, ob sie jemals von Selbstmord geredet oder eine Andeutung hatte fallen lassen, dass ihr jemand nach dem Leben trachtete. Es ging gar nicht um die Tote. Es ging um die Lebenden.

„Es macht mir Angst. Wahnsinnige Angst. Ich dachte, hier sind wir sicher. Hier würden keine Katastrophen passieren. Die Klinik war für mich so etwas wie ein Schutzraum. Die Gruppe, eine Familie, irgendwie. Jetzt habe ich das Gefühl, die Mauern sind eingestürzt und ich bin genauso ausgeliefert wie vor drei Wochen."

Inge Nowak sah von einem zum anderen. Jana hatte etwas ausgesprochen, was alle im Kreis zu verbinden schien: Sie waren restlos erschrocken. Als hätte man sie im Tiefschlaf aus dem Nest geworfen.

Und plötzlich, als wäre ein Knopf gedrückt worden, begannen einige von ihnen zu weinen. Die einen lauter, die anderen leiser, die Männer verstohlener und die Frauen offenherziger. Man tauschte Kleenex aus, nahm sich gegenseitig in den Arm und strich sich über den Rücken. Die Therapeuten taten nichts, sie sahen bloß zu.

Na, großartig, dachte Inge. Wenn mich in drei Wochen der Tod einer Fremden ebenso umhaut, dann gute Nacht.

Die Hauptkommissarin schaltete innerlich den Empfang aus und versank in ihre Gedanken. Sollte sie nicht stabiler werden? Weniger anfällig für Sentimentalitäten? War nicht genau das ihr Problem? Dass sie seit der Autobombe nicht mehr rational denken konnte und zu sensibel auf ihre Umwelt reagierte? Hatte Verónica nicht das gemeint, als sie gesagt hatte: „Hör endlich auf, alles auf dich zu beziehen! Du bist nicht der Nabel der Welt, bloß, weil man dir nach dem Leben getrachtet hat!"

Jemand stieß sie leicht von der Seite an. Inge schreckte hoch und bemerkte, dass sich die Gruppe offenbar wieder beruhigt hatte.

„Du hast Angela auch kennengelernt, Inge, nicht wahr?"

„Wir saßen an einem Tisch und haben einmal zusammen zu Mittag gegessen. Mit Ellen." Sie hatte keine Ahnung, warum sie Ellen erwähnte. War es das Bedürfnis, eine von ihnen zu sein? Fehlte nur noch, dass sie ihren Dienstausweis zog und sagte: Ich ermittle im Mordfall Angela Esser, unserer Mitpatientin.

Die Therapeutin nickte bedeutungsschwanger, als nähme sie an, dass dieses Vorkommnis Inge über alle Maßen beschäftigen könnte. Dann wandte sie sich wieder allen zu und schlug ein schamanisches Ritual zum Loslassen von Verstorbenen vor. Bei dem Wort Ritual sah Inge kurz den Leichnam von Angela Esser auf einer aus Weidenstöcken geflochtenen Bahre liegen, den eine Horde wildgewordener Hippies umtanzte, und sie war froh, kurz darauf in die Horizontale wechseln zu dürfen und statt in fremde Gesichter an die Decke starren zu können. Auch wenn diese überdeutlich schwankte.

Sie sollten doch bitte daran denken, mehrmals täglich in ihre Fächer zu schauen, um eventuelle Terminänderungen rechtzeitig in Erfahrung zu bringen. Zu Inges Erstaunen befand sich in ihrem Fach ein Briefumschlag, auf dem handschriftlich ihr Vorname geschrieben stand. Darin steckte ein wohl aus einem Notizbuch herausgerissener Zettel mit den Worten: *Ich muss dir noch etwas sagen! Bin schon weg, ruf mich an, Ellen.* Darunter stand eine Telefonnummer.

Junge Leute, dachte Inge Nowak. Eine solche Nachricht hätte vor ein paar Jahren auf ihrem Küchentisch liegen können, als Marit noch nebenan wohnte, bevor Verónica dort eingezogen war. Am Anfang hatte Inge die Zettelchenschreiberei vermisst, eine SMS von Zeit zu Zeit war einfach nicht dasselbe. Elektronischen Nachrichten fehlte die Handschrift, der dynamische Schwung der Buchstaben, die Stimmung zwischen den Zeilen: War jemand in Eile gewesen oder hatte die Person in Ruhe geschrieben, steckte etwas Besonderes hinter den Worten oder war es nur eine kleine Geste ohne große Bedeutung? Als ihre Tochter nach zehn Jahren aus der Nachbarwohnung ausgezogen war, bereute Inge es, nicht ein einziges ihrer vielen Papierchen aufgehoben zu haben. Vielleicht hätten sie ihr über den Trennungsschmerz, den sie niemals ausgesprochen hatte, hinweggeholfen.

Marit hätte allerdings mit Grüßen geendet oder einem netten Wort, nicht abrupt mit dem Vornamen. Es ließ den Satz befehlshaberisch klingen und solche Töne mochte Inge Nowak nicht. Ellen Weyer und sie hatten einander doch kaum gekannt, zweimal hatten sie gemeinsam gegessen und zweimal zusammen eine geraucht. Dabei hatte sie der Journalistin auch noch ihren Beruf verraten. Ausgerechnet! Abgesehen davon gehörte Ellen schon zu den Entlassenen. Wieder zu den anderen, den Gewinnern, die wieder miteifern konnten in dem großen Spiel, das nach den Regeln der Gesunden und der Leistungsfähigen funktionierte. Zählte erneut zu denjenigen, die keinerlei Schwierigkeiten hatten, sich an die Gegebenheiten der Schnelllebigkeit anzupassen, und Katastrophen wegstecken würden, als ob es sich um Erkältungskrankheiten handelte. Ellen Weyer war geheilt und wieder einsatzbereit für die täglichen Herausforderungen, an denen Inge Nowak zuletzt kläglich gescheitert war. Nur deshalb konnte die Jüngere der Älteren eine solche Nachricht in ihrem Postfach hinterlassen und nur darum erschien die Aufforderung zu einem Telefonat Inge wie eine unlösbare Aufgabe. Überhaupt: Warum sollte sie eine wildfremde Frau anrufen, bloß, weil sie ihr noch etwas sagen wollte? Und was sollte das sein? Gute Ratschläge? Abschiedsfloskeln? Oder hatte es etwas mit dem Tod von Angela Esser zu tun?

Gespenster, Nowak, völliger Blödsinn.

Eine Patientin hatte sich umgebracht, noch dazu auf brutale Art und Weise, mehr gab es zu der Leiche nicht zu sagen, die inzwischen bereits auf die gerichtsmedizinische Sektion warten musste. Man würde ihren Körper öffnen und danach mehr oder weniger genau wissen, was geschehen wäre.

Sie steckte den Zettel von Ellen Weyer zurück in den Umschlag, faltete ihn und schob ihn in die hintere Hosentasche. Dann ging sie die Treppen hinauf in ihr Zimmer. Dort würde sie in aller Ruhe ihren Behandlungsplan studieren, sich vorbereiten auf all das, was nun unweigerlich auf sie zukäme, wenn sich der Schock, der sich seit dem frühen Morgen in der Klinik ausgebreitet hatte, wieder gelegt haben würde. Und das, dachte die Hauptkommissarin beim Aufschließen der Zimmertür, würde schneller gehen, als manch einer dachte. Der Tod brach meist plötzlich und gewaltsam über Menschen herein und genauso schnell und entschieden versuchten ihn die meisten zu verdrängen. Selbst im Falle von Mord trauerten im Allgemeinen nur die nächsten Angehörigen länger als ein paar Tage, der Rest ging rasch wieder zur Tagesordnung über, als wäre nichts geschehen. Der Tod ist ein ungebetener Gast, der trotzdem bleibt, pflegte Berger zu sagen.

„... sieht nach einem ziemlich dilettantischen Versuch aus, das Ganze nach Selbstmord aussehen zu lassen."

Inge Nowak ging näher zur gekippten Balkontür und spitzte die Ohren.

„Am besten, du kommst gleich her, wir haben eine ganze Klinik voller Tatverdächtiger."

Draußen vor dem Eingang stand der Mann, den sie schon in der Frühe für einen Kriminalbeamten gehalten hatte. Er trug eine beigefarbene Jacke mit Lederbesatz an Kragen und Ärmeln, darunter ein kariertes Hemd in gedeckten Farben, eine braune Hose und robuste Schuhe. Schimanski-Verschnitt auf ostdeutsch, dachte Inge Nowak und schämte sich sofort ihres Gedankens. Bei dem Mangel an Polizeibeamten in dieser Region stammte der Kollege wahrscheinlich vom anderen Ende der Republik und war zudem sicher ein angenehmer Zeitgenosse. Vom Äußeren auf den Charakter zu schließen war leichtfertig und unangebracht. Und sich als Wessi aufzuspielen ohnehin peinlich.

Inge Nowak sah, wie er sein Handy in der Jackeninnentasche verschwinden ließ und auf die Uhr schaute. Eine Geste, die sie für typisch männlich hielt. Ihr Kollege Frank Erkner machte es genauso: Als führte er eine Bewegung asiatischer Kampfkunst aus, ließ er den Arm zuerst nach vorne schnellen, um ihn gleich darauf am Ellbogen hart einzuknicken und zackig auf der Höhe der Augen in Richtung Oberkörper zu ziehen. Kurzer kritischer Blick, meist mit leicht nach oben gezogenen Augenbrauen, und der erhabene Moment der Vergewisserung von Zeit war vorüber. Entweder wussten Frauen immer, wie spät es war, oder sie schauten einfach unauffälliger nach.

Also Mord. Denn um Totschlag konnte es sich bei einer Inszenierung von Selbstmord nicht handeln, zu viel Vorsatz.

Ihr wurde schwindelig, sie musste sich setzen. Wieso konnte sie nicht einmal hier ihre Ruhe haben, warum musste die Gewalt sie bis an die Grenze ihrer Belastbarkeit verfolgen? Inge Nowak schloss die Augen und lehnte sich in dem unförmigen Sessel zurück. In ihrer Hosentasche knisterte es. Noch zögerte sie. Doch insgeheim wusste sie bereits, dass sie es täte. Sie würde noch heute Ellen Weyer anrufen.

„Ein Mord? In deiner Klinik?"

„Wieso meine Klinik? Was kann ich denn dafür?"

„Gar nichts natürlich. Ich meinte bloß …"

„… dass Leichen meinen Weg pflastern?"

Verónica antwortete nicht sofort, Inge hörte sie am anderen Ende schwer atmen.

„Nein, das habe ich nicht gemeint," sagte sie schließlich. „Ich finde es nur einen blöden, unguten Zufall. Fang bloß nicht an zu ermitteln!"

„Ich? Wie käme ich dazu? Erstens ist das nicht mein Revier und zweitens bin ich psychisch krank."

„Du bist nicht psychisch krank, du hast eine Krise."

„Wenn alle Menschen, die eine Krise haben, hierherkämen, würden hier Zustände herrschen wie vor drei Jahren."

„Wieso vor drei Jahren?"

„Da war der Weltwirtschaftsgipfel um die Ecke. Man kann sogar den Strandkorb besichtigen, in dem Merkel zwischen Putin und Bush gesessen hat. Freizeitprogramm am Wochenende.“ Inge versuchte witzig zu klingen, aber sie spürte selbst, wie wenig ihr das gelang.

„So schlimm?“, fragte Verónica leise.

„Schlimmer. Aber wenn ich jetzt anfange, davon zu erzählen, zieht es mich endgültig runter. Ich habe auch gar keine Zeit mehr, ich muss mich umziehen. Qi-Gong-Gruppe am Strand. Und vorher noch eine rauchen. Auf dem Parkplatz gegenüber. Der Tatort war nämlich der Raucherraum und ist jetzt geschlossen.“

„Dir bleibt aber auch nichts erspart.“

„Meinst du jetzt das Turnen oder das Rauchen zwischen Autos?“

„Beides.“

Schweigen. Sie hatten den Moment erreicht, in dem es nichts mehr oder alles zu sagen gab.

„Rufst du mich wieder an?“, fragte Verónica.

„Ja. Telefonieren im Haus ist übrigens nur auf dem Zimmer erlaubt. Aber ich melde mich.“

„Pass auf dich auf, ja?“

Inge hasste diesen Satz und reagierte aus Prinzip nicht darauf. Wenn sie besser hätte auf sich aufpassen können, dann wäre sie mit Sicherheit nicht da gelandet, wo sie jetzt war.

„Grüß mir die Crew – Ciao!“

Sie legte auf, noch bevor Verónica etwas darauf sagen konnte. Auf diese Weise konnte sie sich einreden, dass sie die drei Worte, auf die sie schon so lange vergeblich wartete und von denen sie inzwischen nicht einmal mehr wusste, ob sie sie hören wollte, versehentlich weggedrückt hatte.

Das Handy zeigte 11.39 an, um kurz vor 12 sollte sie umgezogen im Foyer erscheinen. Ihr Koffer lag noch immer unausgepackt mitten im Zimmer, sie hatte für die Nacht nur das Nötigste herausgeholt und am Morgen wahllos nach frischen Sachen gegriffen. Die Sportbekleidung lag unberührt und frisch gebügelt neben den ebenso neuen Turnschuhen. Sie hatte nichts davon ausgesucht, Verónica war für sie einkaufen gegangen, und Inge hatte zu Hause eher unwillig die dunkelblaue Jogginghose, die hellblaue Kapuzenjacke und eins der drei T-Shirts anprobiert, ohne in den Spiegel zu sehen. Das tat sie jetzt, nachdem sie die Schnürsenkel gebunden und den Reißverschluss der Jacke zugezogen hatte. Der Schock war größer, als sie befürchtet hatte. Das letzte Mal hatte sich Inge Nowak derart sportlich gekleidet vor etwa dreißig Jahren während ihrer Ausbildung in der Polizeischule gesehen, ebenfalls in Blau-Weiß. Nur war sie damals eine junge, unverbrauchte Frau mit strahlenden Augen und einem rasanten kurzen Achtziger-Jahre-Haarschnitt gewesen. Was sie jetzt so unverhohlen aus dem Spiegel betrachtete, war so ziemlich das Gegenteil. Ihre Frisur glich einer schlecht sitzenden Perücke Typ Fehlfarben, die Augen lagen matt in dunklen Höhlen, und ihre Haut wies außer tiefen Furchen um den Mund und auf der Stirn den aschfahlen Teint auf, der auf Illustriertenfotos zur Kategorie *vorher* gehörte. Die Tatsache, dass sie drastisch abgenommen hatte, hatte ihr nicht etwa eine durchtrainiert wirkende Figur beschert, sondern dazu geführt, dass sie einen eingefallenen Eindruck machte. Sie zog die Jacke aus, um sich auch der letzten unvermeidlichen Wahrheit zu stellen. Ihre einst kräftigen Oberarme, mit denen sie mehr als eine Wohnung renoviert und nicht selten den Rückschlag einer Schusswaffe eingesteckt hatte, waren verschwunden. Dort, wo einmal Fett und Muskeln für Spannung gesorgt hatten, hing die Haut schlaff und erinnerte sie überdeutlich an eine gute Bekannte, an die sie in diesem Zusammenhang lieber nicht denken wollte: ihre Mutter.

„Du siehst grauenvoll aus, Nowak!“, sagte sie laut zum Schrankspiegel. „Das geht so gar nicht.“

Doch statt in Aktion zu treten, wurde die Patientin in Zimmer 101 von einer großen Welle der Gleichgültigkeit erfasst, die sie Richtung Bett zog. Es war doch vollkommen unwichtig, welches Bild sie abgab. Wen interessierte das schon? Und auch die Vorstellung, derart verkleidet am Strand herumhampeln zu müssen, löste den Impuls aus, einfach die Schuhe abzustreifen, die Hose auszuziehen, nach der Decke auf dem Sessel zu greifen, sich darunter zu verstecken und zu warten, bis der Vormittag vorüber wäre. Schon fühlte sie eine erste Erleichterung, als ihr Körper sich anschickte, den Rückzug anzutreten.

Hör auf mit der Selbstmitleidsnummer! Kannst du auch noch irgendetwas anderes als Opfer sein?

Sie hatte nach diesem Satz tagelang kein Wort mehr mit Verónica gewechselt, gedacht, sie würde es keine Stunde mehr Tür an Tür mit ihr aushalten. Der Klang ihrer Stimme, der genervte Unterton und die ungeschminkte Wahrheit waren Inge direkt in die Magengrube gefahren, hatten sie in eine Art gefühllosen Schwebezustand versetzt. Ohne Jacke war sie in die schneidende Berliner Februarkälte hinausgelaufen, am Kanal entlang, solange, bis alles in ihr gefroren war: die Wut, der Schmerz und die Angst. Als sie zurück in die Wohnung kam, war Verónica verschwunden und sie hatte ihr nicht gestehen können, dass sie sich mit dem, was in ihr vorging, selbst am meisten auf die Nerven ging. Seitdem hoffte Inge, Verónica würde es von allein bemerken. Wie sie kämpfte gegen das Aufgeben. Und um den Menschen, der sie gewesen war, bevor ihr das Leben um die Ohren geflogen war.

„Hör auf mit dem Selbstmitleid!“, sagte sie jetzt harsch zu ihrem Spiegelbild und nahm so etwas wie Haltung an. „Und geh zum Friseur!“

Dann drehte sie sich auf dem Absatz um und eilte im Laufschritt ins Foyer.

Sylvia Eberstätter mochte die Arbeitsmethoden ihres Chefs nicht. Mehr noch: Die Sechsunddreißigjährige mochte Erich Werle nicht besonders. Tagtäglich mit einem Menschen zu arbeiten, für den man wenig Sympathie hegte, hätte manch andere auf Dauer zermürbt. Doch die Oberkommissarin war mit einem schier unverwüstlichen Optimismus auf die Welt gekommen und hatte sich mit der Situation arrangiert. Kriminalhauptkommissar Werle hielt sich für den Starermittler in Mecklenburg-Vorpommern, vor allem seit der vom BKA für 2009 veröffentlichten Kriminalstatistik: Während die Kollegen vom Raubdezernat nur 57% ihrer Fälle hatten aufklären können, glänzte die Abteilung für Mord und Totschlag mit satten 100%. Wer in der Hansestadt tötete, kam nicht ungeschoren davon, und Werle war sich sicher, dass er mit seiner Arbeit dazu den größten Teil beitrug. Mit Mitte Fünfzig hielt er sich für das Vorbild jüngerer Kollegen. Seit Sylvia Eberstätter in seinem Team zusammen mit Timo Heiser die niederen kriminalistischen Tätigkeiten verrichtete, war es nicht ein einziges Mal vorgekommen, dass sich Werle bei den Ermittlungen besonders hätte anstrengen müssen. Im Allgemeinen hinterließen Mörder in seinem

Zuständigkeitsbereich unübersehbare Blutspuren, Fingerabdrücke oder Filmaufnahmen, wenn sie ihre Ehepartner, Arbeitskollegen, Rivalen oder Saufkumpanen erschlugen oder erschossen. Die Anzahl der Frauen unter den Tätern war außerordentlich gering. In ihrer gesamten Laufbahn hatte Sylvia Eberstätter nur eine Hausfrau erlebt, die mit Absicht ihren Schwager mit dessen Mercedes überfahren hatte und im Anschluss ohne Zwischenhalt zum Polizeirevier gefahren war, um sich zu stellen.

Werle ging also in allen Fällen erst einmal davon aus, dass der Täter aus dem familiären oder beruflichen Umfeld stammte. Und so war er auch diesmal bereits nach wenigen Stunden davon überzeugt, dass Angela Esser von keinem anderen umgebracht worden war als von ihrem eigenen Mann. Dabei deuteten noch keinerlei Indizien auf dessen Verstrickung in den Fall. Deswegen hätte die Oberkommissarin ihn auch nicht sofort vernommen, was Erich Werle gerade tat. Er hatte sich in einem der Gruppenräume im Untergeschoss eine Art Verhörraum einrichten lassen. Hier saß er mit dem Rücken zum Strandgarten und Blick auf die Tür hinter einem weißen Resopaltisch, vor ihm ein Stuhl, den er Jürgen Esser förmlich angeboten hatte. Sylvia Eberstätter saß etwa einen Meter schräg hinter ihrem Chef und machte sich auf ihrem Notepad Notizen.

„Meine Frau war kerngesund, als sie hierherkam. Also rein körperlich. Sie war bloß in den Wechseljahren und kam mit dem Älterwerden nicht zurecht. Die Kinder sind aus dem Haus, ich war viel unterwegs, und Angela verbrachte zu viel Zeit allein. Sie litt unter Depressionen. Sagten die Ärzte. Und dass es gut wäre, wenn sie eine Weile in eine Klinik ginge. So wie auf Kur. Dachte ich."

„Und was denken Sie jetzt?"

„Dass das keine Kur war. Die haben sie hier verrückt gemacht! Jedes Mal, wenn ich sie besucht habe, war sie komischer."

„Wie komischer?"

„Beim ersten Mal wollte sie mich gar nicht sehen, hat gesagt, sie muss zu sich finden und das kann sie nur allein. Dabei war doch genau das ihr Problem! Beim zweiten Mal war sie total aufgedreht und wollte unbedingt Auto fahren. Dabei hatte sie fast zwanzig Jahre nicht mehr hinterm Steuer gesessen. Wir haben nur gestritten. Einmal wollte sie dies, dann wieder jenes, war himmelhoch jauchzend und dann wieder zu Tode betrübt. Deshalb hab ich mir ja solche Sorgen gemacht und bin diesmal früher gekommen." Er schluckte. „Aber ich hätte niemals gedacht, dass sie sich etwas antut. So war meine Angela nicht. Sie war eine Kämpferin, die ließ sich nicht unterkriegen."

„Davon gehen wir auch nicht aus."

Jürgen Esser sah den Kommissar fragend an. „Wovon gehen Sie nicht aus?"

„Ihre Frau hat sich nicht das Leben genommen, sie wurde getötet."

Für einen Moment regte sich nichts in dem furchigen Gesicht des Mannes. Er starrte Erich Werle an, als verstünde er ihn nicht. Dann lachte er plötzlich blechern auf, erhob sich unsicher, ging zwei Schritte, verschränkte die Arme hinter dem Kopf und versuchte durchzuatmen. Doch aus seiner Kehle kamen keuchende Laute und er lief auf der Stelle im Kreis, als könnte er sich dadurch selbst Einhalt gebieten.

„Setzen Sie sich bitte wieder", forderte Werle ihn auf, der mit der Reaktion leicht überfordert war.

Esser tat das Gegenteil. Er lief mit großen Schritten durch den Raum, hin und her, so schnell, dass Sylvia Eberstätter fürchtete, er könne vor Erreichen der gegenüberliegenden Wand nicht mehr abbremsen.

„Sie sollen sich setzen!“, sagte der Hauptkommissar, diesmal etwas lauter und bestimmter und drehte sich fragend zu seiner Kollegin um. Sie zuckte mit den Schultern und flüsterte: „Einen Arzt?“ Ihr Chef schüttelte entschieden den Kopf und stand nun ebenfalls auf.

„Wenn Sie sich jetzt nicht sofort wieder setzen, lasse ich Sie abführen, Mann. Sie stehen unter Tatverdacht, falls Sie das noch nicht bemerkt haben, und Sie tun gerade nicht viel dafür, mich davon zu überzeugen, dass Sie unschuldig sind.“

Bei diesen Worten blieb Jürgen Esser stehen, ließ die Arme sinken, seine Augen verdrehten sich nach oben, er knickte ein, fiel in sich zusammen und schlug hart auf den Boden.

Sensibel wie immer, dachte die Oberkommissarin und beeilte sich, eine Krankenschwester zu holen.

Rechts und links nicht voneinander unterscheiden zu können, half nicht wirklich dabei, wenn man spiegelverkehrt gymnastische Übungen nach Anleitung ausführen sollte. Vorsichtshalber hatte sich Inge Nowak in die hinterste Reihe gestellt und einfach gemacht, was ihr Vordermann tat, der allerdings ebenfalls Schwierigkeiten zu haben schien, einen Kranich darzustellen. Aerobic wäre ihr lieber gewesen als der Versuch, Tierfiguren zu turnen, wobei ‚turnen' mit Sicherheit nicht das richtige Wort dafür war. Hier ging es um Spannung und Entspannung, wie die Qi-Gong-Lehrerin erklärte, und darum, Energie frei fließen zu lassen. Bei Inge Nowak jedoch floss nichts, nicht einmal der Schweiß, denn dazu war es am Strand noch zu frisch. Auf einem Bein im Sand zu stehen war bei ihren Gleichgewichtsstörungen ebenfalls eine Herausforderung, und so verbrachte sie die halbe Stunde damit, sich hinter dem dicksten Teilnehmer der Gruppe zu verschanzen.

Am Ende war sie die Erste auf dem Parkplatz, die Zigaretten hatte sie vorsorglich in die Tasche ihrer Kapuzenjacke gesteckt. Es erschien ihr seltsam, sich nach all den Jahren der Unabhängigkeit vorschreiben zu lassen, wo sie rauchen durfte und wo nicht. Morgen würde sie einfach außer Sichtweite in Richtung des nah gelegenen Wäldchens spazieren, statt sich zwischen parkenden Autos herumzudrücken. Zum ersten Mal bedauerte es Inge, keinen Wagen dabeizuhaben. Auf diese Weise hätte sie wenigstens über einen Sitzplatz mit Aschenbecher verfügt.

Sie lehnte in einer der Ecken der hölzernen Umzäunung des Parkareals, das ein wenig wie eine Koppel anmutete. Moderne Pferdestärken in altmodischer Manier. Ohne sich zu überlegen, was sie sagen würde, tippte sie Ellen Weyers Nummer in ihr Handy. Kaum war die Verbindung hergestellt, klickte es: „Die gewählte Rufnummer ist zurzeit nicht erreichbar. Sie werden per SMS benachrichtigt, sobald sie wieder erreichbar ist. Dieser Komfort-Service ist für Sie kostenfrei."

Sicher war Ellen Weyer noch unterwegs, wenngleich es nur wenige Kilometer bis nach Rostock waren. Auch Inge Nowak hatte versucht, ihren Hausarzt davon zu überzeugen, sie in eine Klinik in der Nähe ihres Wohnorts einzuweisen, von denen es in Berlin und Umgebung genügend, auch mit gutem Ruf gab. Er aber hatte darauf bestanden, sie in die *Seerose* zu schicken: „Sie brauchen Tapetenwechsel, Frau Nowak. Und die gute Luft an der See. Vor allem aber Therapeuten, die etwas von Ihrem Leiden verstehen. Bessere als dort finden Sie in ganz Deutschland nicht. Trauma- und Depressionsspezialisten. Die kriegen Sie wieder hin. Seien Sie froh, dass Sie Beamtin sind. Zweite-Klasse-Patienten warten mindestens ein halbes Jahr auf die Aufnahme, Sie werden bestimmt schon in ein paar Wochen aufgenommen."

Das war vor zwei Monaten gewesen. Nun war sie hier, bisher hatte noch niemand versucht, sie wieder ‚hinzukriegen', dafür war bereits ein Mord geschehen, der sie nichts anging. Ob ihr Kollege aus Rostock sie auch vernehmen würde? Ob er alle Patienten befragen wollte? Soweit die Berliner Kommissarin es überblicken konnte, befanden sich mit ihr an die hundert Leute in stationärer Behandlung. Viele von ihnen dürften in der einen oder anderen Gruppe mit Angela Esser zu tun gehabt haben. Inge Nowak ging vor ihrem geistigen Auge ihren Behandlungsplan durch: Wassergymnastik, Tanztherapie, Strandwandern, Yoga, Gruppentherapie – überall war die Tote auf eine andere Konstellation von Menschen getroffen, in der sich ihr Mörder oder ihre Mörderin versteckt haben könnte. Falls er oder sie sich hatte verstecken müssen und nicht von außerhalb kam. Aber wer sollte dazu anreisen, um ausgerechnet hier einen Selbstmord vorzutäuschen? Viel logischer war es doch, eine solche Inszenierung nach Angela Essers Entlassung zu planen, als letzten Ausweg nach einer misslungenen Therapie darzustellen.

Inge Nowak zündete sich eine zweite Zigarette an. Wieso kam sie auf eine solche Idee? War es jene Hintertür, die sie sich insgeheim selbst offenhielt, sollte man ihr hier nicht helfen können? Noch vor einem Jahr wäre ihr Urteil über Selbstmörder anders ausgefallen. Nur Feiglinge, so hatte sie gedacht, brächten sich um und hinterließen verantwortungslos unglückliche Lebenspartner, verschreckte Halbwaisen und verlassene Freunde, die sich ein Leben lang Vorwürfe machen müssten, den Freitod nicht verhindert zu haben. Jedes Problem hatte die Hauptkommissarin, die für ihre hohen moralischen Maßstäbe bekannt war, für grundsätzlich lösbar gehalten: Weglaufen, so hatte sie nicht selten in Verhören betont, sei keine wirkliche Option. Inzwischen hatte sie ihre Meinung geändert. Ein Leben war nicht mehr lebenswert, wenn man sich nicht mehr in die Augen sehen konnte. Sich selbst der größte Feind zu sein, war zugleich eine Kriegserklärung an die anderen. Wer sich hasste, war nicht in der Lage zu lieben, und wer zu lieben verlernt hatte, war allein genug, um seinem Leben ein Ende setzen zu dürfen. Inge Nowak wusste, dass etwas an diesem Gedanken stimmte und doch nicht. Aber er war verführerisch in Momenten des Selbstzweifels. Vielleicht hatte Angela Esser sich ja doch selbst getötet, die Obduktion konnte unmöglich abgeschlossen sein, und was hieß schon dilettantisch? Dass sie zuvor erschossen worden war? Das hätte der Kollege aus Rostock anders ausgedrückt. Dass Fingerabdrücke auf Fremdeinwirkung hindeuteten? Trotz des Brands musste es um den Tatort herum vor Spuren nur so gewimmelt haben. Wenn sie, Inge Nowak, sich im Raucherklub der Fachklinik *Seerose* hätte verbrennen wollen, hätte sie im ganzen Raum Benzin ausgeschüttet, die Wände und auch die Decke bespritzt, sich schließlich selbst damit getränkt, die Tür abgeschlossen und brennende Streichhölzer in alle Richtungen geworfen, bevor sie sich selbst entzündet hätte. Wahrscheinlich hätte es auf den ersten Blick so ausgesehen, als wäre sie ermordet worden. Im Grunde, dachte Inge, wäre es auch so gewesen, denn zwei Seelen würden sich in einer solchen Nacht getroffen haben. Wer immer sich tötete, so viel wusste sie inzwischen, lag im Widerstreit mit sich selbst, kämpfte erbittert um Leben und Tod und hatte die Schlacht am Ende verloren.

Der grüne Polo war einmal nach Rostock gefahren und befand sich nun wieder auf dem Rückweg. Jens war nicht wie verabredet um halb elf in seiner Wohnung gewesen. Auf ihre Anrufe hatte er fast eine ganze Stunde nicht reagiert. Das war typisch für ihn. Wenn er keine Lust oder Zeit hatte, ging er einfach nicht ans Telefon. Klinkte sich aus. Oder hatte es etwas zu bedeuten? Wollte er aussteigen? Sie am Ende ausbooten? Nein. Sie schüttelte den Kopf, als wollte sie sich von dem beklemmenden Gedanken befreien. So war Jens nicht. Außerdem hatte er ihr gegen zwölf endlich eine SMS geschickt, dass er sie dringend in der Datscha erwarte. Sie solle sich beeilen und bis dahin ihr Handy ausschalten. Sie müssten jetzt vorsichtiger sein und er habe interessante Neuigkeiten. Er hatte ja recht – von jetzt an konnte alles passieren. Von dieser Gewissheit zeugten ihre feuchten Hände. Und von einer nervösen Unruhe, die man auch einfach Angst nennen konnte.

Ellen Weyer schaute auffällig oft in den Rückspiegel, besonders als sie das Waldstück erreicht hatte und langsam einen unbefestigten Weg entlangholperte. Die offene Reisetasche im Kofferraum war umgekippt, die oben aufliegenden Turnschuhe herausgefallen, auf das mit einem Gummiring zusammengehaltene Zeichenpapier. Würde man es aufrollen, zeigte es wilde Wachsmalkreide-Striche in unterschiedlichen Rot- und Gelbtönen. Sie waren blind entstanden, in einer Art Trance zu rhythmischer Musik. Die Beine hatten sich unwillkürlich im Takt bewegt, die Hände wahllos nach einer zuvor auf die Ablage der Staffelei gelegten Kreide gegriffen und in immer schnellerer Abfolge lautstark Spuren auf dem weißen Papier hinterlassen. Erst nach dem vierten Musikstück und als die Kreiden entweder abgebrochen oder zur Neige gegangen waren, hatte sie das Tuch vor den Augen abgenommen und staunend betrachtet, was auf der weißen Fläche entstanden war. Noch erstaunlicher aber fand sie, was der Kunsttherapeut zu ihrem Bild zu sagen hatte, das jetzt, eingeklemmt zwischen Reisetasche und Koffer, und vom Gewicht eines Turnschuhs eingedrückt, im Kofferraum eines Wagens lag, der auf eine Waldhütte zusteuerte.

„Das ist dein Herz. Es sprüht vor Energie, aber es weiß nicht, wohin damit. So viel ungesteuerte Leidenschaft, die Gefühle scheinen außer Kontrolle."

Zu diesem Zeitpunkt hatte sie die Dinge noch im Griff gehabt. Oder zumindest hatte sie es geglaubt. Kurz danach war wirklich alles außer Kontrolle geraten. Sie hatte nicht mit Angela gerechnet. Wie man sich in einem Menschen so sehr täuschen konnte. Aber beruhte nicht das ganze Leben darauf, dass sich alle gegenseitig etwas vorspielten? Waren es nicht oft die schwächsten Glieder einer Kette, diejenigen, die mit subtiler Aggression zur Tat schritten? Und war nicht jeder Akteur auch Opfer seiner Umstände? Die depressive Hausfrau jenseits der Fünfzig jedenfalls, die sie für vollkommen handlungsunfähig gehalten hatte, hatte kopflos gehandelt, und das hatte sie das Leben gekostet. Wie viele in der Klinik waren eigentlich Wölfe im Schafspelz? Oder waren alle Wölfe – die einen mit mehr und die anderen mit weniger Fähigkeiten, sich zu zähmen?

Eines Morgens hatte Zikowski die Gruppentherapie mit der Geschichte eines alten Indianers begonnen. Sein Enkel hatte ihm die Frage gestellt, wer gut und wer böse sei und woran man das erkennen könne. Der Großvater hatte ihm geantwortet, dass in allen Menschen ein heller und ein dunkler Wolf miteinander kämpften. Daraufhin wollte der Junge wissen, welcher Wolf denn gewinnen würde. Der Indianerhäuptling hatte erwidert: der, den du fütterst. Die Geschichte hatte sie alle sehr beeindruckt und im Anschluss war eine angeregte Diskussion darüber entstanden, ob es tatsächlich so sei, dass Menschen zu jedem Zeitpunkt ihres Lebens die Wahl hätten, sich mitfühlend, aufbauend und konstruktiv oder egoistisch, kriegerisch und zerstörerisch zu verhalten. Ellen Weyer hielt sich für im Grunde gut. Sie wollte niemandem etwas zuleide tun, keinen verletzen. Im Gegenteil, sie kämpfte leidenschaftlich für Gerechtigkeit und das konnte doch nicht schlecht sein. Auch wenn sie dafür manchmal den dunklen Wolf füttern musste, um zu ihrem Recht zu kommen. Zikowski hatte ihr lächelnd zugehört, und sie hatte gespürt, wie der Ärger in ihr hochgestiegen war, weil sie sich nicht ernst genommen fühlte. Er hatte sie angeschaut wie ein Kind, das seine Lektion noch nicht gelernt hatte. Gütig, ein wenig mitleidig und mit dieser Art von sanftem Wohlwollen, das ihr von Anfang an auf die Nerven gegangen war. Aber sie wollte keine Zeit damit verplempern, sich in Diskussionen mit einem Seelenklempner zu verwickeln. Dazu war sie nicht in die Klinik gekommen. Sie arbeitete genau nach Plan und alles war wie am Schnürchen gelaufen. Bis Angela dazwischengefunkt hatte. Nun durfte sie keinen Fehler machen. Nicht so kurz vor dem Ziel. Jens und sie mussten schnell sein. Konnte sie sich noch auf ihn verlassen?

Sie sah seinen Wagen schon von Weitem und atmete auf. Am Morgen hatte sie ein ungutes Gefühl beschlichen. Kopfkino, hätte Zikowski gesagt. Dabei hätte sie selbst beinahe alles verpatzt und mit der Kommissarin aus Berlin geredet. Sie hatte sogar einen Zettel in ihr Fach gesteckt und um Rückruf gebeten. Als ob sie sich einer Mitwisserin versichern müsste. Ausgerechnet eine Polizeibeamtin – war sie denn von allen guten Geistern verlassen? Es war eine unerklärliche Angst gewesen, im letzten Moment könnte alles aus dem Ruder laufen, einen Augenblick hatte sie sich vor der eigenen Courage gefürchtet und davor, am Ende ganz alleine dazustehen. An Jens gezweifelt. Wie konnte sie nur?

Ellen Weyer manövrierte ihr Auto neben den großen Geländewagen, der quer vor der Holzhütte geparkt war, und stieg aus.

„Jens?" Wahrscheinlich war er im Gegensatz zu ihr die Ruhe selbst und hatte schon Kaffee gekocht.

Sie lief um den alten, angerosteten Mitsubishi herum und dann sah sie, dass er noch am Lenkrad saß. Sie beschleunigte ihren Schritt, ihr Herz machte einen kleinen Freudensprung, dann stolperte es und überschlug sich: Jens Wiskamp lehnte schräg am Fahrersitz, seine Beine hingen haltlos aus der Tür, die Arme schlaff am Körper herab, und seine linke Gesichtshälfte, sein Ohr und seine Schulterpartie waren blutüberströmt. Ellen Weyer schlug die Hand vor den Mund, wich erschrocken zurück und steuerte mit dem Rücken direkt auf die Mündung der Pistole zu, aus der eine Kugel ihren Freund kurz zuvor getötet hatte.

Inge Nowak überlegte fieberhaft, wie sie dem nachmittäglichen Termin aus dem Weg gehen könnte.

„Alle Patienten kommen zweimal die Woche in den Genuss einer Wohlfühl-Massage, um die Seele baumeln zu lassen. Sie legen sich einfach hin und genießen. Das gehört natürlich zu den medizinischen Verordnungen, auch wenn es einfach nur schön ist."

Das war die Antwort Schwester Agathes auf die Frage gewesen, ob die Behandlung in der physiotherapeutischen Abteilung verpflichtend sei.

Sich einfach hinlegen und genießen. Allein der Gedanke, berührt zu werden, entfachte in ihr körperlichen Widerstand, schon bei der Vorstellung von Fingerspitzen auf der Haut zog sich etwas in der Herzgegend zusammen. Unsichtbare Schotten fuhren hoch, wenn die Außenwelt zu nah an ihren Körper herankam. Sie versagte sich Wind und Sonne, sie erlaubte keine Umarmung, keine Zärtlichkeit, keine Leidenschaft, sie verbot sich alles, was angenehme Empfindungen in ihr hätte auslösen können. Der Gedanke, dass Johanna einen Teil ihrer Sensibilität an Armen und Beinen verloren haben könnte, die Gewissheit, dass jede Transplantation eine Narbe hinterließ und jeder Narbe der Schmerz innewohnte, hatte im Laufe der Wochen und Monate dazu geführt, dass Inge Nowak sich schämte, sobald sie sich in ihrer Haut allzu wohl fühlte. Als könnte sie Johannas Zustand lindern, indem sie sich bestrafte.

Nachdem klar war, warum das Auto explodiert war, in dem ihre Tochter gesessen hatte, wollte Susanne Inge nicht mehr sehen. Weder im Kranken- noch im Treppenhaus.

„Wenn du noch einen Funken Anstand besitzt, verschwindest du für immer aus unserem Leben."

Es war Verónica, die sich hin und wieder nach Johanna erkundigte. Am schwersten waren ihre Gliedmaßen betroffen. Mehrere Hautverpflanzungen waren nötig gewesen, bis das Gewebe soweit hergestellt war, dass es wieder durchblutet wurde und die Selbstheilungskräfte sich entfalten konnten. Besonders kompliziert verhielt sich die Heilung der Beine. Sie waren dem Sprengsatz am nächsten gewesen. Auf wundersame Weise war der Rest des Körpers von den Flammen weitgehend verschont geblieben, wenngleich an einigen Stellen deutliche Brandmale zurückbleiben würden.

In wie vielen Nächten hatte Inge Nowak versucht, sich die Schmerzen einerseits, die Taubheit andererseits vorzustellen und das Eingesperrtsein in eine verletzte Hülle, derer man sich nicht entledigen konnte? Es verhielt sich mit der Haut wie mit der Schuld: Man blieb auf immer mit ihr verbunden. Und so war sie an Johanna gefesselt und teilte ihr Schicksal, indem sie sich zurückzog in eine innere Welt, die jeden direkten Kontakt mit dem Außen vermied.

„Guten Tag. Sie sind Frau Nowak? Haben Sie Ihr Bettlaken dabei?"

Sie erhob sich von dem Stuhl, auf dem sie vor dem Behandlungsraum auf ihren Termin gewartet hatte, und sah den jungen Mann in Weiß fragend an: „Mein Bettlaken?"

„Sie haben ein zusätzliches Bettlaken bekommen, es sollte eigentlich in Ihrem Kleiderschrank liegen. Das bringen Sie bitte immer zu unserer Behandlung mit, um es auf die Liege zu legen. Für heute gebe ich Ihnen einfach ein frisches von uns, das nächste Mal bringen Sie bitte Ihr eigenes mit, ja?"

Er führte sie durch ein Labyrinth von Kabinen, an zahlreichen zurück- und zugezogenen Vorhängen vorbei, bis er vor einem stehen blieb, sie hindurch bat und ihr die Hand reichte: „Ich bin übrigens Paul Riemann, Ihr Masseur."

Inge Nowak stand unschlüssig vor der kleinen Kabine, die ein großes Fenster mit Meerblick hatte.

„Vielleicht setzen Sie sich erst einmal?“ Er deutete auf die Liege.

Sie reagierte nicht auf seine Aufforderung, sondern sagte jovial: „Hören Sie – ich mag es eigentlich nicht besonders, angefasst zu werden. Kann ich Ihnen einfach freigeben?“

Er lächelte. „Ich fürchte, das geht nicht. Aber ich tue nichts, was Sie nicht wollen, keine Angst.“

„Ich habe keine Angst“, sagte sie unfreundlicher als beabsichtigt.

„Schön.“

Sie setzte sich an das Kopfende der Liege, ließ ihre Beine baumeln und schaute hinaus. Direkt vor ihr erstreckte sich noch einige Meter ein kunstvoll angelegter Garten, dahinter begann der Strand. Einige Patienten hatten Liegen unter Sonnenschirme geschoben, und wer es nicht besser wusste, konnte denken, dass es sich um ganz normale Strandurlauber handelte.

„Was halten Sie davon, wenn ich mich einfach ein wenig mit Ihren Füßen beschäftige?“ Dass er bereits einen kleinen Hocker geholt und sich gesetzt hatte, unterstrich die Tatsache, dass es nur eine rhetorische Frage gewesen war. Ehe Inge Nowak protestieren konnte, hatte er sich ihre Turnschuhe auf die Knie gestellt und die Schnürsenkel geöffnet. Geschickt zog er ihr die Schuhe und Sportsocken aus und positionierte ihre nackten Füße in dem Knick zwischen Leiste und Oberschenkel. Eine angenehme Wärme kletterte in ihr hoch und im selben Moment lief es ihr eiskalt über den Rücken: Nein!

„Hören Sie auf!“, forderte sie ihn auf und musterte ihn feindselig.

Er lächelte wieder, diesmal beinahe mitleidig. „Ihre Füße sind traurig. Ich würde sie gern ein wenig trösten."

Die sind hier alle übergeschnappt, dachte Inge Nowak. Wahrscheinlich hat es überhaupt keinen Zweck, sich zu widersetzen. Er würde nicht von ihr ablassen, es war einfach sein Job, irgendetwas mit ihr anzustellen. Sie blickte auf den Wecker, der in einer Ecke stand. Fünf der dreißig Minuten waren bereits vergangen. Vielleicht war es das geringste Übel, sich die Füße massieren zu lassen.

„In Ordnung", lenkte sie ein. „Eine Fußmassage, mehr nicht." Ohne seine Reaktion abzuwarten, stand sie auf, breitete das Laken, das er ihr nach Eintritt in die Kabine hingehalten hatte, auf der Liege aus, legte sich hin und schloss die Augen. Irgendwie würde auch das vorübergehen.

Später hätte Inge Nowak nicht sagen können, was er eigentlich mit ihr gemacht hatte. Sie konnte sich nur daran erinnern, dass ihre Füße in seinen Händen verschwunden waren und dass sie gänzlich unerwartet von einer enormen Hitze überrollt wurde, die ihren ganzen Körper zu elektrisieren schien. Gleichzeitig überfiel sie ein Gefühl der Enge, ihr Mund öffnete sich unkontrolliert und sie rang nach Luft. Sie hörte sich geräuschvoll atmen, beinahe nach Luft schnappen. Um sich Platz im Hals zu schaffen, hätte sie gern einen Laut herausgepresst, und je stärker sie versuchte, diesen Impuls zu unterdrücken, umso größer wurde ihr Bedürfnis danach.

„Einfach loslassen." Paul Riemanns Stimme klang so weich, wie seine Finger jede einzelne ihrer Zehen berührte, wie seine Hände schließlich ihre Knöchel umfassten, um die Fußsohle an seinen Brustkorb heranzuziehen. Das war der Moment, in dem etwas in Inge Nowak zum Bersten kam. Glassplitter, Feuer, Wassermassen, Gischt – sie bäumte sich auf, hörte sich wie im Traum einen schrillen Schrei ausstoßen, als ob der Ton nicht aus ihr, sondern aus einer Fremden herauskäme, und riss vor Schreck darüber die Augen auf: Zu ihren Füßen saß stumm und ernst der junge Masseur und hielt ihre Knöchel umfasst. Verwirrt sank sie wieder zurück und verschränkte die Arme über dem Gesicht, wie Kinder, wenn sie nicht gesehen werden wollen.

„Es ist alles in Ordnung, Frau Nowak. Ruhen Sie sich einfach noch ein wenig aus und stehen Sie auf, wenn Sie meinen, dass es an der Zeit ist."

Die Kriminalhauptkommissarin nahm nur von Ferne wahr, wie der Masseur sie zudeckte und leise die Kabine verließ. In ihr war eine sonderbare Ruhe eingekehrt, die ihre ganze Aufmerksamkeit beanspruchte.

Weiß. Milchig, undurchdringlich, dicht. Dahinter in Watte verpackte Gedanken, die keinen Sinn ergaben. Hatte sie die Augen geöffnet? Waren sie geschlossen? Ihr Körper fühlte sich leicht an, nur der Kopf wog schwer, schien viel zu wuchtig für den schmalen Hals zu sein, immer wieder drohte er zur Seite zu kippen. Sie schwebte aus dem Nebel hinein in eine Landschaft, die sie zu kennen glaubte. Am Horizont schneebedeckte Berge, sanfte, grasbewachsene Hügel, die sie mit den Fersen streifte. Es war still und friedlich, und doch zitterte die Erde. Bei jedem Herzschlag spürte sie unter ihren Füßen eine kleine Erschütterung, als ob sich ein Unwetter näherte. Dabei war der Himmel so blau, dass es fast schmerzte, stählern und unerbittlich klar. In der Ferne ragte ein schroffer Felsen unförmig aus dem Boden, hinter dem sich etwas bewegte. Und nun erkannte sie ihn, wie er da über die Wiese lief: sein kuscheliges Fell, in der Linken einen Milcheimer und die tapsigen Pfoten. Doch etwas stimmte nicht mit dem Bären. Sein Gesicht war unnatürlich nach hinten gedreht, als könnte er mit dem Hals rotieren, sein Hinterkopf war ihr zugewandt, so taumelte er schwerfüßig auf sie zu. Schließlich blieb er einige Meter vor ihr stehen. Aus seiner Kehle drang ein heiseres Grunzen und sein Ausatmen schwärzte die Luft. Sie sah an sich hinunter und stellte fest, dass ihre Beine unnatürlich verrenkt waren und ihre Füße in zusammengezurrten Ballettschuhen steckten. Der Bär stellte seinen Eimer vor ihr ab und eine rote Flüssigkeit schwappte heraus. Dann drehte er langsam seinen Kopf und schon auf halber Strecke erkannte sie, warum er sich abgewandt hatte: Dort, wo die Schnauze und die Augen gewesen waren, klaffte eine große, blutige Wunde. Insekten und Maden tummelten sich darin und fraßen millimeterweise Sehnen, Muskeln und rohes Fleisch. An einigen Stellen hatten sie den Schädel bereits freigelegt und die Knochenfläche schimmerte weiß, unnatürlich sauber. Obwohl nichts von seinen Gesichtzügen übrig geblieben war und trotz des Ekels, der sie bei dem Anblick des Tieres augenblicklich überkam, fühlte sie seine unendliche Traurigkeit. Er schien ihr etwas sagen zu wollen, streckte seine Tatze nach ihr aus, doch mehr als ein von Blut begleiteter Laut sprudelte nicht aus ihm heraus. Sie war wie gelähmt, und plötzlich, ohne Vorwarnung, tat sich vor ihr der Boden auf, ein starker Sog, dem sie nichts entgegenzusetzen hatte, zog sie wirbelnd nach unten, hinein in die Erde, in immer tiefere Gesteinsschichten, durch einen immer engeren Spalt, bis sie schließlich eintauchte in eiskaltes Wasser, dessen zerberstende Oberfläche ihr die Haut vom Leib zu reißen schien.

Das erste, was Ellen Weyer sah, als sie die Augen öffnete, war schlimmer als ihr Traumbild. Vor ihr, in einem nur durch eine Kerze erhellten Verlies saß ein Mann. Er lehnte steif, ein wenig schief an der Wand und starrte sie mit weit geöffneten Augen an. Die Schulterpartie seiner Jacke war nach oben hin verrutscht und bedeckte einen Teil des Kinns, sein Mund stand unnatürlich weit offen.

Der Tod. Vor mir sitzt der Tod.

Sie wagte nicht, sich zu rühren. Sie wagte nicht zu atmen. Spürte nur die eisige Kälte, die sie eben noch für einen Traum gehalten hatte, in jeden Winkel ihres Körpers eindringen. Ihre Hände begannen zu zittern, ihre Knie leicht aneinanderzuschlagen und mit dem metallischen Schmerz, der in ihre Schläfen schoss, stieg die Übelkeit in ihr hoch. Aus einem Reflex heraus drehte sie sich zur Seite und übergab sich. Einmal, zweimal, immer wieder, solange, bis mit dem Würgen nichts mehr aus ihr herauskam und sie erschöpft zurücksank. Dabei streckte sie die Beine aus und ihre Füße stießen unsanft mit denen des Toten zusammen.

Erschrocken fuhr sie zurück, zog die Beine fest an den Körper und vergrub ihren Kopf zwischen ihren Armen. Das hier war kein Albtraum. Zu deutlich der Geschmack im Mund, zu scharf der Schmerz im rechten Arm, zu klar die Umrisse des Körpers ihr gegenüber. Wer war der Mann? Er kam ihr sonderbar vertraut vor, doch seine Umrisse im fahlen Licht und seine Augen, die sie anstarrten, sagten ihr nichts. Wie war sie hierhergekommen? Wo war sie? Und was war überhaupt geschehen? Ellen Weyer überlegte angestrengt, doch ihr Gehirn produzierte keine Antworten. Sie konnte sich an nichts erinnern. Nicht einmal an ihren Namen.

Es war keine bewusste Entscheidung gewesen. Inge Nowak war nur zufällig auf die Haltestelle zugegangen, als der Bus hielt. *Rostock*, las sie in roten Leuchtbuchstaben über der Windschutzscheibe. Dann stieg sie ein, als hätte sie niemals etwas anderes vorgehabt. Wahrscheinlich waren sämtliche Friseursalons der Stadt am Freitagnachmittag überfüllt, und sie würde Ärger bekommen, weil sie nicht zur Wassergymnastik erschien. Doch keine zehn Pferde hätten die Kommissarin dazu bewegt, sich heute noch im Badeanzug zu zeigen und sich in Chlorwasser zu verrenken. Die Erfahrung eines unkontrollierten Ausbruchs hatte ihr schon bei der Massage gereicht. Seltsam zufrieden und erschöpft war sie danach gewesen, und der Zustand einer gewissen Leichtigkeit hielt immer noch an. Sonst hätte sie ganz sicher keine Fahrkarte in die Hansestadt gelöst, in der sie nach gut zwanzig Minuten ankam. Auf der Fahrt war sie in eine angenehme Müdigkeit eingetaucht, der Bus hatte sie sanft in einen Dämmerzustand geschaukelt, aus dem sie erst erwachte, als der Busfahrer rief: „Endstation!"

Sie beeilte sich, auszusteigen, und fand sich auf einem aufgeräumt wirkenden Bahnhofsvorplatz wieder. Von dort aus folgte sie den touristischen Wegweisern in die Altstadt, nicht ohne nach einer Post Ausschau zu halten. Sie fragte sich, ob man auf den gelben Ämtern noch immer Einsicht in die örtlichen Telefonbücher nehmen konnte oder ob dieser Service sich durch die Verbreitung internetfähiger Handys erübrigt hatte. Natürlich verfügte sie über ein Smartphone, mit dem sie online gehen konnte, aber erstens hatte sie Schwierigkeiten beim Eingeben von Buchstaben und zweitens zu wenig Geduld, um zu warten, bis der Minibildschirm ein sinnvolles Ergebnis anzeigte.

Als sie das hinter steinernen Bögen liegende Postamt am Rathaus erblickte, schwand jegliche Energie hineinzugehen, und sie entschied sich kurzerhand, bei einem Espresso ausnahmsweise doch ihr Telefon zu befragen. Sie setzte sich in ein Café und betrachtete die Geschäftshäuser gegenüber, die allesamt für die Fotoaufnahmen der nicht besonders zahlreichen Besucher herausgeputzt schienen. Das ganze Ensemble war zu beschaulich, zu makellos, um Inge Nowak zu gefallen. Es erinnerte sie an ihre Heimatstadt Münster, in der man nach dem Zweiten Weltkrieg die zerbombte Innenstadt im alten Stil wieder aufgebaut hatte. Dabei war es vor allem um die schönen Fassaden gegangen. Hier wie da war wohl vor allem das Äußere von großer Wichtigkeit.

Der Espresso war zu dünn und lauwarm, und Inge Nowak bedauerte es, keine italienische Eisdiele gefunden zu haben. Sie zückte ihr Handy und suchte im Rostocker Telefonbuch nach dem Namen Weyer: sechs Einträge, darunter einen mit der Vornamensabkürzung E. Die Adresse gab sie gleich in den Routenplaner ein.

E. Weyer wohnte unweit der Universität, in der Rungestraße. Möglicherweise würde Inge Nowak auf dem Weg dahin über einen hanseatischen Coiffeur stolpern und wenn nicht, könnte sie nach einem besseren Kaffee gemütlich wieder den Rückweg antreten. Der letzte Bus, um nicht zu spät zum Abendessen in der Klinik zu erscheinen, fuhr nach Auskunft des Busfahrers in zwei Stunden. Wenn sie ehrlich war, gab es keinen triftigen Grund, herauszufinden, wo Ellen wohnte. Im Gegenteil. Es war eine völlig absonderliche Idee, und die junge Frau würde sie wahrscheinlich für genauso verrückt erklären, wie sie sich inzwischen fühlte. Inge Nowak war kein Mensch von

Übersprunghandlungen, und im Allgemeinen hatte sie sich bestens im Griff. Sie tat nur etwas, was sie in all den Wochen und Monaten nach der Katastrophe nicht wieder aufgegeben hatte, ganz gleich, wie sie sich auch gefühlt haben mochte und was auch geschehen war – sie folgte ihrem Instinkt. Denn genau das hatte sie nach dem ersten Drohbrief von Mannstein nicht getan: auf ihre innere Stimme gehört.

Vielleicht war das, was Ellen Weyer ihr zu sagen hatte, das alles Entscheidende für ihren Aufenthalt in der Klinik, der Schlüssel zur Genesung oder einfach nur die Warnung, vorsichtig zu sein und den Therapiemethoden auf keinen Fall zu vertrauen. Oder sie interpretierte zu viel in das kleine Zettelchen mit der Telefonnummer hinein. War ihr Ausflug nur ein hysterischer Versuch, sich an etwas Vertrautem zu orientieren, und sei es nur an einer flüchtigen Bekanntschaft inmitten von Fremden? Oder arbeitete in ihr doch die Kommissarin, die einen Fall witterte? Inge ließ sich die Liste der gewählten Rufnummern anzeigen und aktivierte die letzte neu. Wieder klickte es und wieder wurde die Anruferin darüber informiert, dass die Nummer zurzeit nicht erreichbar sei. Sie fand das untypisch. Eigentlich schätzte sie Menschen wie Ellen so ein, dass sie ununterbrochen erreichbar waren, ja, dass sie kontinuierlich dafür sorgten, über möglichst viele Kanäle erreichbar zu bleiben. Wahrscheinlich war der Akku leer, sie konnte ihr Aufladegerät nicht finden, hatte es im schlimmsten Fall bei ihrer Abreise in der *Seerose* vergessen. Schließlich war die junge Frau Hals über Kopf aufgebrochen und hatte sich nicht einmal mehr verabschiedet.

In kurzen Abständen, im Grunde nach jeder Kreuzung, blickte die Berliner Hauptkommissarin unauffällig auf das Display ihres Mobiltelefons, um sicherzugehen, noch auf der richtigen Route zu sein. Nach etwa zehn Minuten stand sie schließlich vor einem dreistöckigen Backsteinbau, dessen Eingangstor offen stand und auf eine Art Industriehof führte. Sie schlenderte hindurch, und schon von Weitem war sie sicher, dass sie die Wohnung der Gesuchten gefunden hatte: Die Remise mit den zwei großen Fenstern, vor denen maßgeschneiderte Stahljalousien heruntergelassen waren, und die hölzerne Bank vor der efeuumrankten Mauer wiesen auf einen ausgesuchten Stil hin, den Inge auch an der Kleidung ihrer Tischnachbarin ausgemacht hatte. Und tatsächlich, an der Klingel stand Ellen Weyers Name und darunter: Journalistin. Offensichtlich war sie noch gar nicht zu Hause gewesen, denn der Briefkasten war länger nicht geleert worden. Es steckte eine Wochenzeitung in dem Schlitz, und Inge erspähte Briefe und Postwurfsendungen darin.

„Wollen Sie zu Ellen?" Die Stimme kam von einem älteren Mann, der am weit geöffneten Fenster der Erdgeschosswohnung gegenüber stand.

„Ja. Scheint aber nicht da zu sein."

„Sollte aber. Hat mich versetzt, das Mädel. Wollte mich nach Mittag zum Doktor fahren. Meine Beine, wissen Sie? Machen nicht mehr so mit. Ist aber nicht gekommen. Ist gar nicht ihre Art." Er atmete schwer, als kostete ihn das Reden große Anstrengung. Dann schob er nach: „Das arme Ding ist ja selbst krank gewesen, der Kopf tut ihr immer so weh! Da war sie auf Kur." Jetzt erst musterte er sie wirklich. „Und Sie?"

„Ich bin eine alte Freundin von Ellen. Ich dachte auch, sie kommt heute wieder." Alte Freundin, dachte sie, wie wahr, ich könnte ihre Mutter sein.

„Soll ich ihr was ausrichten?“

„Nein, vielen Dank. Ich rufe sie später an!“ Mit einem kurzen Nicken und leicht gehobener Hand zum Gruß verabschiedete sich Inge Nowak von dem Rentner und verließ den Hof.

Die Hauptkommissarin hatte kein gutes Gefühl. Wäre sie im Dienst gewesen, hätte sie jetzt Erkner angerufen und Erkundigungen über Ellen Weyer eingeholt. Feststellen lassen, welcher Wagen auf sie zugelassen war und ob es einen Unfall gegeben hatte. Den Alten gefragt, wann sie das letzte Mal zu Hause gewesen war, ob sie die Wochenenden hier oder in der Klinik verbracht hatte, und überhaupt, was für ein Mensch sie war. Aber Inge Nowak war nicht im Dienst.

Du willst dich bloß ablenken. Fremde Spuren verfolgen, weil dir die eigenen Angst machen.

Sie trat hinaus ins Freie, den Rückweg an. Irgendein Friseur würde wohl heute noch Geld mit ihr verdienen müssen.

Drei Tage zuvor noch hatte er sich für einen Mann gehalten, den das Leben zwar nicht immer auf Rosen gebettet, der aber nie mit seinem Schicksal gehadert hatte. Nach dreißig Jahren Ehe, die er zu keinem Zeitpunkt jemals in Frage stellte, war seine Frau erkrankt. Oder besser gesagt, sie hatte sich verändert. Zuerst war sie reizbarer geworden, dann war sie immer häufiger grundlos niedergeschlagen, und schließlich waren die Kopfschmerzen dazugekommen. Viel hatten sie nicht darüber gesprochen, wie sie nie viel miteinander redeten. Zwischen ihnen hatte eine stillschweigende Übereinkunft bestanden, Probleme möglichst schnell und sachlich zu lösen, ohne darum viel Worte zu machen. Und auch diesmal war er überzeugt gewesen, dass es sich bei Angelas Zustand um eine Art Schwäche handelte, die mit den richtigen Medikamenten und einer angemessenen Behandlung rasch zu beheben wäre. Er selbst hatte sie nach ihrem Nervenzusammenbruch ins Krankenhaus gebracht, mit den Ärzten gesprochen und sich davon überzeugen lassen, dass seine Frau etwas durchmachte, was ihm wohl fremd, jedoch nicht unverständlich war: Eine Lebenskrise jenseits der Fünfzig, in der die Sinnfrage nicht wenige in tiefe Ängste und Melancholie stürzen konnte. Seine Sorge um sie war echt, und Jürgen Esser hatte aufrichtig versucht, Angela zu unterstützen, wo er konnte und so weit es seine Zeit erlaubte.

Die Firma, die sein Vater aufgebaut und die er nach seinem Ingenieurstudium übernommen hatte, beanspruchte ihn beinahe rund um die Uhr, und auch wenn er seinen vierundzwanzig Mitarbeitern vertraute, so war er doch gerne selbst vor Ort. In den Wintermonaten war es einfacher, früher nach Hause zu kommen und Angela zum Essen oder zu einem Abendspaziergang unter Menschen zu locken. Auch wenn er nicht verstand, was in ihr vorging und weshalb sie so schwermütig war, obwohl ihm doch alles so schien, wie sie es sich immer gewünscht hatte, gab er sich größte Mühe, seinen Teil zu ihrer Genesung beizutragen. Dafür, dachte er, hatten sie schließlich geheiratet: in guten, wie in schlechten Zeiten. Und schließlich war Angela auch für ihn rund um die Uhr dagewesen, als er seinen Herzinfarkt erlitten hatte. Zu viel Stress und das familiäre Erbe hohen Blutdrucks hatten ihn eines Abends buchstäblich zu Boden gerissen, und nach der kolossalen Enge, die er in der Brust verspürt hatte, war er erst im Krankenhaus wieder zu sich gekommen. Er hatte es als

Warnung verstanden und gespürt, wie sehr er an diesem Leben hing, an seinen Kindern, seiner Firma und vor allem an Angela. Nun war es an ihm, für sie dazusein.

Etwa sechs Wochen, nachdem sie begonnen hatte, die Medikamente zu nehmen, die ihr der Hausarzt verschrieben hatte, wurde sie spürbar fröhlicher, und im Januar hatte er das Gefühl, dass sie schon fast wieder die Alte war. Sie ging zur Gymnastik, traf sich regelmäßig mit ihrer besten Freundin in der Stadt und zeigte auch an ihm wieder mehr Interesse. Als der Arzt ihr dann noch einen Klinikaufenthalt empfahl, damit sie wieder richtig auf den Damm käme, hatten beide gedacht, dass das Schlimmste überstanden sei, und willigten in die Einweisung ein.

Danach war das Schlimmste erst passiert.

Jetzt war Angela tot und er wurde verdächtigt, sie umgebracht zu haben. Er, der keiner Fliege etwas zuleide tun konnte, der nicht einmal die Hand gegen seinen Sohn erhoben hatte, als der ihm den Mercedes zu Schrott gefahren hatte. Markus war immer ein schwieriger Junge gewesen und nie hatte Jürgen Esser die Nerven verloren. Er war ein Mann der Tat, doch er verabscheute jede Form von Gewalt.

„Sie sind einfach ausgetickt. Das passiert jedem einmal. Wenn das Fass überläuft, kann sich keiner mehr beherrschen."

Der Kommissar aus Rostock konnte nicht wissen, dass der Mann ihm gegenüber sich erst seit ungefähr vierundzwanzig Stunden vorstellen konnte, wie sich Kontrollverlust anfühlte. Außer durch den Infarkt war er niemals zusammengebrochen, nie zuvor hatte er herumgeschrien oder in der Öffentlichkeit geweint. Aber er hatte auch nie zuvor einen solch tiefen Schmerz empfunden.

„Ich habe meine Frau nicht getötet. Ich habe meine Frau geliebt."

„Was glauben Sie, wie viele Menschen aus Liebe töten?"

„Kein einziger", antwortete Esser müde. „Ich glaube, das geht nicht."

Er war erschöpft, hatte seit der Nachricht von ihrem Tod kein Auge mehr zugetan und wollte nur noch schlafen. Tief und lange genug, um aus diesem Albtraum endlich zu erwachen.

„Herr Esser", hob Werle zum dritten Mal an, „ich glaube wirklich, Sie sind sich des Ernstes der Lage nicht bewusst. Ihre Fingerabdrücke wurden am Tatort gefunden, auf dem Kanister, der aus Ihrem Auto stammt, und Sie haben für die Tatzeit kein Alibi."

„Ich habe Ihnen doch schon heute Morgen gesagt, dass jemand die Heckscheibe eingeschlagen hat und mir den Kanister und meine Gummistiefel gestohlen hat." Er schloss die Augen. „Aber es ist mir gleich, was Sie denken, und es ist mir auch egal, ob Sie mich einsperren oder nicht. Meine Frau ist tot. Das ist das Einzige, was mir bewusst ist. Und während Sie sich in die Idee hineinsteigern, dass ich sie umgebracht haben soll, läuft der Täter irgendwo da draußen frei herum." Er atmete tief durch. „Aber wissen Sie, auch das ist mir egal. Ich wünschte sogar, er würde mit mir das Gleiche tun."

„Was?"

„Mich umbringen."

„Wie denn?"

Jürgen Esser schaute Erich Werle geradewegs in die Augen. „Ich komme mir ein bisschen vor wie im Fernsehen. Falls Sie testen wollen, ob ich weiß, wie Angela getötet worden ist, lautet die Antwort: Nein. Und ich möchte es mir auch gar nicht vorstellen. Allein der Gedanke daran, dass ihr jemand wehgetan hat …", an dieser Stelle brach er ab und zog die Nase hoch. Der Mann rang um Fassung, und wie Hauptkommissar Erich Werle zugeben musste, wirkte der Ehemann des Opfers dabei sehr überzeugend. Aber er blieb hart. Esser war der einzige Verdächtige, den er bisher hatte, und immerhin passte alles zusammen. Nur eben seine Trauer nicht.

„Ich glaube Ihnen kein Wort", sagte er trocken.

Jürgen Esser reagierte nicht.

„Es wäre vielleicht besser, wenn Sie sich mit einem Anwalt beraten würden."

„Ich würde gerne meine Tochter anrufen."

„Tun Sie sich keinen Zwang an. Aber machen Sie sich keine falschen Hoffnungen. Die Beweislast ist erdrückend. Sie bleiben solange in Haft, bis Sie mir etwas Neues zu sagen haben."

Erich Werle gab dem Justizbeamten, der an der Tür stand, einen Wink, was bedeutete, dass er Jürgen Esser abführen sollte. Er selbst blieb sitzen und sah den beiden Männern nach. Er wusste genau, dass er hoch pokerte und dass von Beweislast keine Rede sein konnte. Es gab ein paar Indizien, sonst nichts. Kein Richter der Welt würde dafür einen Haftbefehl ausstellen. Werle war froh, wenn er innerhalb der nächsten Stunden einen Durchsuchungsbefehl für Essers Wohnung in München erwirkte. Und wenn er ihn bekam – wonach sollte er suchen?

Die kalten Umschläge hatten nichts genützt. Seine geröteten Augen und die geschwollene Partie oberhalb der Wangen ließen keinen anderen Schluss zu als den, dass er geweint hatte. Es war ihm unangenehm, seinen erbärmlichen Zustand so deutlich zur Schau zu stellen. Am liebsten wäre er auf seinem Zimmer geblieben, doch das war, wie er den Regeln des Faltblattes entnehmen konnte, das ihm Schwester Agathe nach der Ankunft ausgehändigt hatte, unerwünscht. Nur in Ausnahmefällen durfte man sich vom Essen abmelden und sich der Gemeinschaft am Morgen, Mittag und Abend entziehen. Überhaupt war anscheinend alles in der Klinik darauf ausgerichtet, dass man möglichst wenig allein war, ein Umstand, der ihn nervös machte.

Sein Bedürfnis, sich zurückzuziehen, für sich zu sein, war in den letzten Monaten immer größer geworden, so groß, dass er nicht mehr hatte ins Büro gehen können, so stark, dass er ins Hotel gezogen war. Er hatte die Zeit allerdings nicht genutzt, um zu sich zu kommen, sondern jede freie Minute am Computer oder auf dem Laufband verbracht. Ewald Klee war arbeits- und sportsüchtig und seit zwei Tagen auf Entzug. Sein Arzt hatte behauptet, es gäbe bei der Ankunft in der Klinik Gepäckkontrollen, damit die Patienten weder Alkohol noch unzulässige Medikamente einschmuggeln könnten, und dabei würden automatisch auch alle internetfähigen Geräte für die Dauer des Krankenhausaufenthaltes konfisziert. Tatsächlich hatte keinerlei Durchsuchung stattgefunden, doch allein die Androhung hatte gereicht, dass Ewald sein Laptop und sein iPhone zu Hause gelassen und sich lediglich ein einfaches Prepaid-Handy zugelegt hatte. Der Seniormanager eines großen Versicherungskonzerns in Frankfurt saß also auf dem Trockenen. Zur Kompensation war er bereits vor dem Frühstück eine Dreiviertelstunde am Strand entlanggejoggt, hatte zwanzig Bahnen in dem Fünfundzwanzigmeterbecken zurückgelegt und dreißig Liegestützen gemacht. Dabei kreisten seine Gedanken unentwegt um die Lösung dreier Themenkomplexe. Erstens: Wie sollte er jemals wieder zurückfinden in den normalen Arbeitsalltag als Führungskraft eines straff amerikanisch strukturierten Unternehmens? Zweitens: Was konnte er noch gegen die Schmerzen im ganzen Körper tun, deren Ursache man in Ermangelung einer eindeutigen Diagnose Weichteilrheuma nannte? Und drittens: War seine Ehe noch zu retten? Während er sich darüber den Kopf zerbrach, der Versuchung widerstand, Grit anzurufen, und sich bemühte, seine schmerzenden Gliedmaßen unter Kontrolle zu halten, war ihm, als verränne die Zeit ungenutzt, und dieser Umstand ängstigte ihn mehr als alles andere. Wäre es nach ihm gegangen, hätte er statt der täglichen drei bis vier Behandlungstermine die doppelte Anzahl absolviert, um schneller voranzukommen. Das Herumsitzen zwischen Gruppentherapie und Yoga, die dreißig Minuten vor den Mahlzeiten und die zwangsverordnete Ruhephase am Nachmittag schienen ihm die reinste Ressourcenverschwendung zu sein. Allerdings war das nur der Vorwand für seinen Widerstand, das ahnte er selbst. Es war in etwa so, wie jemand, der Flugangst hatte, behauptete, den Zug aus ökologischen Gründen zu nehmen. Der wahre Grund für seine Aversion gegen die Entschleunigung, wie man das Nichtstun hier nannte, war ein anderer: Wenn Ewald Klee untätig war, übermannte ihn die Traurigkeit. Zum ersten Mal hatte sie etwa fünf Monate zuvor von ihm Besitz ergriffen, als er in der Notaufnahme der Orthopädischen Universitätsklinik eine Rückenmarksspritze bekam. Durch das Cortison entspannte sich sein ganzer Muskelapparat, Erleichterung und eine gewisse Euphorie gemischt mit Melancholie stiegen ihn ihm hoch, danach hatte er die Tränen einfach nicht zurückhalten können. Er war mit dem Rollstuhl aus dem Untergeschoss in ein ansprechend ausgestattetes Einzelzimmer geschoben worden, saß am Fenster, schaute in den grauen, verhangenen Novemberhimmel und war einfach nur abgrundtief traurig. Jeder Gedanke, den er zu fassen bekam, berührte ihn tief, weichte ihn innerlich auf und machte ihn für den sonderbarsten aller Schmerzen durchlässig: den dumpfen Druck in der Brust. Ewald Klee hatte damals förmlich spüren können, wie sein Herz sich aufdrängte, ihm entgegenschlug mit einer Sanftheit, die ihm fremd war und die ihn überwältigte.

Inzwischen, nach zwei kompletten Zusammenbrüchen, die beide in der klinischen Krisenintervention geendet und ihn in ambulante therapeutische Behandlung geführt hatten, war er daran gewöhnt, dass seine Psyche in jedem Moment verrückt spielen konnte. Heftige Weinattacken konnten ihn ohne jede Vorwarnung überfallen, und die Tabletten, die er dagegen nahm, dienten lediglich dazu, diesen Umstand besser zu verkraften. Er fühlte sich wie in einer Abwärtsspirale, und das Einzige, was die Therapien bisher offenbar hatten leisten können, war die Drosselung des Tempos, mit dem er in die Tiefe rasselte.

„Sie haben einen handfesten klassischen Burn-out. Dazu gehört in der Reinform eine sich schleichend festsetzende Depression. Ihr ganzer Rhythmus ist durcheinander, weil Sie nicht mehr entspannen können. Sie laufen auf Hochtouren und Sie laufen leer. Wenn Sie jetzt nicht die Handbremse ziehen, wird es Ihr Körper für Sie tun. Und ich rede nicht von vorübergehenden Zipperlein. Ich rede von Schlaganfall und Schlimmerem."

Es war eine junge Ärztin gewesen, die selbst am Rande ihrer Kräfte gewesen war, als sie ihm sachlich und scheinbar gänzlich unberührt ihre Diagnose mitteilte. Ihr Nachtdienst ging dem Ende zu und sie hatte den Patienten Klee nur flüchtig gesehen, ein Beruhigungsmittel verordnet und sich erst am Morgen aufgrund seiner Unterlagen und einer kurzen Unterredung ein Bild gemacht. Ein Suizidversuch, ein psychotischer Schub und der Ausfall einer Kollegin hatten sie die ganze Nacht auf Trab gehalten.

„Ich weiß nicht …“, hatte Ewald versucht einzuwenden, und sie hatte müde abgewunken.

„Ersparen Sie mir und sich die Ausflüchte. Sie waren vor genau vier Wochen schon mal hier. Sie befinden sich bereits in Therapie. Ihre körperlichen Symptome entsprechen hundertprozentig Ihrer seelischen Verfassung. Wenn Sie sich wirklich einen Gefallen tun wollen und Ihrem Umfeld übrigens auch, hören Sie auf, Ihren Zustand schönzureden. Sie sind fertig und noch lange nicht am Ende der Fahnenstange. Gehen Sie in eine Klinik, dann haben Sie die Chance, das Schlimmste noch zu verhindern.“ Sie sah ihn erschöpft an. „Warum ich so mit Ihnen rede? Weil wir beide keine Zeit haben für Geplänkel und weil Ihnen Samthandschuhe nichts nützen. Retten Sie sich, Sie sind der Einzige, der das kann.“

Seit seiner Ausbildung zum Versicherungskaufmann noch vor dem BWL-Studium hatte niemand mehr so mit Ewald Klee gesprochen, und ihm fehlten einfach die Worte, etwas zu erwidern. Erst als sie bereits die Klinke der Krankenzimmertür hinunterdrückte, rief er ihr nach: „Wie denn? Was soll ich denn machen?“

„Fachklinik *Seerose*, an der Ostsee. Bitten Sie Ihren Hausarzt um eine Akut-Einweisung wegen einer mittelschweren depressiven Episode.“ Sie nickte kurz, zog die Tür hinter sich zu, doch kurz bevor sie ins Schloss fiel, steckte die Ärztin noch einmal ihren Kopf durch den Spalt: „Und falls die Sie bei der Aufnahme fragen, ob Sie jemals daran gedacht haben, sich das Leben zu nehmen, sagen Sie einfach: Nein. Klar?"

Er nickte wie ein Schuljunge, den man gerade gerügt hatte und der gelobte, von nun an alles besser zu machen. Nicht, dass der Ausblick, sich in eine – wie sein Großvater gesagt hätte – *Klapsmühle* einweisen zu lassen, für Ewald Klee besonders erfreulich gewesen wäre, aber der Gedanke löste keine Panik aus. Im Gegenteil. Er hatte etwas Befreiendes. Als dürfte er nach einer langen und beschwerlichen Reise endlich irgendwo ankommen.

„Was dagegen, wenn ich mich dir gegenübersetze?"

Ewald schreckte hoch. Er war so in Gedanken versunken gewesen, dass er nicht bemerkt hatte, dass Inge an den Tisch gekommen war.

„Nein, klar, ich meine, setz dich doch einfach hin, wo du willst." Schnell schob er sein Wasserglas zur Seite, als störte es dort, wo es stand.

„Oje", sagte Inge. „Geht's dir so, wie du aussiehst?" Im selben Moment tat ihr die Frage leid. Derlei Vertraulichkeiten tauschte man sicher nicht aus, wenn man sich gerade einmal einen Tag kannte. Aber Ewald schien sich daran nicht zu stören, sondern antwortete mit der gleichen Selbstverständlichkeit.

„In etwa." Dann betrachtete er sie genauer. „Und du? Geht's dir auch so, wie du aussiehst?"

„Wie müsste es mir denn dann gehen?", fragte sie zurück.

„Ausgesprochen gut. Frisch, irgendwie. Steht dir blendend."

„Nein, so geht es mir nicht. Aber trotzdem danke. Bisschen ungewohnt. So kurz wollte ich sie eigentlich gar nicht, aber der Friseur war nicht zu halten." Sie setzte sich ihm gegenüber. „Hast du schon gegessen?"

Kopfschütteln.

„Soll ich was für uns beide holen?"

Er nickte dankbar.

„Spezielle Wünsche?"

„Die gibt's nicht am Buffet."

„Wenn es die gäbe, wäre jetzt auch sicher nichts mehr zu holen," erwiderte sie, legte ihren Zimmerschlüssel auf den Tisch und verschwand hinter der Trennwand, wo sie versuchte, eine ansprechende vegetarische Abendbrotvariation auf einen großen Teller zu bringen.

„Ist doch alles ziemlich eindeutig." Der Rostocker Kriminalhauptkommissar nippte an seinem Bier. Es war selten, dass er die Kollegin Eberstätter zu einem Feierabendtrunk in der Kneipe gegenüber überreden konnte. Sie hatte ein Kind, keinen Mann dazu und deshalb ein Betreuungsproblem. Doch gerade war der Kleine bei der Oma auf dem Land.

„Finden Sie?"

„Also: Der Ehemann fährt am Donnerstag um 14 Uhr in München los. Er kommt um 21.15 Uhr im Hotel *Strandperle* an. In der Zeit telefoniert er zweimal mit seiner Frau: einmal von unterwegs, ein zweites Mal, um zu sagen, dass er angekommen ist. Um 21.45 verlässt er zu Fuß sein Hotel und geht in Richtung Strand. Seiner Aussage nach vertritt er sich die Beine, holt sich an der Dönerbude etwas zu essen und kehrt gegen 22.15 Uhr ins Hotel zurück. Dort will er noch ein Bier getrunken und ferngesehen haben, bis er bei laufendem Gerät eingeschlafen sei." Werle nahm erneut sein Glas hoch, prostete ihr kurz zu, nahm einen kräftigen Schluck, was sie dazu nötigte, das Gleiche zu tun.

„Der türkische Imbissbetreiber kann sich an ihn erinnern, er sagt, einer der letzten Gäste an diesem Abend war ein großer, sehr deutsch aussehender Mann", ergänzte sie die Erläuterungen ihres Chefs.

„Was glauben Sie, wie viele Männer der bei seiner Herkunft für groß und deutsch hält?"

Sylvia Eberstätter hielt diese Bemerkung für einigermaßen rassistisch und antwortete nicht.

„Ich glaube etwas anderes." Er machte eine spannungssteigernde Pause und sah sie erwartungsvoll an. Sie tat ihm den Gefallen und fragte nach.

„Was denn?"

„Er ist angekommen, hat seine Frau angerufen und sich mit ihr getroffen. Bis 22.00 Uhr haben die Kranken Ausgang."

„Patienten", bemerkte seine Kollegin.

„Ist doch dasselbe. Also jedenfalls dürfen die bis um zehn abends raus. Angela Esser, die mit Sicherheit schon gestiefelt und gespornt auf ihren Mann im Zimmer wartet, eilt zu ihm an den Strand. Dort entwickelt sich ein Streitgespräch, er erschlägt sie, sagen wir mit einem herumliegenden Ast, und weiß nicht, was er jetzt mit ihr machen soll. Dann fällt ihm der Raucherraum ein, den kennt er von seinen letzten Besuchen. Er bringt die Leiche dorthin, holt den Benzinkanister aus seinem Auto und fackelt sie samt der Hütte ab. Dann fährt er zurück, schlägt die Heckscheibe ein und lässt die Gummistiefel verschwinden, damit er später uns gegenüber behaupten kann, beides sei ihm gestohlen worden." Kriminalhauptkommissar Erich Werle war sichtlich zufrieden mit seiner Analyse des Tathergangs und lehnte sich entspannt zurück.

„Warum?"

„Warum was?" Er zog seine Stirn in tiefe Falten. Das geschah immer, wenn er entweder etwas nicht verstand oder gleich ärgerlich wurde.

„Was ist mit dem Motiv?"

„Würden Sie mit einer Verrückten verheiratet sein wollen?"

„Ich war mit einem Verrückten verheiratet, und statt ihn umzubringen, habe ich mich von ihm scheiden lassen." Sie stützte ihre Unterarme auf die Tischplatte, faltete ihre Hände und legte ihr Kinn darauf ab. „Aber ich bin auch eine Frau. Ich weiß nicht, wie das bei Männern abläuft." Sie lächelte. „Abgesehen davon glaube ich nicht, dass die Patienten in der *Seerose* tatsächlich verrückt sind. Sie brauchen vorübergehend Hilfe, weil in ihrem Leben etwas nicht rund läuft und sie darauf mit körperlichen Leiden reagieren. Es handelt sich nicht um eine Psychiatrie oder geschlossene Anstalt, es ist eine psychosomatische Fachklinik."

„Also, wenn ich die Ärztin richtig verstanden habe, wie hieß die noch gleich – Seifert?", er hielt inne.

„Meyfarth", korrigierte sie ihn und wusste bereits, was er gleich sagen würde.

„Genau. Die sagt doch, die Esser war bis auf die Knochen frustriert und hat nichts mehr auf die Reihe bekommen."

„Sie hat gesagt, die Frau war sehr sprunghaft in ihrem Verhalten und ihren Bedürfnissen, was einer chronischen Depression geschuldet war … "

„… unter der sie schon einige Zeit gelitten hat. Sag ich doch", nickte Werle, „der hatte die Schnauze voll von einer heulenden Ehefrau, mit der nichts mehr anzufangen war."

„Und deshalb bringt er sie im Affekt um? Wenn er schon Monate, wenn nicht Jahre an ihren Zustand gewöhnt ist? Solche Leute sind eher co-abhängig und können sich nicht von ihren Partnern trennen."

„Das wiederum ist Frauenkram. Der Mann macht mir einen kerngesunden Eindruck, und irgendwie hat er es faustdick hinter den Ohren. So etwas spüre ich. Der spielt bloß."

Menschenkenner Erich Werle, dachte Sylvia Eberstätter und schaute verstohlen auf die Wanduhr, ob sie sich bald verabschieden könnte.

„Wenn es so abgelaufen sein sollte – weshalb hat er dann seine Spuren nicht einfach beseitigt? Es wäre doch viel einfacher gewesen, den Kanister mitzunehmen und ihn zusammen mit den Gummistiefeln verschwinden zu lassen, als uns eine wilde Diebstahlsgeschichte aufzutischen."

„Weil er den Kanister in der Eile und dem ganzen Chaos vergessen hat. Holen konnte er ihn nicht mehr, das wäre zu riskant gewesen, wegen der Feuerwehr. Also hat er sich den Trick mit der eingeschlagenen Heckscheibe ausgedacht und nur die Schuhe verschwinden lassen. Er geht wahrscheinlich davon aus, dass wir sie finden werden."

„Sie halten den Mann tatsächlich für so ausgebufft? Der soll nach einem Mord im Affekt noch so geistesgegenwärtig gewesen sein? Das spräche für sehr viel gewohnheitsmäßige kriminelle Energie. So sieht er mir gar nicht aus. Und sein Check hat ergeben, dass er bisher noch nie mit dem Gesetz in Konflikt gekommen ist."

„Vielleicht ist es ja gar nicht im Affekt passiert, sondern war genau geplant. Sollte bloß genauso dilettantisch aussehen." Kaum hatte er den Satz zu Ende gesprochen, schüttelte er auch schon wieder den Kopf. „Nein, nein, das glaube ich doch nicht. Ich bin überzeugt davon, dass er am Strand ausgerastet ist. Sie haben gestritten, sie hat etwas gesagt, was ihn wild gemacht hat, oder vielleicht hat sie ihn ja auch bedroht und er hat einen Knüppel genommen, um sich zu wehren, und dann ist die Situation außer Kontrolle geraten."

„Ich glaube, wir sollten erst einmal die Obduktion abwarten. Dann wissen wir mehr über die genaue Todesursache und die Mordwaffe. Dass ein fast sechzigjähriger, kräftiger Bauunternehmer seine depressive, körperlich geschwächte Frau aus Notwehr umgebracht haben soll – das kann ich mir im Moment nur schwer vorstellen." Sie nahm ihre Handtasche und suchte nach ihrem Geldbeutel.

„Warten Sie's ab, ich werd es schon aus ihm rauskriegen." Er grinste wieder. „Und lassen Sie mal stecken, Ihr Bier zahl ich mit."

Nach dem Abendessen fragte Ewald Inge, ob sie noch Lust auf einen kleinen Strandspaziergang hätte, Luftschnappen vor dem Schlafen.

„Schlafen …", wiederholte sie versonnen. „Schön wär's."

„Auch Schlafstörungen?"

„Haben die nicht alle hier?" Sie vergrub die Hände in ihrer Fleecejacke. Am Abend kühlte es merklich ab, der frische Wind tat sein Übriges, um die Strandspaziergänger frösteln zu lassen.

„Glaub ich nicht. Es gibt bestimmt welche, die nur schlafen wollen."

„Und können?"

„Bestimmt."

„Die Glücklichen."

„Würdest du gern den ganzen Tag schlafen?“

„Definitiv“, antwortete Inge ohne Zögern und dachte: und die ganze Nacht.

Sie liefen eine ganze Weile schweigend nebeneinander her.

„Ist nur es geht so schön“, bemerkte Ewald plötzlich.

„Was?“

„Den ganzen Tag schlafen. Ich hatte so eine Phase. Da konnte ich nichts anderes als schlafen. Schon bei dem Gedanken an irgendeine Art von Anstrengung sind mir die Augen zugefallen. Ich bin müde aufgewacht und müde ins Bett gegangen.“ Er sah sie von der Seite an. „Und irgendwann bin ich einfach liegengeblieben.“

„Lange?“

„Tagelang.“

Sie fragte sich, ob er in der Zeit nichts gegessen und sich nicht geduscht hatte und nicht zur Arbeit gegangen war. Und als ob er ihre Gedanken hätte lesen können, sagte er: „Ich hab im Hotel gewohnt. Zimmerservice. Am Anfang habe ich noch ferngesehen oder mir die Zähne geputzt, am Schluss bin ich nur noch ins Bad, wenn es unbedingt sein musste. Selbstaufgabe in großem Stil.“

„Und wieso liegst du nicht immer noch da?“

Er reagierte nicht, schaute nur weiter geradeaus.

„Entschuldige, die Frage nehme ich zurück.“

„Schon okay.“ Aber eine Antwort gab er nicht.

Das letzte Stückchen Sonne verschwand beeindruckend rot am Horizont von der Bildfläche und sie drehten um, liefen Richtung Klinik am Strand zurück. Inge ging nah am Wasser und die Wellen plätscherten bis an ihre Schuhe heran. Plötzlich blieb sie stehen und blickte auf die heruntergebrannten Wände und das eingestürzte Dach des Raucherclubs, das sich gleich hinter den Umrissen der Klinik abzeichnete.

„Ich bin bei der Kripo. Meinst du, es hat etwas zu bedeuten, dass es ausgerechnet jetzt in dieser Klinik einen Mord gibt?"

Sie musste verrückt sein. Wie kam sie dazu, einem völlig Unbekannten davon zu erzählen? Doch bevor sie die Frage ins Lächerliche ziehen konnte, um ihr die Bedeutungsschwere zu nehmen, antwortete er bereits, vollkommen gelassen und ernsthaft, als hätte ihn weder die eine noch die andere Neuigkeit wirklich überrascht.

„Natürlich. Alles hat etwas zu bedeuten." Er verschränkte die Arme hinter dem Rücken, was ihn noch ein Stück größer wirken ließ. „Hast du schon einen Verdacht?"

„Mich geht der Fall nichts an."

„Aber du machst dir doch bestimmt deine Gedanken. Immerhin hast du das Opfer gekannt."

Inge Nowak kam sich eigenartig vor. Als würde er sie befragen. Doch es war ihr gar nicht unangenehm. Die ganze Szene mit diesem riesigen Mann, der unglaublich schnell denken konnte und nicht weniger schnell sprach, an diesem menschenleeren Strand, schien ihr eher unwirklich, wie im Traum.

„Ich frage mich, ob Ellen mehr weiß, als sie uns gegenüber gesagt hat."

Ewald Klee nickte, und Inge konnte förmlich spüren, wie es in seinem Gehirn arbeitete. Schließlich erwiderte er: „Wenn jemand in der Klinik etwas weiß, dann sie. Immerhin haben die beiden wochenlang an einem Tisch gesessen. Wieso denkst du überhaupt, dass es kein Selbstmord war?"

„Meine hiesigen Kollegen haben sich vor meinem Balkon unterhalten."

„Du hast gelauscht." Er stellte das in einem Tonfall fest, der weder entlarvend noch vorwurfsvoll war.

„Ich habe nicht weggehört", verbesserte ihn Inge. Nach ein paar Schritten wusste sie, dass es an der Zeit war. Jetzt und an dieser Stelle. „Und ich bin hier, weil ich nicht damit fertig werde, schuld daran zu sein, dass eine Zwanzigjährige mit meinem Wagen in die Luft geflogen ist." Sie spürte hart die Faust in der Magengrube zuschlagen, sie schluckte, schwankte ein wenig und der Ton im Ohr wurde lauter. Es war das erste Mal, dass sie es aussprach, und es klang fremd.

„Heavy."

Ewald wirkte ehrlich betroffen, fragte nicht weiter. Er zog nur seinen Kragen enger und hielt ihn fest, während sie gegen den Wind liefen.

„Posttraumatische Störung." Sie blieb wieder stehen, drehte sich zu ihm. „Steht in meiner Krankenakte."

„Burn-out, angenehm." Er streckte ihr seine Hand hin. Für einen Moment war sie verwirrt, dann schlug sie ein und beide mussten lachen.

Den Rest des Weges sprachen sie nichts, doch bevor sie die Klinik betraten, hielt sie ihn zurück.

„Tust du mir einen Gefallen?"

„Ich erzähle nicht herum, womit du dein Geld verdienst, keine Angst." Er grinste. „Aber nur, wenn du mir versprichst, mich im Falle des Falles zu deinem Assistenten zu machen."

Sie schüttelte belustigt den Kopf und verabschiedete sich mit einer kurzen Handbewegung. Auf dem Weg in ihr Zimmer kam sie im Vorraum des Flurs an dem Bauernschrank mit dem Garderobenspiegel vorbei. Sie blieb kurz stehen und begutachtete ihren neuen Haarschnitt.

Zum ersten Mal seit Monaten fühlte sich Inge Nowak ein ganz klein wenig leichter.

Sie hatte Durst, sie hatte Hunger und sie hatte sich bereits mehrfach in der Ecke des feuchten Erdlochs erleichtern müssen. Im Flackern des Kerzenscheins war es ihr wieder und wieder so vorkommen, als ob der Tote vor ihr noch lebte. Sein Gesicht hatte sich zu einer geisterhaften Fratze verzerrt, und sie hatte sich vor Angst in sich zusammengerollt. Doch es nützte nichts. Das Weiß seiner Augen verfolgte sie auch hinter den geschlossenen Lidern. Um sich seinem Blick zu entziehen, kippte sie den starren Körper schließlich zur Seite, bis er umfiel. Dabei erlosch die Kerze, seither saß sie im Dunkeln.

Draußen mochte noch heller Tag oder schon dunkle Nacht sein – sie wusste es nicht, sie war davon ausgeschlossen. Jemand hatte sie in eine Art Aushub gesperrt, der vielleicht zwei auf zwei Meter groß war. Im Stehen reichte sie mit ausgestreckten Armen an die Bretter in der Decke heran, die sie im Kerzenschein als Falltür ausgemacht hatte, doch sie ließen sich keinen Millimeter bewegen. Sie hatte sich vorsichtig dagegengestemmt, um keinen Lärm zu machen, denn ihr Instinkt warnte sie davor, einen möglichen Bewacher auf sich aufmerksam zu machen.

Bewacher, eingesperrt, Erdloch, Leiche – sie sagte im Innern diese Worte vor sich her, aber sie ergaben keinen Sinn. Jeder Versuch, sich an etwas zu erinnern, trieb sie auf eine weiße Wolke zu. Je mehr sie sich anstrengte, umso größer wurde die Verzweiflung darüber, keine Bilder heraufbeschwören zu können. Ihr Kopf tat weh und ihr rechter Arm ebenfalls, vor allem das Beugen war außerordentlich schmerzhaft. Wer hielt sie hier fest und warum?

Würde man sie auch töten und was wäre der Grund dafür? Wie lange war sie bereits hier unten gefangen? Wie oft vor Erschöpfung eingenickt? Wellenartig überfiel sie eine große Müdigkeit, dann kippte sie weg – minutenlang, stundenlang? Sie konnte es nicht sagen. Nur, dass ihre Zunge beinahe am Gaumen klebte, ihre Kehle völlig ausgetrocknet war und das Schlucken immer schlimmer wurde. Ihre Füße, ihre Hände waren kalt, sie fror am ganzen Körper.

Eine ausweglose Situation, dachte sie. Und dann: Woher kenne ich diesen Ausdruck?

Im selben Moment hörte sie Schritte, ein Rütteln an der Decke, und es wurde schlagartig hell. Instinktiv schirmte sie mit der Handfläche ihre Augen ab.

Etwas wurde zu ihr hinuntergeworfen, es gab ein dumpfes Geräusch, dann schloss sich die Luke wieder. Sie hatte nichts und niemanden erkennen können.

„He!“ Ihre Stimme versagte, aus ihrer Kehle quälte sich nur ein kratziger Ton, sie räusperte sich und musste husten. Schließlich brachte sie in halber Lautstärke ein paar Worte hervor, von denen sie sicher war, dass niemand außer dem Toten sie hörte: „Ich will hier raus, bitte!“

Dann tastete sie den Boden ab, um zu sehen, was man ihr hingeworfen hatte. Als sie an die Leiche stieß, erschrak sie und fuhr zurück. Der Tote fühlte sich nicht mehr wie ein Mensch an. Wie fühlte sich ein Lebender an? Wärmer, weicher? Vielleicht war es gar kein Mensch, war nie ein Mensch gewesen – aber wie hätte man ihn dann töten sollen?

Töten. Um Gottes Willen. Gott? Was war Gott?

Sie tastete sich weiter, bis sie eine Tüte zu fassen bekam. Darin fühlte sie eine Plastikflasche. Wasser! Sie riss es förmlich an sich, schraubte noch beim Herausholen den

Deckel ab und hielt kurz inne. Und wenn man sie vergiften wollte? Vergiften. Wie kam sie darauf? Außer der Flasche ertastete sie noch etwas Rundes, Stumpfes, der Beschaffenheit nach eine dicke Kerze und ein Schächtelchen mit Streichhölzern. Sie stellte die Kerze vor sich auf den Boden, entflammte ein Zündholz, brachte den Docht des weißen Stumpen zum Brennen, und das Erdloch wurde in gelbes, warmes Licht getaucht. Sie versuchte, den leblosen Körper vor sich zu ignorieren, und besah sich stattdessen die Flasche, die zu einem Drittel mit durchsichtiger Flüssigkeit gefüllt war. Schon führten ihre zittrigen Hände den Flaschenhals an ihren Mund und sie wusste, sie würde den Inhalt trinken, ganz gleich, was es wäre.

Mit einem Kennerinnenblick stellte die Kommissarin aus Berlin am nächsten Morgen fest, dass sich keine Kollegen im Haus befanden: Wenn Polizei in der Nähe war, verhielten sich Menschen anders. In die Klinik war wieder ein wenig Ruhe eingekehrt und Inge Nowak hatte sich noch am Vorabend vor dem Einschlafen fest vorgenommen, den Fall Esser mitsamt dem merkwürdigen Verschwinden von Ellen Weyer ad acta zu legen. Sie war nicht hier, um Mörder zu stellen, sondern sich selbst. Und zwar ihren Problemen.

Als sie an ihren Tisch kam, saß Manuela, die Hüfte, dort.

„Ich hab mich mal umgesetzt, wenn das für dich okay ist. Ich halte das an meinem Tisch nicht mehr aus", begrüßte sie Inge und biss in ein Frühstücksbrötchen.

„Klar", antwortete Inge und versuchte ihren Widerwillen zu verbergen. Sie wäre lieber mit Ewald alleine geblieben. Nun musste sie entscheiden, ob sie ihm gegenüber und neben ihr oder neben ihm und ihr gegenüber Platz nehmen sollte. Davon war sie so überfordert, dass sie auf dem Absatz kehrt machte und zum Buffet ging, um sich erst einmal einen Kaffee zu holen.

Wenn ich mich neben Ewald setze, dachte sie dabei, muss ich Manuela die ganze Zeit ansehen. Sie wird dann bestimmt öfter mit mir ein Gespräch anfangen wollen. Wenn ich mich Ewald gegenüber setze, was ich viel lieber täte, habe ich weniger Platz und sie sitzt direkt neben mir. Ewald tut das im umgekehrten Fall zwar auch, aber bei ihm stört es mich nicht so. Weil er ein Mann ist? So in Gedanken vertieft, merkte sie gar nicht, dass sie einen Löffel Zucker nach dem nächsten in ihren Kaffee schippte, bis er plötzlich überschwappte.

„Scheiße", sagte sie und sah aus dem Augenwinkel, wie Anita hinter ihr sie kritisch beäugte. Ohne sie eines Blickes zu würdigen, balancierte Inge den übervollen Kaffeebecher zurück an den Tisch, wo sich Manuela Dinges angeregt mit Ewald unterhielt. Nun war die Sache klar: Niemals würde sie sich neben die Hüfte setzen und in Konkurrenz mit ihr treten. Sie gehörte auf Ewalds Seite, das konnte sie nun deutlich erkennen. Obwohl Manuela schon länger in der Klinik sein musste, kam es Inge vor, als wäre sie in ihr Territorium eingedrungen. Sie schaute auf den Kaffee in ihrer Hand und konnte sich in etwa vorstellen, wie er schmeckte. Dann wanderte ihr Blick auf die Wanduhr: 8.15 Uhr. Bis zur Einstimmung, bei der sich alle Patienten mit den Ärzten und Therapeuten zum Tagesbeginn treffen würden, dauerte es noch eine Dreiviertelstunde, Zeit genug. Sie änderte ihre Richtung und verließ den Saal. Die Kaffeetasse stellte sie beim Hinausgehen unauffällig auf einen noch abzuräumenden Tisch. Dann machte sie sich auf ins Dorf, um beim Bäcker gegenüber der Bushaltestelle zu frühstücken.

Auf dem Weg dorthin beschloss sie, entgegen ihrem vorabendlichen Vorsatz, Ellen Weyer noch einmal anzurufen. Doch wie zuvor meldete sich auch diesmal nur die automatische Ansage. Vielleicht war Ellen ja gar nicht zurück nach Rostock gefahren, sondern hatte sich ein paar Tage Urlaub gegönnt. Aber hätte sie sich dann mit ihrem Nachbarn verabredet? Und wieso hatte sie so lange ihr Handy abgeschaltet, wenn sie zurückgerufen werden wollte?

Etwas, dachte Inge, stimmt hier nicht.

Hinter ihr vernahm sie ein Keuchen. „Dachte ich's mir doch! Du bist abgehauen!"

Inge drehte sich um: „Ich hatte keine Lust auf Reden."

„Und da lässt du mich mit einer Quasselstrippe allein am Tisch zurück? Könnte dir so passen. Dafür lädst du mich zum Kaffee ein."

Inge war sich nicht sicher, ob sie sich freute, dass Ewald Klee so großes Interesse an ihr zeigte, oder ob es ihr zu viel war. Immerhin hatte sie keine Ahnung, mit welchen Absichten er sich ihr näherte.

„Entschuldige", sagte er plötzlich und sah ganz zerknirscht aus. „Du wolltest wahrscheinlich einfach deine Ruhe haben. Tut mir leid. Ich bin immer so …", er zuckte hilflos mit den Schultern, „so überschwänglich, wenn ich jemanden mag. Meine Frau sagt immer, ich bin grenzüberschreitend. Damit hat sie wahrscheinlich recht." Dann hob er abwehrend die Hände. „Ich wollte dir nicht auf die Nerven gehen und dir schon gar nicht zu nahe treten …"

Ein großer Junge, das war er jetzt. Mit viel zu langen Armen und Beinen, so, als wäre der Rest an ihm noch nicht ausgewachsen und es würde einmal ein Riese aus ihm. Wenigstens war er verheiratet. Hatte aber im Hotel gewohnt. Inge Nowak spürte, wie der Schwindel sie erfasste. Das

Ganze war ihr zu viel. Sie hatte Hunger, brauchte einen Kaffee und wollte sich überhaupt keine Gedanken um komplizierte Verhältnisse machen. Derlei hatte sie selbst genug.

„Ich wollte tatsächlich alleine sein“, sagte sie, „Aber jetzt, wo du schon mal da bist, lass uns einen Kaffee zusammen trinken.“

Er nickte schuldbewusst und steckte seine Hände in die Hosentaschen, die überdimensional sein mussten, wenn seine langen Finger hineinpassten.

„Ich wollte dir auch nur vor dem Therapiebeginn noch sagen, dass sie angeblich Angelas Ehemann als Täter festgenommen haben.“

Inge erinnerte sich an den kräftigen Mann, der im Foyer getobt hatte. Sein Schmerz schien so echt, dass sie vor ihm hatte flüchten müssen.

„Dann können wir ja wieder zur Tagesordnung übergehen“, bemerkte sie und bestellte an der Kuchentheke zwei Becher Kaffee und für sich ein belegtes Brötchen mit Ei. Die Szenerie hatte etwas vollkommen Absurdes: Sie war vor einem Gemeinschaftsfrühstück mit Manuela davongelaufen, um nun mit Ewald in einem Stehcafé noch schlechteren Aufgebrühten zu trinken, als es ihn in der Klinik gab.

„Ich brauche eine Kaffeemaschine auf dem Zimmer, wenn ich die nächsten Wochen hier überstehen soll“, sagte sie, nachdem sie an dem bitteren Gebräu genippt hatte. „Aber elektrische Geräte außer dem Fön sind ja ebenfalls verboten, wie ich in der Hausordnung gelesen habe.“

Sein Mund verzog sich unmerklich zu einem Lächeln.

„Das ist nicht lustig, das ist ein Problem. Meine schlechte Laune wächst mit der Anzahl schlechter Kaffees, die ich trinken muss.“

„Na, da bin ich ja froh.“

„Worüber?“

„Dass ich eine Espressomaschine dabei habe. Die funktioniert wie ein Campinggaskocher. Also draußen.“

Inge schaute ihn eine ganze Weile an. „Haben sie dich eigentlich auf mich angesetzt?“

Er schüttelte den Kopf. Kurz darauf hatten sie sich für später zum Espresso am Strand verabredet.

Viele Leute hatten sich an dem Baggersee versammelt und es wurde ein Film gedreht. Zuerst hatte sich Verónica noch wie die Regisseurin gefühlt, dann aber war der Dreh abgebrochen worden, ein anderes Team hatte die Produktion übernommen und sie hatte nur von Weitem zugesehen. Es war eigentlich nicht das richtige Wetter, um einen Clip über Mutanten zu drehen. Sie betrachtete eher teilnahmslos die Inszenierung: Hinter großen Sandhügeln und herbeigeschafften Pappmaché-Felsen tauchten nacheinander, stakkatohaft und im Rhythmus zu einer kratzigen Stimme, die *„one, two, three“* sang, dreieckige Figuren mit dünnen Armen auf, winkten wild und verschwanden wieder. Diese Szene wiederholte sich einige Male und schien ihr gänzlich ungeeignet für den Einstieg. Verónica erhob sich von ihrem Beobachtungsposten und ging zu der Bühne, die wenige Meter vom Drehort entfernt, aufgebaut war. Dort saßen die Verantwortlichen und hörten sich an, was sie zu sagen hatte.

„Ich finde, die Figuren tauchen zu gewollt auf“, erklärte sie dem jungen Mann in der Mitte, zu dem sie aufschauen musste. „Alles zu vorhersehbar. Die Spannung ist raus.“

Der Angesprochene nickte und schaute zu den beiden anderen, die links und rechts von ihm saßen. „Seht ihr, das habe ich euch gleich gesagt.“

Verónica Sánz erwachte mit einem Lächeln auf den Lippen. Sie hatte im Traum ihre Meinung gesagt, ohne rechthaberisch zu wirken. Weder hatte sie sich angegriffen gefühlt, noch hatte sie sich geschämt, nicht einmal einen Anflug von Verunsicherung gespürt.

So will ich wieder werden, dachte sie mit noch geschlossenen Augen. So echt und klar wie früher.

Wann hatte sie eigentlich begonnen, an sich zu zweifeln? Alles zu hinterfragen, was sie tat, und sich von anderen vorschreiben zu lassen, was richtig und falsch sein sollte? In Málaga, als der Polizeichef andere Dienste von ihr wollte als die Aufklärung von Verbrechen? In Granada, wohin sie unausgesprochen strafversetzt wurde und die Dreckarbeiten für Melilla erledigen durfte? Oder erst in Berlin, neben der erfolgreichen Kriminalhauptkommissarin Nowak, an deren Seite sie immer stiller geworden war? Natürlich hatte Inge sie gefördert und ohne sie hätte Verónica den Sprung in den deutschen Polizeidienst vielleicht nie geschafft. Oder doch? War sie jemals aus dem Schatten ihrer Lebensgefährtin herausgetreten? Die Wohnung, die sie Jahre zuvor bezogen hatte, war die von Inges Tochter Marit gewesen und es war der Kompromiss, nicht gleich zusammenzuziehen. Verónica hätte viel lieber in einem anderen Viertel gewohnt. Sich in der gleichen Stadt besuchen zu können, schien ihr ideal, sich täglich zu sehen, wenn man schon am gleichen Ort arbeitete, hielt sie für übertrieben. Doch Inge bekam am Ende immer ihren Willen, sie verfügte über eine sanfte Autorität, die durch beständiges Argumentieren und Bohren, das ihr auch im Dienst respektable Erfolge einbrachte, zum Ziel führte. Einfacher gesagt: Sie setzte ihren Dickkopf immer und überall durch. Verónica war inzwischen sicher, dass ihre

Freundin es nicht einmal bemerkte. Inge Nowak war viel zu gestresst, um sich zwischen all den Leichen, die sich auf ihrem Schreibtisch und an Tatorten tummelten, noch Gedanken darüber zu machen, wie sie sich gegenüber anderen Menschen verhielt. Zwar hatte sich Verónica in all den Jahren an den leichten Befehlston gewöhnt und nahm die unterschwellige Aggression als gegeben hin, wenn etwas nicht schnell genug ging oder anders lief, als Inge es erwartete.

Nach der Autobombe spitzte sich alles noch zu. Hatte sich Verónica zuvor schon oft zurückgezogen, statt die Konfrontation zu suchen, hielt sie nun noch öfter einen kritischen Kommentar zurück oder schluckte Kränkung und Enttäuschung wortlos hinunter. Es war, als ob sie sich mit einem wilden Stier in der Arena befände, den sie nicht reizen und nicht besiegen wollte. Was sie stattdessen mit ihm vorhatte, war ihr allerdings selbst schon lange nicht mehr klar. Glaubte sie, dass er sich von selbst beruhigte, wenn sie nur das rote Tuch versteckte? Oft genug war sie mit ihrem andalusischen Vater bei Stierkämpfen gewesen, um zu wissen, dass ein Torero keine andere Wahl hatte, als irgendwann zum Angriff überzugehen, und dass jedes Tier, das es bis in die Arena geschafft hatte, getötet werden musste. Würde sie die Waffen strecken, wäre es nur eine Frage der Zeit, bis der Stier sie auf die Hörner nähme. Die einzige Alternative bestand in der Flucht. Ein beherzter Sprung über die Brüstung, um sich vor dem Aufgespießtwerden zu retten. Die Niederlage, die Schmach, die Buhrufe einstecken und den Schauplatz durch die Hintertür verlassen. War es das, was sie vorbereitete? Oder war sie dazu zu stolz? Sie, die das blutige Gemetzel vor geiferndem Publikum schon immer verachtet hatte?

Warum hatte sie sich nicht längst von Inge getrennt? Dann, als sie begriffen hatte, dass die Leidenschaft zwischen ihnen erloschen war, als sie Wochenende für Wochenende zusehen musste, wie wenig ihre beiden Lebensentwürfe zueinanderpassten, wie sehr sie sich das Deutsche in Inge zu eigen machte: arbeiten, fernsehen, schlafen. Schleichend hatte sich jene Verónica von ihr verabschiedet, die ihr selbst am sympathischsten gewesen war. Die Sportliche, die täglich für den jährlichen Marathon trainierte, die Wilde, die samstags bis in die Morgenstunden tanzen ging, die Kulturinteressierte, die sonntagnachmittags Ausstellungen besuchte, und schließlich die Gesellige, die viele Freunde hatte. Ein offenes Haus, in dem sich niemand anmelden musste, wenn er vorbeikommen wollte, sondern in dem es immer genug zu essen und zu trinken für spontane Treffen gab. Nichts von alldem fand mehr in ihrem Leben statt. Sie war rundlicher geworden, unbeweglicher an Körper und Seele, außer Essen verleibte sie sich nur die Sorge um Inge ein. Verónica Sánz hatte sich zu einer Frau entwickelt, die sich selbst nicht mehr mochte, und was ihr am allermeisten missfiel, war ihre Trägheit, das zu ändern.

Sie dachte an ihren Traum. *Alles zu vorhersehbar. Die Spannung ist raus.*

Genau, das war mit ihr los – sie war berechenbar geworden, in jeder Hinsicht. Und das müsste sie ändern. Selbst das Drehbuch schreiben, in dem sie wieder die Hauptrolle spielte. Der Titel des Films, um den es ging, musste Programm werden: *Mein Leben.*

Die morgendliche Einstimmung im Aufenthaltsraum, die sogar samstags stattfand, glich einer Hausversammlung. Alle Patienten saßen um die zehn Tische herum, während der Chefarzt vor ihnen auf einem hölzernen Barhocker thronte.

Professor Dr. Ruppert Welp hatte die Leitung der Klinik vor sieben Jahren übernommen und – er wurde nicht müde, das einmal pro Woche zu betonen – seither daran gearbeitet, sie zu einem Ort der Gesundheit statt der Krankheit werden zu lassen. Sein Team hatte der gebürtige Schweizer mit Ärzten und Therapeuten aus dem ganzen deutschsprachigen Raum zusammengestellt und er war bekannt für seine kreative Herangehensweise in Sachen Selbstheilung. Dazu gehörten vor allem zwei in der psychotherapeutischen Welt bekannte Methoden: Schlafentzug und eine besonders intensive Form der Tanztherapie.

Inge Nowak hatte all das nach Erhalt des Aufnahmetermins nur flüchtig auf der Klinik-Website überflogen. Schlafentzug, dachte sie, brauche ich nicht, das erledige ich seit Monaten selbst, und zum Tanzen wird mich niemand zwingen können.

„Wahrscheinlich werden viele von Ihnen denken, dass sie einen Schlafentzug nicht nötig haben, weil sie ohnehin nicht schlafen können." Der Chefarzt sah in die große Runde und nahm in diversen Gesichtern hochgezogene Augenbrauen und hier und da ein Nicken zur Kenntnis. „Das ist, wie ich Ihnen hundertprozentig versichern kann, eine irrige Annahme." Er lächelte und ließ seine Worte wirken. Man sah ihm an, dass er sich seines Status bewusst war, er sprach wie von der Kanzel herab und genoss, dass so viele Augenpaare an seinen Lippen hingen.

Arroganzling, dachte Inge und schielte verwundert zu Ewald hinüber, der wie fast alle gebannt auf den Psycho-Messias blickte. Teurer Haarschnitt, exklusives fliederfarbenes Polo-Shirt und leicht verwaschene Marken-Jeans.

Alles von meiner Krankenkasse bezahlt, stellte die Hauptkommissarin ungerührt fest und konnte sich doch nicht des Gefühls erwehren, dass ihr das Auftreten des graumelierten Man-kann-das-Alter-nicht-sagen-aber-er-sieht-in-jedem-Fall-sehr-gut-dafür-aus-Schönlings imponierte. Bei all dem strahlte er einen humorvollen Gleichmut aus, eine Intelligenz von der Sorte, wie man sie in Führungspositionen nicht oft antraf. Als Privatpatientin hatte sie Gelegenheit zu einer Sprechstunde pro Woche, und vielleicht würde sie dem Herrn einmal auf den Zahn fühlen. Prophylaktisch und aus noch ungeklärten Gründen.

„Es geht bei dem Schlafentzug darum, denjenigen, die unter akuten und chronischen Schlafstörungen leiden, einen Neustart zu ermöglichen. Quasi Zurück auf Los. Sie müssen sich das vorstellen wie bei einem Computer, der durch ein Virus oder ein falsches Zusammenspiel unterschiedlicher Software zum Absturz gekommen ist. Wir laden alles neu hoch und beginnen von vorn." Er lächelte wieder, als ob er sich diebisch darüber freute, dass er dieses Wunder an seinen Patienten vollbringen dürfte. „Dazu werden diejenigen, die es betrifft, 36 Stunden nicht schlafen. Wie das genau funktioniert und im Rahmen der Behandlung abläuft, erklärt Ihnen im Anschluss mein Kollege Herr Doktor Steiner. Er trifft sich mit denen, deren Namen er gleich vorlesen wird, direkt nach der Einstimmung. Ihnen und den anderen, die heute Nacht hoffentlich gut schlafen werden, wünsche ich ein schönes Wochenende. Wir sehen uns dann in alter Frische am Montagmorgen wieder!"

Nach dieser Ankündigung meldete sich ein Patient zu Wort, um nach einer verlorengegangenen Uhr zu fragen, eine Frau mittleren Alters teilte mit, dass sich die Gruppe, die einen Ausflug nach Wismar machen wollte, im Anschluss treffen würde, und schließlich trat Doktor Steiner mit einer Liste in der Hand vor die Patienten. In diesem Augenblick wurde der Kriminalhauptkommissarin klar, dass auch sie gleich aufgerufen würde. Wenn es hier um Schlafstörungen ging, war sie ganz weit vorne. Nicht die Tatsache, eine schlaflose Nacht verbringen zu müssen, beunruhigte sie; diese Übung würde sie mit Leichtigkeit absolvieren. Es war die Vorstellung, ihren Namen laut ausgesprochen zu hören, die sie nervös werden ließ, und der suchende Blick des Arztes, bis sie ein Handzeichen gegeben hätte und alle Augen auf sie gerichtet wären.

Es hatte Nächte gegeben, in denen dieser eine Traum immer wiederkehrte, jedes Mal, nachdem sie herzklopfend aufgewacht und wieder eingeschlafen war: Sie sah sich als Kind und gleichzeitig erwachsen. In einem typischen Schulklassenzimmer der 1960er Jahre saß sie hinter allen anderen Kindern in der letzten Reihe. Vorne stand die Lehrerin ihnen mit dem Rücken zugewandt und schrieb etwas an die Tafel, was ihr Körper noch verdeckte. Inge sah es nicht, wusste aber, dass es ihr Name war. Und sie wusste auch, dass, wenn die Lehrerin mit dem Schreiben fertig und ihr Name zu lesen wäre, alle in der Klasse erkennen würden, dass sie kein Kind mehr war. Sich nur in diesem kleinen Körper versteckt hatte, um nicht von denen entdeckt zu werden, die draußen auf den langen Fluren nach ihr suchten. Stünde ihr Name erst einmal an der Tafel, gäbe es kein Entrinnen mehr und alle würden sie als das betrachten, was sie war – die Schuldige. Sie wachte immer dann auf, wenn die Lehrerin sich mit der Kreide in der erhobenen Hand umdrehte und den Blick auf das Geschriebene freigab. Ihre Augen funkelten eisig blau und anstelle des Mundes leuchtete rot ein geschlossener Reißverschluss.

„Ewald Klee?"

„Hier." Er winkte selbstbewusst, und sie war erleichtert, dass er mit von der Partie wäre.

„Inge Nowak?"

„Ja." Ihre Stimme klang fest und zugleich fremd.

Der Mensch, der zum Mörder geworden war, hatte nie gedacht, dass er dazu nicht fähig wäre, denn er hielt alle Menschen für grundsätzlich zu allem fähig. Es waren die Umstände, die Kinder, Männer und Frauen, Kranke und Gesunde, Reiche und Arme, Gelehrte und weniger Gebildete zu Monstern machen konnten. Es genügte, wenn der Einzelne sich bedroht fühlte. Dann konnte jeder Gegenstand zur Mordwaffe und jedes Gegenüber zum Opfer werden. Zum Bedauern danach gab es keine Zeit. Zu groß war das Bedürfnis, seine Haut zu retten – früher vor dem Henker, heute vor dem Gefängnis. Jeder Mord, so schätzte der Mensch, der getötet hatte, wurde über kurz oder lang aufgeklärt. Es ging also darum, die Zeit bis zur Überführung zu verlängern, den Moment hinauszuzögern, in dem es an der Tür klingeln oder der Wagen von einer Polizeistreife gestoppt würde. Und trotz dieser Gewissheit träumte auch dieser Mensch von der eher unwahrscheinlichen Möglichkeit, niemals verhaftet zu werden, von einem neuen Leben ohne Vergangenheit. Wenn er erst einmal im Ausland wäre, fort von dem grauen Ostseestrand, an dem alles an die Tat erinnerte und vor allem an die Umstände, die dazu geführt hatten. Natürlich hatte man das eigene Leben in der Hand, und doch traf man Entscheidungen, aus denen sich eine unaufhaltsame

Dynamik ergab, die wiederum eine unumkehrbare Kettenreaktion nach sich zog.

Der Mensch sah auf seine Fingernägel. Er hatte sich tatsächlich die Hände schmutzig gemacht, obwohl er es hasste, sie in Mitleidenschaft gezogen zu sehen. Seine Hände hatten stets unter besonderer Obhut gestanden. Nicht nur aus rein beruflichen Gründen, wie man hätte vermuten können. Von klein auf war der Mensch, der gemordet hatte, in seine Hände verliebt gewesen, und im Grunde, dachte er, habe ich schon immer gewusst, dass ich mich bedingungslos auf sie verlassen kann: Die schönen Hände hatten den Holzstiel des schweren Hammers mit Entschiedenheit umfasst, schwungvoll ausgeholt und ihn erbarmungslos hart auf dem Schädel des Opfers platziert. Sie hatten Handschuhe übergestreift, mit Hilfe eines in Stoff gewickelten Backsteins die Heckscheibe eines Autos eingeschlagen und nach einem vollen Benzinkanister und Gummistiefeln gegriffen. Sie öffneten den Kanisterdeckel und ließen ihn achtlos auf den Boden fallen, wie auch den Behälter, nachdem sie das Benzin verteilt hatten. Flinke Finger öffneten die Streichholzschachtel und entzündeten die alles entscheidende Flamme.

Nun taten sie das Gleiche. Der Mensch stand mit seiner Sporttasche vor einem Allesbrenner. Der gusseiserne Ofen brannte schon seit zwei Stunden und die wenigen Nachbarn würden sich vielleicht wundern, warum am späten Morgen aus dem kleinen Haus schon Rauch aufstieg. Noch dazu dunkel gefärbte Schwaden. Wahrscheinlicher aber war, dass niemand es bemerken würde. Und so griffen die wohlgeformten Hände, die weder in der Tatnacht noch danach gezittert hatten, in die Tüte, holten vier Kleidungsstücke heraus, nahmen den Schürhaken und stopften sie durch das geöffnete Viereck. Der Mensch wartete nach jedem einzelnen geduldig, bis das Feuer den Stoff fast aufgefressen hatte, und schob dann das nächste nach. So verfuhr er mit einer Hose, einem Paar Socken, den Innenschuhen der Gummistiefel und einem Pulli. Damit keine Funken auf den Holzboden sprühten, schloss er dazwischen behutsam die gläserne Tür des Ofens, bis er schließlich, nach getaner Arbeit, zufrieden den Griff herumdrehte. Geschafft. Der Mensch, der sich bei alldem nicht ein einziges Mal die Finger verbrannt hatte, fuhr sich erleichtert durch die Haare. Man würde nicht mehr beweisen können, dass er am Tatort gewesen war.

„Die Frau wurde mit einem Hammer erschlagen." Dr. Gert Hoffmann hielt den Kommissaren ein viereckiges Stück Eisen hin. „Das ist wohl die Tatwaffe. Wir haben die Reste in den Trümmern gefunden, der Stiel ist natürlich verbrannt, also keine Fingerabdrücke. Den genauen Todeszeitpunkt zu bestimmen ist bei derartigen Brandleichen bekanntermaßen nicht möglich, aber sie war schon tot, bevor der Raum angezündet wurde: kein erhöhter Kohlenmonoxidgehalt im Blut, keinerlei Rußpartikel in Lunge oder Magen."

„Na, toll", bemerkte Werle.

„Nachdem der Täter das Feuer gelegt hatte, lief er wahrscheinlich zum Strand", übernahm Richie Göckel, ein schmächtiger Mann, der, wie der Kriminalhauptkommissar fand, aussah, als ob er ein gutes Stück Fleisch vertragen könnte. Doch der Chef der Spurensicherung war überzeugter Vegetarier und ernährte sich fast ausschließlich von Sojaprodukten. Kein Wunder, dass der Gürtel, der seine Jeans am Körper hielt, nicht nur optisch aus dem letzten Loch pfiff. „Wir gehen deshalb davon aus, weil es relativ frische Fußspuren gibt, die darauf hinweisen, dass jemand die Schuhe am Tatort ausgezogen hat und auf Socken geflüchtet ist. Ziemlich clever. Wir haben also keine Schuhabdrücke und können den Weg des Täters hin zum Tatort und den Weg davon weg nicht zusammenbringen."

„Aber ihr habt doch wenigstens die Schuhgröße?"

Kriminalhauptkommissar Werle hatte seine Kollegin Eberstätter, die Herren Hoffmann aus der Rechtsmedizin und Göckel von der Spurensicherung bereits um 8 Uhr in sein Büro bitten lassen, und obwohl es Samstag war, hatte keiner von ihnen offen gemurrt. Oberkommissar Timo Heiser stand mangels ausreichender Stühle im Türrahmen und gähnte hinter vorgehaltener Hand.

„Schwer zu sagen", antwortete Göckel, „es könnte sich aufgrund der ausgeprägten Mittelrille um Innenschuhe von größeren Gummistiefeln gehandelt haben. Die Fußspuren führen durch den Sand, in das kleine Waldstück, hin zu einem Parkplatz. Dort muss er in seinen Wagen gestiegen sein."

„Ist das etwa unklar?" Werle hasste Mutmaßungen. Jedenfalls bei anderen.

„Asphaltparkplatz, die Spuren verlieren sich dort, keine Reifenprofile, keine Ölspuren, nichts. Aber wir sind mit der Spurensicherung im Wald noch nicht durch. Wenn die Kollegen die dreihundert Meter querfeldein zentimeterweise durchgekämmt haben, wissen wir mehr. Aber das dauert noch."

„Was ist mit den Fußabdrücken am Tatort?"

„Wir haben zahlreiche Abdrücke verschiedener Profile, die einen führen zur Klinik, die anderen zum Wald, einige verlieren sich im sandigen Nichts, manche am Tatort. Gut die Hälfte dürfte von den Feuerwehrleuten und Schaulustigen stammen. Bis wir ankamen, herrschte dort schon Volksfeststimmung."

Werle ignorierte die Bemerkung und fragte stattdessen: „Wir suchen also Stiefel einer unbekannten Größe und Marke, die zu Socken einer unbekannten Größe und Marke passen, und finden möglicherweise noch ein paar Haare oder Fusseln in den Zweigen, die von jedem stammen könnten, der hier im Wald herumspaziert ist?"

„Genau", antwortete Göckel und in seiner Stimme schwang deutlich der Unmut über die Ungeduld des Hauptkommissars mit. „Die Bilder der Fußabdrücke haben wir euch übrigens schon per E-Mail geschickt. Die Schuhe dazu müsst ihr schon selbst finden."

„Noch was?"

„Sucht nach dem Besitzer des Hammers. Es ist ein älteres Modell, nicht neu gekauft. Viereckiges Eisen. Muss länger irgendwo herumgelegen haben, war sicher in Gebrauch. Könnte von einer Baustelle stammen, muss aber nicht."

Werle warf seiner Kollegin einen langen Blick zu, der so viel heißen sollte wie: „Baustelle, siehste!", und blickte dann zur Tür. „Ihr Job, Heiser."

Weshalb der Chefermittler sein Team siezte, hatte den einfachen Grund, dass er selbst nicht geduzt werden wollte. Erich Werle war der Auffassung, dass man seinem Vorgesetzten Respekt entgegenbringen sollte und dass zu viele Vertraulichkeiten auf der Arbeit dem Betriebsklima schadeten. Er war nun einmal der Chef, und es machte überhaupt nichts, wenn man das an den Umgangsformen bemerkte. Dass sich alle anderen duzten, störte ihn nicht, im Gegenteil, es unterstrich seine These, etwas Besonderes zu sein. Sich ausgeschlossen zu fühlen, war ihm gänzlich fremd.

„Der Durchsuchungsbeschluss für die Wohnung des Ehemanns ist übrigens durch“, bemerkte der Oberkommissar, statt auf den Hammer zu reagieren. Jede Sisyphusarbeit blieb an ihm hängen, das war nichts Neues.

„Tja, dann werden Sie wohl einen Tag ohne mich auskommen müssen“, erwiderte Werle und klappte die Mappe zu, in der sich außer ein paar leeren weißen Seiten und einem Prospekt der Fachklinik *Seerose* keine weiteren Unterlagen befanden. Sie würde sich später mit den Ausdrucken der Kollegin Eberstätter füllen, die es auch übernähme, die entsprechenden Berichte zu verfassen. Er hatte dazu keine Zeit, gerade jetzt nicht, einer musste ja nach München.

„Wollen Sie heute noch fliegen?“

„Wenn das geht, ja.“

Sylvia Eberstätter wusste, wie gern ihr Chef auf Dienstreise war. Für München würde er zwar sicher Ärger mit der Buchhaltung bekommen, es bestand ganz offensichtlich keine dringende Notwendigkeit, dass der Leiter der Mordkommission bei einer Hausdurchsuchung in München dabei wäre, aber das war ja nicht ihr Problem. Sollte der Chef sich doch aufführen, als wäre er Kojak persönlich, ihr aller Herr Kriminalrat würde ihm bei passender Gelegenheit schon deutlich machen, was er von der Verschwendung von Steuergeldern hielt.

„Ich schätze, ich werde in der Wohnung der Essers etwas finden, um ihn zu überführen. Kann ich ein Foto von der Tatwaffe haben?“

„Liegt alles schon in eurem Postfach“, sagte Göckel, „ich denke …“

Die Oberkommissarin fiel ihm vom Schreibtisch gegenüber ins Wort: „Wenn Sie heute noch nach München wollen, müssen wir uns beeilen. Der Flug geht in etwas mehr als einer Stunde. Soll ich buchen?"

„Ja. Zurück bitte mit dem letzten Flieger. Und rufen Sie bitte die Kollegen in München an und organisieren Sie mir Leute von der Spurensicherung dort." Er stand auf und wandte sich an Timo Heiser. „Sie finden inzwischen die ominösen Gummistiefel und ordnen Sie am besten gleich einem der Abdrücke am Tatort zu." Hoffmann und Göckel nickte er kurz zu.

„Wollen Sie eigentlich nicht mehr über das Opfer wissen?" Der Rechtsmediziner war einfach sitzengeblieben.

Werle blieb wie angewurzelt stehen. „Ich dachte, Sie hätten uns alles mitgeteilt?"

„Ich kann mich nicht erinnern, dass ich wirklich das Wort gehabt hätte."

Prinzessin, schnaubte Werle innerlich, hielt sich aber zurück. „Gibt es noch etwas, was wir wissen müssen?"

„Angela Esser ist glücklich gestorben."

Alle außer Werle setzten sich wieder und musterten den Rechtsmediziner überrascht.

„Haben Sie sie gefragt?"

„Ihre Blutwerte und ihre Hormonausschüttung haben es mir von selbst erzählt. Die Frau war vollgepumpt mit Psychopharmaka, sie muss, wenn das Zeug richtig angeschlagen hat, im siebten Himmel gewesen sein."

„Aber das sind die in der Klinik doch alle." Der Hauptkommissar war ungehalten. Hoffmann wollte sich bloß wichtig machen.

„Ihre Kollegin hat mir erzählt, Sie gehen davon aus, dass es zu einem Streit zwischen den Eheleuten gekommen sein soll. Das halte ich für unwahrscheinlich. Ich habe noch nicht alle Stoffe analysiert, aber es deutet vieles auf einen Wirkstoff hin, den man eigentlich nicht über einen längeren Zeitraum einnimmt und schon gar nicht in einer solchen Klinik: Diazepam. Landläufig bekannt als Valium. Es macht schlapp, friedliebend und in der Regel sehr ruhig. Ein sehr starker Arzneistoff gegen Angst- und Spannungszustände. Die sollte die Patientin zu diesem Zeitpunkt aber gar nicht mehr gehabt haben. In der Klinik wurden ihr die Tabletten übrigens nicht verordnet."

„Heißt, sie hat sich das Zeug selbst besorgt und eingeworfen?" Werle platzte fast. Wieso hatte der Schnösel die Krankenakte in den Fingern gehabt? Er warf Sylvia Eberstätter einen ärgerlichen Blick zu. Was hatte sie mit dem Kerl zu schaffen und wie kam sie dazu, mit ihm Ermittlungsergebnisse auszutauschen? Das ganze Theater mit der Teamarbeit ging ihm gehörig auf die Nerven. Er war ein Einzelkämpfer und nicht von ungefähr hier gelandet. Immerhin hatte er sich nicht nur wegen der guten Luft versetzen lassen.

„Das kann es heißen, ja."

Werle stand immer noch mit der Mappe in der Hand vor dem Tisch. „Und inwiefern bringt uns das weiter?"

„Ich halte es für wichtiger, sich in das Opfer hineinzuversetzen als in einen potenziellen Täter."

„Das unterscheidet uns, Herr Kollege. Aber ich bin Ihnen für Ihren Hinweis sehr dankbar. Angela Esser war also glücklich darüber, dass sie umgebracht wurde."

„Das", der Rechtsmediziner klappte sein Laptop zu und erhob sich jetzt ebenfalls, „haben Sie gesagt." Dann nickte er den übrigen Kollegen, die dem kleinen Wortgefecht belustigt zugehört hatten, freundlich zu und verabschiedete sich. Zu Sylvia Eberstätter gewandt fügte er noch hinzu: „Wir arbeiten weiter. Sobald es neue Ergebnisse gibt, schicke ich Ihnen eine Mail.“

Wenn Werle könnte, würde er den ganzen Internetquatsch verbieten. Er hatte die Hälfte der Multimediafortbildung vor zwei Jahren in Begleitung im Hotelzimmer verbracht und beschlossen, dass er Profi genug war, um auch ohne virtuelle Hilfe gute Arbeit zu machen. Es reichte, wenn seine Assistenten sich damit auskannten. Allerdings gefiel es ihm überhaupt nicht, wenn dadurch Informationen an ihm vorbeigingen.

„Neue Ergebnisse möchte ich bitte als Erster sehen, Frau Eberstätter“, sagte er. Unfreundlich genug, damit sie merkte, wie enttäuscht er von ihr war.

„Klar, Chef“, gab sie ihm unbeeindruckt zur Antwort. „Wir müssen jetzt aber unbedingt los, sonst verpassen Sie Ihren Flieger.“

„Also, wenn ich das richtig verstanden habe, dürfen wir heute Nacht noch schlafen, aber den ganzen Sonntag tagsüber und nachts nicht. Richtig?“

„Richtig.“

„Um dann am Montagmorgen todmüde drei Stunden zu tanzen und ohne Schlaf bis abends durchzuhalten. Korrekt?“

„Korrekt.“

„Dann fallen wir ins Bett, schlafen wie die Murmeltiere und wenn wir Dienstagmorgen aufwachen, sind wir umprogrammiert und unsere Schlafstörungen ein alter Hut.“

„In etwa.“

Ewald Klee runzelte skeptisch die Stirn. „Glaubst du das?“

„Das ist doch unrelevant. Fest steht, dass es nicht wirklich etwas Neues ist, außer, dass ich in der Regel nach einer schlaflosen Nacht arbeiten gehe und nicht in die Disko."

Er nickte. „Bei mir ist es ähnlich. Die Gruppentherapie war ein bisschen so wie meine Meetings. Bloß, dass dabei keiner heult und die Teilnehmer sich nicht selbst die Schuld an Problemen geben, sondern immer einen Sündenbock parat haben. Und die Kleiderordnung ist strenger."

Inge reagierte nicht auf seine Bemerkung, sondern schaute aufs Meer. Sie saßen auf einer großen karierten Decke, die Ewald ausgebreitet hatte. Daneben hatte er die Camping-Espressomaschine aufgebaut. Er holte zwei kleine Porzellantassen aus seinem Rucksack, stellte sie auf die dazugehörigen Unterteller und legte jeweils ein Zuckertütchen daneben. „Mist, ich hab die Löffel vergessen."

„Hast du das alles von zu Hause mitgebracht?", fragte Inge halb bewundernd, halb ungläubig.

„Nö. Drin gefunden." Offenbar hatte er das Unterteil der Metallkanne bereits mit Espresso und Wasser befüllt, denn nun entzündete er mit einem Streichholz die Gasflamme und vergewisserte sich, dass der Untersatz sicher im Sand stand. Dann stellte er die Kanne darauf und rieb sich die Hände. „So, jetzt müssen wir nur noch warten, bis es blubbert."

Er setzte sich in gebührendem Abstand neben Inge und folgte ihrem Blick zu einer kleinen gelben Eisenkonstruktion, die etwa einen Kilometer vor ihnen aus dem Wasser ragte.

„Ist keine Bohrinsel", stellte Ewald ungefragt fest.

„Also, dass sie gegenüber von Rostock keine knappen Rohstoffe aus dem Meer pumpen, habe ich mir fast gedacht. Was ist es denn dann?"

„Eine Forschungsplattform. Und darunter ist ein künstliches Riff. Da sollen Fische zum Laichen angeregt werden.“

„Soso.“ Inge belustigte dieser Besserwisser. „Und woher weißt du das schon wieder?“

„Es gibt ein Informationsbüro dazu, nicht weit von hier. Da bin ich heute Morgen vorbeigejoggt.“

„Vor dem Frühstück?“

„Lange davor.“

Es war kein feiner Sandstrand, der diese Küste säumte. Grobkörnig und mit großen Kieseln durchzogen, wirkte er rau und ein wenig unwirtlich, beinah so, als wollte er partout nicht als Badehandtuchunterlage dienen. Inge nahm einige kleine Steine in die Hand und rieb sie aneinander, bis ihr das knirschende Geräusch Gänsehaut verursachte.

„Ich mache mir Sorgen“, sagte sie plötzlich.

„Wegen?“

„Ellen.“ Sie warf einen der Steine in Richtung Meer, erreichte aber das Wasser nicht. „Wahrscheinlich ist es totaler Blödsinn, aber ich finde es absolut eigenartig, dass sie ihr Handy nicht mehr eingeschaltet hat, seit sie hier weggefahren ist.“

„Woher weißt du das?“

„Wir sind beide beim gleichen Mobilfunkanbieter. Wenn ich sie nicht erreiche, erhalte ich eine Nachricht, sobald sie wieder erreichbar ist. Wenn das nicht der Fall ist, bedeutet es: Ihr Handy ist aus.“ Sie warf einen weiteren Stein, nur unwesentlich weiter als den ersten. „Erklär mir, wieso eine junge Frau, die drei Wochen im Krankenhaus war, gerade entlassen ist, mich bittet, sie anzurufen, weil sie mir etwas zu sagen hat, mit Sicherheit ihre Freundinnen oder ihren Freund treffen will und sich mit ihnen telefonisch oder per SMS verabredet, aber ihr Handy ausstellt?“

„Weil sie mit ihrem Freund im Bett liegt und nicht gestört werden will?“

„Der muss aber ein ganz toller Hecht sein, wenn er sie – Moment! –“, sie legte die Stirn in Falten, ganz offensichtlich, um zu rechnen, „fast dreißig Stunden vom Telefonieren abhält.“

„Ist dir noch nie passiert?“

„Mit Männern? Nein.“ Die Antwort kam schnell und unüberlegt und Inge Nowak hätte sie gerne für sich behalten. Sie schaute Ewald nicht an. War das der Moment, in dem er sich von ihr abwenden würde? Hatte er gemerkt, dass sie kein Interesse an ihm als Mann hatte? War er gar nicht so tolerant, wie es den Eindruck machte, und wüsste morgen die ganze Klinik Bescheid? Sie spürte, wie sich eine Hitzewelle ankündigte.

„Und mit Frauen?“ Er fragte das so leichthin, dass Inge leise lachen musste. Noch immer hob sie nicht den Kopf, sondern fixierte mit ihrem Blick die Forschungsplattform weit vor ihnen.

„Nein. Mit Frauen auch nicht.“ Dann nahm sie all ihren Mut zusammen und sagte: „Jedenfalls nicht so lange.“ Wenn er jetzt das Thema wechselte, sich schnell erheben und vorschieben würde, er habe noch etwas zu erledigen, war es gelaufen.

Er tat nichts dergleichen. Stattdessen nahm er einen Stein, holte aus und versenkte ihn im Wasser.

„Angeber!“

„Jungs werfen eben weiter.“

Ruckartig drehte sie sich zu ihm und sah ihn angriffslustig an. Aber da gab es nichts zu attackieren, außer einem breiten Grinsen, das zeigte, dass er sich selbst nicht ernst nahm. Und in diesem Moment wusste Inge, dass sie ihm Unrecht getan hatte.

Die Espressomaschine fing an zu brodeln. Ewald wartete noch einen Moment, hob dann vorsichtig den Deckel und nickte zufrieden. „Halt mal die Tassen!"

Nachdem sie mit seinem Taschenmesser den Zucker verrührt hatten, sagte er: „Aber jetzt mal im Ernst. Wenn du ein ungutes Gefühl hast, sollten wir dem nachgehen. Irgendwie komisch ist es ja schon." Er trank den Espresso in einem Schluck aus. „Glaubst du, ihr ist etwas passiert?"

„Ich weiß es nicht. Es ist lediglich mein Alarm, der angesprungen ist."

„Dann gehen wir sie einfach suchen."

„Wir?"

„Ja. Heute ist doch Samstag und sie wohnt in Rostock. Wenn sie nicht zu Hause ist, kriegen wir eben raus, ob sie einen Freund hat." Dann schob er schnell hinterher „Oder eine Freundin. Und wo er oder sie wohnt. Du kannst doch so was bestimmt ganz prima."

„Ich bin nicht im Dienst." Sie stellte ihre Tasse ab. „Außerdem habe ich kein Auto."

„Ich hab was viel Besseres."

Jetzt sah sie ihn plötzlich vor sich, wie sie ihn zum ersten Mal gesehen hatte: ganz in Leder.

„Niemals!", sagte sie entschieden.

„Ich fahre seit fünfundzwanzig Jahren unfallfrei, habe einen zweiten Helm dabei und fahre auf der Landstraße höchstens 80." Er legte den Kopf schief. „Außerdem haben wir den ganzen Samstag nichts zu tun!"

Inge Nowak zögerte. Der innere Richter stand bereits eine Weile hinter ihr und versuchte sie in Schach zu halten. Schon der Espresso war eigentlich zu viel für diese Instanz, die dazu da war, sie von jeglicher Leichtigkeit abzuhalten. *Nichts wirst du tun. In der Klinik wirst du bleiben. Motorradfahren – soweit kommt es noch. Du bist schließlich nicht hier, um dich zu amüsieren!*

„Komm schon. Du hast doch sowieso keine Ruhe, wenn du Ellen nicht erreichst. Und wenn du meine BMW nicht magst, dann fahren wir eben mit dem Bus."

Er erstaunte sie. Zum wiederholten Mal. Nach einer kleinen Weile fragte sie: „Warum machst du das?"

„Ehrliche Antwort?"

„Ich bitte darum."

Ewald Klee räusperte sich. „Ich soll mich nicht zurückziehen. Soll mehr auf Leute zugehen. Und du bist seit Monaten der einzige Mensch, bei dem mir das gelingt." Er lächelte unbeholfen. „Klingt ein bisschen, als wollte ich dich für meine Therapiezwecke benutzen, was?"

Inge schüttelte den Kopf. „Quatsch. Und wenn schon. Dafür stehe ich gern zur Verfügung." Auf der Forschungsplattform tat sich etwas. Ein Boot wurde abgelassen. Überall auf der Welt bewegten sich Menschen fort. Immerzu und immerzu. Auf Schiffen, in Flugzeugen und in Autos. Warum nicht einfach mal auf dem Motorrad? Sie klopfte sich den Sand von den Füßen, stand auf und stemmte die Hände in die Hüften: „Wann fahren wir los?"

In dem Erdloch herrschte gespenstische Stille. Keiner der Touristen, die an diesem Tag durch den Wald spazierten, hätte vermutet, was sich in dem kleinen Häuschen verbarg. Beschaulich sah es von außen aus, ein Privatweg führte zu der abgeholzten Fläche, auf der es stand, nahe an einem der Forst- und Wanderwege. Es gab mehrere dieser Hütten im Umkreis, früher beliebte Feriendomizile parteitreuer Genossen, heute verkauft oder verpachtet an Familien mit Kindern oder umgebaut zur Ferienwohnung an Wald und Meer. Nicht alle verfügten über einen Aushub. Nur diejenigen, die in der DDR etwas zu bunkern hatten. Und sowenig vierzig Jahre zuvor ein Mensch auf die Idee gekommen wäre, dass Oberstleutnant Karl Gerber hier ein Waffenlager eingerichtet hatte, um jederzeit in welchen Krieg auch immer ziehen zu können, sowenig machte sich nun jemand eine Vorstellung davon, dass dort unten seit sechsundzwanzig Stunden eine junge Frau einem Toten gegenübersaß.

Dass sie nicht schrie, dass sie nicht tobte, dass sie nicht versuchte, ihrem Gefängnis zu entkommen, lag an der Flüssigkeit, die Ellen Weyer zu sich genommen hatte. Vermischt mit demselben Stoff, der ihr bereits einen Tag zuvor verabreicht worden war. Wenn sie erwachte, glaubte sie sich im Traum, machte Zwischenstation auf einer langen Reise, deren Ursprung und Ziel sie nicht kannte. Ihre Gehirnfunktionen waren auf ein lebenserhaltendes Level herabgesetzt, und sie würde zu sich kommen, bevor sie verhungert oder dehydriert wäre. Doch nur allmählich gelänge sie zu einer Art Bewusstsein, das ihr gefiele, umso mehr, als dass sie glauben würde, sie dürfe picknicken: Vor ihr läge ein Paket, in dem sich Brot, Wasser, Kerzen, Streichhölzer, ein Kugelschreiber und ein Schreibblock befänden. Ellen Weyer würde bemerken, dass sie hungrig wäre, und euphorisch in die Baguettestange beißen. Die Anwesenheit des leblosen Mannes würde sie ein wenig verwirren, aber nicht sonderlich stören. Sie würde nicht begreifen, weshalb sie hier festsaß. Dass sie zu weit gegangen war, mit dem Feuer gespielt und sich verbrannt hatte, vor allem aber: dass es keine Garantie gab, lebend aus dieser Gruft wieder herauszukommen.

Doch noch schlief sie. Sie spürte nicht, wie ihr kleine Insekten über das Gesicht liefen, wie die Luke geöffnet wurde und sich ein Gesicht vor die Öffnung schob, das sie gut kannte.

„Du willst hinter seinem Rücken die Patienten befragen?" Timo Heiser hatte seine Kollegin entgeistert angesehen, als sie vom Flughafen zurückgekommen war.

„Ich will mir am Ende nicht nachsagen lassen, ich hätte meine Arbeit nur halb gemacht. Bloß weil Honey sich auf den Ehemann eingeschossen hat, heißt das noch lange nicht, dass er es war." Erich Werle hätte es sicher nicht gefallen, dass seine Mitarbeiter ihn nannten, wie Udo Lindenberg einst den DDR-Staatsratsvorsitzenden Erich Honecker besungen hatte. „Außerdem sollen wir die Gummistiefel finden. Dazu müssen wir sowieso mit den Leuten sprechen. Irgendwo müssen wir ja anfangen. Oder hast du eine bessere Idee?"

„Und das muss heute sein? Am Samstag?"

„Wir haben sowieso schon zu viel Zeit verplempert. Die Patienten reisen ab, die Angestellten gehen ins Wochenende – womöglich ist unser Täter schon über alle Berge und wir haben ihn nicht einmal von hinten gesehen."

„Also gut, ich bin dabei."

Eine Stunde später saßen Eberstätter und Heiser im Speisesaal an einem Tisch und gingen mit Schwester Agathe die Patientenlisten durch.

„Wie lange war Angela Esser eigentlich hier?", fragte Sylvia Eberstätter, obwohl sie die Antwort darauf kannte.

„Ziemlich lange. Fast zwei Monate."

„Ist das üblich?"

„Nun ja. Die Krankenkasse bezahlt drei Wochen, plus maximal zwei Wochen Verlängerung. Bei Privatpatienten wie Frau Esser ist das natürlich etwas anderes. Sie bleiben eben so lange, wie die Ärzte es für richtig halten."

„Je länger ein Privatpatient bleibt, umso besser für die Klinik, richtig?"

Schwester Agathe verzog keine Miene. „Die Klinik steht wirtschaftlich gut da, wir haben eher das Problem, dass unsere Patienten länger bleiben möchten, als uns manchmal lieb ist. Die Warteliste akuter Fälle ist lang."

„Wie lang?"

„Mitunter dauert die Aufnahme Monate."

„Für Kassenpatienten."

„Für Privatpatienten ein paar Wochen weniger, aber selbst wenn jemand aus eigener Tasche zahlt – sofort können wir keinen aufnehmen."

„Das heißt, Ihre Patienten fühlen sich in der Klinik wohl?"

„Ich würde sagen, den allermeisten geht es nach den ersten drei Wochen entschieden besser als vorher. Viele von ihnen können nach extremem Stress, einem Trauma, einem Trauerfall in der Familie oder langen Krankheiten zum ersten Mal wieder aufatmen. Sie sind raus aus ihrer gewohnten Umgebung, erleben sich anders, entwickeln wieder so etwas wie Selbstbewusstsein und schöpfen Lebensmut."

„Angela Esser auch?"

Sofort musste Agathe Simonis an den schrecklichen Anblick denken, der sich ihr in der Brandnacht geboten hatte, und sie musste sich zusammenreißen. Sie hatte die Münchnerin wegen ihrer liebenswerten Art gemocht. Die Frau war zurückhaltend gewesen, beinahe schüchtern.

„Als sie ankam, machte sie einen sehr in sich gekehrten Eindruck. Wissen Sie, die Sorte Patient, die am liebsten gar nicht gesehen werden will. Die meisten empfinden das am Anfang ja als schwierig. Sie gewöhnen sich erst langsam daran, dass man hier unter Dauerbeobachtung steht, fast immer unter Menschen ist und sich kaum zurückziehen kann. Ich glaube, Frau Esser war eher ängstlich, was fremde Menschen anbelangt. Aber das hat sich dann schnell gelegt. Wir setzen die Leute beim Essen ja nicht wahllos zusammen, sondern denken uns etwas dabei. Und ihre Tischnachbarn taten ihr gut. Besonders mit einer jungen Frau aus Rostock hat sie sich sehr gut verstanden. Sie haben oft zwischen den Behandlungsterminen zusammen gesessen."

„Wie heißt die junge Frau?"

„Weyer. Sie ist gestern entlassen worden."

„Dann brauche ich ihre Adresse."

„Sofort?"

„Nein, ich habe vorher noch ein paar Fragen." Die Oberkommissarin sah kurz auf ihr Notepad. „Ist Ihnen irgendetwas an Frau Esser aufgefallen?"

„Aber das hat mich doch schon ihr Kollege gefragt."

„Ich weiß. Aber manchmal fällt einem ja erst nach längerem Nachdenken etwas auf. Zum Beispiel: Hat sie sich verändert, während sie hier war?"

Die Krankenschwester lächelte vielsagend. „Aber deshalb kommen doch alle her. Um sich zu verändern. Und die meisten tun es auch. Wenn sie anfangen, ihre alten Geschichten aufzuarbeiten, frühkindliche Erinnerungen hochkommen, wenn verdrängte Gefühle auftauchen, dann werden viele erst mal unsicher und komisch. Und manche auch aggressiv. Auch bei Frau Esser schien ein neuer Teil ihrer Persönlichkeit durchzubrechen: Am Anfang war sie sehr schüchtern und zuvorkommend, nach drei Wochen beschwerte sie sich über ihre Tabletten, beklagte sich über das Essen, eine Weile war sie ziemlich auf dem Anti-Trip." Agathe Simonis faltete die Hände und legt sie auf der Tischplatte ab. „Aber wir werten so etwas positiv. Es ist der Anfang von Willensstärke und Interesse an den eigenen Bedürfnissen."

„Ist das oft so extrem?"

„Die Phase haben fast alle. Die einen kürzer, die anderen länger. Danach kommt dann meistens die Auseinandersetzung mit sich selbst. Unser Professor Welp sagt immer, die Patienten müssten erst einmal richtig gegen sich und die Welt in den Krieg ziehen, um Frieden finden zu können. Bei Frau Esser traf das wohl zu. Obwohl sie mir am Ende wieder fast zu friedlich war. Man hätte meinen können, sie nimmt etwas."

„Was denn?"

„Einige unsere Patienten bekommen Psychopharmaka gegen Depressionen. Entweder bringen sie die Medikation schon mit und wir erhöhen sie oder stellen um. Aber damit sind unsere behandelnden Ärzte eher zurückhaltend. Wir setzen lieber auf andere Therapiemethoden. Und harte Medikamente ab."

„Ist Schlafentzug so eine Methode?"

„Zum Beispiel. Heute bereitet sich gerade eine Gruppe darauf vor. Wir legen das auf die Nacht von Sonntag auf Montag, damit es den allgemeinen Ablauf nicht stört. Ich treffe mich mit den Teilnehmern morgen. Wenn es Sie interessiert, kann ich fragen, ob Sie dabei sein können?"

„Ein andermal gern. Hat Frau Esser das auch gemacht?"

„Frau Esser hatte das volle Programm, ja."

„Sagen Sie, ist zufällig einer der Ärzte oder Therapeuten im Haus, die Frau Esser behandelt haben?"

„Da muss ich nachschauen."

„Dann machen Sie das doch bitte und sagen mir Bescheid, wenn Sie mir die Adresse der Mitpatientin geben, ja?"

„Bringe ich Ihnen gleich."

Als die Oberschwester Richtung Foyer verschwand, riskierte Sylvia Eberstätter einen Blick zu ihrem Kollegen, der am anderen Ende des Raumes saß. Alle Patienten hatten einen Zettel in ihrem Fach vorgefunden, dass diejenigen, die das am Vortag noch nicht getan hätten, sich für eine polizeiliche Befragung bereithalten sollten. Timo, das Organisationstalent, hatte jedem, der sich dazu im Foyer eingefunden hatte, einen Zettel mit einer Uhrzeit in die Hand gedrückt und so standen die Patienten Schlange, um ihnen im Zehn-Minuten-Takt zu sagen, was Sie über Angela Esser wussten. Beziehungsweise nicht wussten.

Die Bitte des Oberkommissars, ob er sich auch ihre übrigen Schuhe ansehen dürfe – „es würde uns sehr helfen, um die vielen Spuren richtig einordnen zu können" –, wagte niemand abzulehnen und alle nannten ihm bereitwillig ihren Namen, ihre Zimmernummer und ihre Schuhgröße.

Skandalös, dachte Inge Nowak. Als sie schließlich vor der Oberkommissarin aus Rostock saß, konnte sie nicht umhin zu sagen: „Sie wissen schon, dass dieses Vorgehen der Spurensicherung etwas grenzwertig ist?"

„Wie meinen Sie das?"

„Das hier ist ein Krankenhaus, die meisten Patienten leiden unter psychischen Störungen, nicht wenige nehmen entsprechende Medikamente. Die Einwilligung, Einblick in ihre Zimmer und persönlichen Sachen zu geben, erscheint mir durchaus fragwürdig. Ich an Ihrer Stelle wäre etwas vorsichtiger. Aber ich", schloss sie müde lächelnd, „bin auch im Falle eines Falles die Leiterin einer Mordkommission in Berlin."

„Sie sind eine Kollegin?" Das klang mehr als überrascht.

„Finden Sie das so erstaunlich?"

Die Oberkommissarin hielt einen Moment inne und antwortete ehrlich: „Nein, eigentlich nicht. Bei unserem Beruf müssten wir turnusmäßig alle hier landen."

Bevor sie zur formellen Befragung überleiten konnte, nahm Inge Nowak ihr die Arbeit ab: „Ich kannte das Opfer, aber nicht gut. Ich bin am Donnerstagmittag angekommen. Rein theoretisch könnte ich als Täterin in Frage kommen, denn nachdem ich einmal mit Angela Esser zu Mittag und einmal mit ihr zu Abend gegessen hatte, war sie tot. Aber ich war es nicht. Ich habe nichts gesehen und nichts gehört, bin am Donnerstagabend früh ins Bett gegangen und erst von den Sirenen der Feuerwehr wieder erwacht."

Bereitwillig teilte Inge Nowak nach einem kurzen Gespräch mit Sylvia Eberstätter, in dem sie sich auch nach dem Namen ihres Vorgesetzten erkundigte, ihre Zimmernummer mit und erklärte sich grundsätzlich zur Schuhschau bereit. In den Safe würden sie ohne Durchsuchungsbefehl glücklicherweise nicht schauen dürfen.

Die Berliner Hauptkommissarin verabschiedete sich freundlich von ihrer Rostocker Kollegin mit den besten Wünschen. Von Ellen Weyer und ihrem unguten Gefühl erwähnte sie nichts.

Der Himmel über Deutschland war blau und Erich Werle hatte vor der Landung in München die Alpen bewundern können. Der Kriminalhauptkommissar liebte Städtereisen und insbesondere schätzte er das Prostitutionsangebot, das er als Ortsfremder in geschützter Umgebung beruhigt in Anspruch nehmen konnte. Als überzeugter Single, der niemals länger als einige Wochen am Stück fest liiert gewesen war und der diesen Umstand auch in keinster Weise bedauerte, frönte Erich Werle dem Hobby des Freiens. Sex war eine seiner Lieblingsbeschäftigungen, und je professioneller seine Partnerin, umso besser. Er mochte es gerne ein wenig härter, und er wusste aus Erfahrung: In den heiligen und nicht ganz billigen Hallen des anspruchsvollen Eros-Clubs in München würde er bei der Suche nach einer versierten Domina fündig werden. Sie führte ihn für die gewünschte Zeit in ihre Räumlichkeiten und kümmerte sich um ihn, solange er für ihre Dienste bezahlte. Nein, sie würden dabei keinen Champagner trinken, so dekadent war er nicht, aber er ließe sich die ganze Sache etwas kosten, zweimal im Jahr gönnte er sich diese Art von Sex-Tourismus in größerem Stil.

„Herr Werle?"

Er schaute sich irritiert um, denn er hatte nicht damit gerechnet, dass ihn eine Frau abholen würde.

„Helene Teuber, ich leite das Team, das die Wohnung durchsuchen wird. Hauptkommissar Aydin lässt sich entschuldigen, er musste kurzfristig einen Kollegen vertreten."

Sie war mindestens in seinem Alter. Ihre Stimme war umwerfend, ihre streng nach hinten gekämmten Haare glänzten gefährlich schwarz, ihr markantes Gesicht mit dem herben Zug um den Mund prägte sich ihm sofort ein, und die spitzen Stiefel unter einer eng geschnittenen Jeans taten das Übrige zu ihrem rasanten Auftritt.

Während der zwanzigminütigen Autofahrt zum Haus von Jürgen und Angela Esser hatte Kriminalhauptkommissar Erich Werle alle Mühe, das belanglose Geplänkel mit Helene Teuber aufrechtzuerhalten. Er starrte durch die Windschutzscheibe auf die Kühlerhaube des rotlackierten Wagens und versuchte die Gedanken zu verscheuchen, die sich zwischen die locker ausgetauschten Befindlichkeitsfloskeln schoben und darauf abzielten, die Dame für anderes zu gewinnen.

„Echo?"

„Entschuldigung. Was haben Sie gesagt?"

„Was Sie genau in der Wohnung zu finden hoffen?"

„Keine Ahnung. Etwas, das beweist, dass der Ehemann seine Frau zuerst erschlagen und dann verbrannt hat."

„Verstehe."

Ihre Stimme war perfekt. Sie könnte ihn damit auf die Knie zwingen. Und noch ganz woanders hin. Aber er wäre nicht Erich Werle, wenn er sich nicht zu beherrschen wüsste. Und diese Frau am Steuer neben ihm war nichts anderes als eine nicht mehr ganz so junge Polizeibeamtin in München, die immer noch einen hübschen Hintern hatte und ihn gut zu verpacken wusste. Niemals würde er etwas mit einer Arbeitskollegin anfangen, nicht einmal in Gedanken.

Das Haus der Essers lag am Stadtrand von München, in einer bürgerlich anmutenden Wohngegend. Zwei Stockwerke, ausgebautes Dachgeschoss, geräumige Zimmer, großer Garten, Terrasse. Vor dem Eingang standen zwei Männer, bereits halb in weiße Schutzkleidung gehüllt, ihre silberfarbenen Koffer hatten sie auf der Waschbetonplatten-Treppe abgestellt.

„Hi, Jungs!", rief Helene Teuber. „Vermutlich Ehegattenmord. Wir suchen nach allem, was dazu passt, dass er sie umgebracht haben könnte. Gebt euch Mühe, der

Kollege Werle ist extra aus dem Osten der Republik angereist."

Die beiden Männer nickten Werle wortlos zu, dem es nicht gefiel, dass sie ihn als Ossi vorgestellt hatte, einer öffnete die Haustür und der andere händigte ihm und seiner Chefin Handschuhe aus.

Eine Stunde später hielt der Kommissar etwas in den Händen, dass ihm ein zufriedenes Grunzen entlockte.

„Ist doch immer dasselbe: Zeig mir deine Kontoauszüge und ich sag dir, ob du das Zeug zum Mörder hast."

„Schulden?"

„Das nicht. Aber regelmäßige Überweisungen auf ein Konto bei einer anderen Bank. So, als ob er etwa Unterhaltszahlungen zu leisten hätte. Seiner Aussage nach war er aber nur einmal verheiratet und zwar mit dem Opfer, und uneheliche Kinder will er keine haben. Bleibt nur eine Geliebte oder Erpressung."

„Sie glauben, er hat seine Frau wegen einer anderen aus dem Weg geräumt?"

„Wäre ja nicht der erste Ehemann, der das täte."

„Nein." Helene Teuber hielt ihm einige Computerausdrucke hin. „Vielleicht passt das ja dazu."

Werle blätterte die Papiere durch und pfiff durch die Zähne. „Der hat den großen Ausstieg geplant. Costa Rica, Kuba, Argentinien – würde mich nicht wundern, wenn eine Latina dahinter steckt." Dann studierte er eine Seite genauer. „Hier: Er hat sich sogar nach Flügen erkundigt und nun raten Sie mal für wann?"

„Nächste Woche?"

„Ende des Monats." Er sah sich um. „Gibt es den passenden Computer und Drucker zu dem Zeug hier?"

„Nein. Hier gibt es keinen PC, er benutzt wahrscheinlich den in seinem Büro. Oder ein Laptop."

Das Hotelzimmer. Er hatte vergessen, die Durchsuchung anzuordnen. Womöglich fanden Sie dort die Gummistiefel und sämtliche Beweise, die sie benötigten. Warum war keiner der anderen auf die Idee gekommen? Wieso musste er immer selbst an alles denken?

„Letzteres müsste er dabei gehabt haben. Ich rufe sofort meine Assistentin an."

Assistentin?, dachte Helene Teuber. Seit wann hatten deutsche Kriminalbeamte im gehobenen Dienst persönliche Assistenten? Sie musste grinsen. Ein kleiner Angeber, aber irgendwie gefiel er ihr.

Außer den Recherchen zu Flugkosten und Hotels in verschiedenen Städten Lateinamerikas fanden sie noch Krankenkassenbelege, die zeigten, dass sich Jürgen Esser jüngst hatte gründlich durchchecken lassen, und fanden – noch unausgepackt – einige Sprachbücher Spanisch zum Selbststudium. Das Interessanteste schien Erich Werle jedoch ein Buch über das Auswandern von Deutschen auf den lateinamerikanischen Kontinent zu sein: Visumbestimmungen wurden hier ebenso erklärt wie Aufenthalts- und Arbeitsbedingungen und die Möglichkeiten, Land zu erwerben, um sesshaft zu werden.

„Na, deutlicher geht es ja wohl kaum."

„Das heißt, Sie sind zufrieden?"

Nein, dachte er, noch nicht ganz, antwortete aber: „Ja, eigentlich schon."

„Wir werten die restlichen Spuren aus und schicken Ihnen digitale Prints von den Fingerabdrücken. Für die DNA-Analyse der Haare im Badezimmer und aus dem

Schlafzimmer nehmen Sie die Proben am besten selbst mit, oder?“

„Ja, das wird das Beste sein.“

„Dann lasse ich Ihnen ein hübsches Päckchen machen – wann fliegen Sie denn wieder zurück?“

„Heute, am späteren Abend.“ Wieso hatte er ihr das gesagt?

Sie schaute auf die Uhr. Es war halb zwei.

„Was halten Sie davon, wenn ich Sie zum Essen einlade und später zum Flughafen bringe?“ Als er nicht sofort antwortete, schob sie lächelnd nach: „Natürlich nur, wenn Sie nichts Besseres vorhaben …“

„Nein, überhaupt nicht“, antwortete er schnell und verabschiedete sich innerlich vom Eros-Club. Die Alternative verwirrte ihn. Er war Monate, wenn nicht schon Jahre, nicht mehr mit einer Frau zum Essen verabredet gewesen, und er hatte sich schon gar nicht von einer dazu einladen lassen. „Aber nur unter einer Bedingungen: Ich zahle.“

„Dann“, sagte sie lächelnd, „bin ich ja mal gespannt, was Ihnen meine Kochkünste so wert sind.“

Der Mensch, der getötet hatte, erwartete das Telefonklingeln mit Unbehagen. Er mochte es nicht, von den Terminen anderer abhängig zu sein. Er hasste es grundsätzlich, sich nach den Regeln Dritter richten zu müssen, weshalb es ihm fast unheimlich war, wie er in die Situation hatte hineingeraten können, dass man etwas von ihm verlangte. Dass man, statt ihn zu bitten, von ihm forderte. Von allem, was in den letzten Wochen geschehen war, nagte dieser Umstand am meisten an ihm. Er hatte seine Freiheit verloren und er war bereit, alles dafür zu tun, sie wiederzuerlangen. Dieser Mensch hatte bis zu dem Tag, an dem er sich verkauft hatte, nie eine andere Maxime als seine absolute Autonomie gehabt und vielleicht war es gerade die Naivität des Ungebundenen, die ihn über einen Schatten hatte springen lassen, der nicht sein eigener gewesen war.

Am Ende der Leitung, die den Menschen, der jetzt unruhig auf- und abging, mit einem anderen verbinden sollte, zögerte ein Daumen, auf die Wähltaste zu drücken. Auf dem Display waren zwei Buchstaben angezeigt, lange wären sie samt der Nummer dahinter nicht mehr gespeichert, bald wäre es Zeit, sie unwiderruflich zu löschen. Doch bis dahin musste noch das ein oder andere geklärt werden. Er wählte.

Der Mensch nahm das Gespräch gleich nach dem ersten Klingeln an. „Hallo?"

„Haben Sie das Problem gelöst?"

„Fast."

„Heißt?"

„Sie ist beinahe so weit. Sie wird reden."

„Das hoffe ich für Sie."

„Wollen Sie mir drohen?"

„Wie kommen Sie darauf? Ich wollte Sie nur auf den Ernst der Lage hinweisen."

„Der ist mir durchaus bewusst."

„Das finde ich äußerst beruhigend. Ich rufe Sie morgen wieder an."

Es klickte, dann ertönte das Besetztzeichen. Es kostete den Menschen, der keine Gelegenheit mehr gehabt hatte, etwas zu erwidern, einige Anstrengung, nicht die Fassung zu verlieren und das flache schwarze Gerät, das er in der Hand hielt, an die Wand zu werfen. In Momenten wie diesen, war er nicht sicher, ob es nicht besser sein würde, wenn das hier alles vorbei wäre, den Anschluss abschalten zu lassen. Für immer und jeden unerreichbar zu sein.

Sie trafen sich auf dem Parkplatz. Das Motorrad übertraf all ihre Befürchtungen.

„Zweizylinder-Viertakt-Boxermotor. Doppelscheibenbremse vorne, Einscheibenbremse hinten. Vollgetankt – natürlich Super bleifrei mit durchschnittlichem Verbrauch von etwa vier Litern auf 100 km – wiegt sie 229 Kilo, zulässiges Gesamtgewicht: 440. Wir könnten also noch ein Picknickkörbchen mitnehmen. Sie heißt Babsi BMW und freut sich, dich kennenzulernen. Musst du noch was wissen?“

Er hielt ihr einen silbergrauen Helm hin, der zu der riesigen metallic lackierten Maschine passte und in dem lederne Handschuhe steckten.

„Nein, alles bestens.“ Sie strich mit der Handfläche über die Sitzbank. „Hallo, Babsi!“ Sie würde auch noch erhaben sitzen. „Du müsstest mir nur noch erklären, wie ich da drauf komm.“

„Nach mir. Wenn ich sitze, halte ich sie fest und du steigst auf. Wie auf ein Pferd.“ Er grinste und zeigt auf das Hinterrad. „Hier sind die Steigbügel.“

„Ich kann nicht reiten.“

„Sollst du auch nicht. Das übernehme ich. Du hältst dich nur fest.“

„Und wenn mir schwindelig wird?“

„Dann erst recht.“ Er setzte seinen Helm auf und bestieg das Motorrad elegant. „Komm!“

Lass es, mahnte ihre innere Stimme. *Du wirst es bereuen. Am Ende verschuldest du noch einen Unfall, weil du dich zu blöde anstellst, anständig mitzufahren. Es wird nicht gut gehen. Du solltest in der Klinik bleiben, schwimmen gehen, schlafen und dich ausruhen.*

„Ich weiß nicht, ich glaube …“

„Steig einfach auf. Wenn es nicht geht, halte ich sofort an und wir nehmen den Bus. Ehrlich."

Inge Nowak schwankte zwischen der Angst, das Falsche zu tun, und der Angst, ihn zu enttäuschen. Wie lautete der Spruch, den sie heute Morgen in dem kleinen Büchlein gelesen hatte? Berger hatte es ihr mitgegeben und die Stelle angestrichen:

Ich kann das Problem nicht lösen, aber ich bewundere es.

Sie holte tief Luft, setzte den Helm auf und zog die Handschuhe an. Ewald winkte sie zu sich und verschloss das Sicherheitsband unter ihrem Kinn.

„Gut so oder zu eng?"

Sie klappte das Visier hoch. „Okay."

Und dann nahm die Berliner Kriminalhauptkommissarin all ihren Mut zusammen und schwang sich so ungestüm auf die Sitzbank, dass sie beinahe auf der anderen Seite wieder heruntergefallen wäre. Fahrer und Maschine schwankten ein wenig, doch dann waren sie beide sattelfest.

„Alles klar?"

Inge Nowak nickte hinter Plastik und schlug mit ihrem Helm gegen seinen, was ihr außerordentlich unangenehm war.

„Halt dich einfach an mir fest", rief Ewald beruhigend.

Vorsichtig legte sie ihre Hände auf seine Hüften, worauf er zuerst ihren linken und dann ihren rechten Arm nahm, und sie beide um seinen Körper schloss.

Dann drückte er auf einen kleinen Knopf am Lenker und der Motor sprang mit einem überraschend leisen Surren an. Anders als viele Jahre zuvor ihr geschiedener Mann auf einem ruckeligen Münsteraner Polizeimotorrad schaltete Ewald sanft in den ersten Gang und fuhr ebenso gefühlvoll an. So unspektakulär wie die Maschine über die Straße glitt, so einfach war es plötzlich für Inge, sich an den ledernen Rücken ihres Fahrers zu lehnen und die ruhige Fahrt über die von hochgewachsenen, sich gerade aufblätternden Bäumen gesäumte Allee zu genießen. Der kühle Fahrtwind mogelte sich über die Schuhe und an den Socken vorbei die Hosenbeine hinauf. Die Frühlingssonne schien auf den grauen Asphalt, zaghaft erwachende Felder und zartgrüne Wiesen, und wenn sie den Blick ein wenig hob, dann kam es ihr vor, als schwebten sie gen Unendlichkeit.

Als sich die Nähe der Stadt ankündigte, hätte Inge nicht sagen können, wie lange die Fahrt gedauert hatte. Sie hatte an nichts Besonderes gedacht, sich nur dem Gefühl der Schwerelosigkeit hingegeben, das ewig hätte anhalten können. Ohne festen Ort zu sein, schien ihr angesichts ihrer persönlichen Lage bodenlos schön.

An der ersten roten Ampel drehte sich Ewald zu ihr um: „Alles gut?"

„Besser."

„Wie heißt die Straße?"

„Rungestraße. Nummer 17." Erst jetzt sah sie, dass zu seinem unglaublich kompliziert aussehenden Cockpit auch ein Navigationsgerät gehörte, in das er die Straße nun eingab.

Es dauerte nicht lange, bis sie vor der Hofeinfahrt standen. Ewald manövrierte die BMW in eine freie Parklücke zwei Häuser weiter, und als sie abstieg, spürte sie ein angenehmes Kribbeln in den Beinen. Wie gut, dachte sie, als sie den Helm abnahm und sich mit der freien Hand durch die Haare fuhr, dass ich beim Frisör war. Mit einem gewissen Stolz trug sie den aerodynamisch wirkenden Kopfschutz lässig im Arm und dachte darüber nach, ob sie in ihrem Alter noch eine Lederjacke tragen könnte.

„Und jetzt?“, fragte Ewald, und sie wusste, dass es Zeit war, die Rollen zu tauschen.

„Wir besuchen unsere gemeinsame Freundin Ellen, was sonst?“, antwortete sie und ging voraus.

Vor Ellen Weyers Haustür bot sich in etwa das gleiche Bild wie am Vortag. Niemand hatte den Briefkasten geleert, die Jalousien waren noch immer heruntergelassen. Inge Nowak klingelte, aber niemand öffnete.

„Ich gehe jetzt rüber zu dem Nachbarn und verwickle ihn in ein Gespräch. Du tust derweil so, als ob du Ellen eine Nachricht schreibst, versuchst aber die Post aus dem Briefkasten zu fischen. Schaffst du das?“

„Ist das nicht polizeilich verboten?“

„Ich bin die Polizei, schon vergessen?“

Der Alte stand schon am geöffneten Fenster. Sie winkte und ging über den Hof auf ihn zu wie eine alte Bekannte.

„Haben Sie Ellen inzwischen gesehen?“, fragte sie.

„Nein. Ich mach mir auch schon Sorgen. Normalerweise meldet sie sich immer, wenn mal was nicht klappt.“

„Na, mein Mann schreibt ihr gerade einen Zettel, irgendwann wird sie ihren Briefkasten ja mal leeren.“

„An den letzten Wochenenden ist sie immer gekommen, um ihre Post zu holen und Wäsche zu waschen. Das Krankenhaus ist ja hier in der Nähe. Wenn nicht, hat der Jens das erledigt.“

„Ach, der Jens! Was macht der denn jetzt eigentlich?“

„Na, fotografieren! Der Junge gibt sein ganzes Geld für Apparate aus. Macht aber auch schöne Bilder, ist ja immer in der Zeitung.“

„Ach, haben Sie vielleicht eine da, wo ein Bild von ihm drin ist? Wir sind ja nicht von hier!“

„Natürlich. Warten Sie. Ich hol eine.“

Kaum war er verschwunden, legte Inge ihren Helm ab und sprintete zu Ewald hinüber. Es ging leicht und sie fragte sich, wann sie das letzte Mal schnell gelaufen war und wieso sie keine Schwierigkeiten damit hatte. Weil sie so viel weniger Körpergewicht mit sich herumschleppte? Und wieso wurde ihr nicht schwindelig? Sie bremste ab. *Sei, verdammt noch mal, vorsichtiger!*

Ewald hatte inzwischen einige Umschläge aus dem eher großzügigen Kasten nach oben befördert und war dabei, sie in seinem Hosenbund zu verstauen. „Nimm mir die mal ab!“ flüsterte er. „Es steckt noch was Großes drin, da brauch ich beide Hände.“

Sie ließ die Briefe und Prospekte in der Innentasche ihrer Jacke verschwinden und dankte Verónica innerlich, sie zu einem Outdoor-Modell mit vielen Taschen überredet zu haben.

„Du weißt nie, was du unterwegs alles mitnehmen willst“, hatte sie erwidert, als Inge zu bedenken gegeben hatte, dass sie nicht vorhätte, ein Survival-Training zu absolvieren. An Undercover-Ermittlungen hatte sie allerdings nicht gedacht.

Inzwischen hatte der Nachbar die Zeitung gefunden und war gerne bereit, ihnen die Seite mit einem Bild vom Rostocker Hafen zu überlassen.

„Das ist von ihm. JW sind die Anfangsbuchstaben von seinem Namen: Jens Wiskamp. Ist schon ein feiner Junge. Repariert mir auch mal den Wasserhahn. Ist ja ein Elend, wenn man alt wird. Immer angewiesen auf andere. Aber die zwei hat mir der Himmel geschickt!“

„Ja, wir mögen sie auch sehr gerne", log die Kommissarin und verabschiedete sich mit der Bitte, Ellen Weyer herzlich von Inge und Ewald zu grüßen, sie möge sich doch bitte bei ihnen melden.

Die beiden sprachen nicht, bis sie wieder auf der Straße standen und außer Hörweite waren. Dort ordnete Inge ohne Umschweife an: „Gib mal die Koordinaten vom *Ostsee-Tagblatt* ein. Da fahren wir jetzt hin. Und bevor wir uns dort umschauen, trinken wir einen Espresso und sichten, was wir uns ausgeliehen haben."

„Jawohl, Boss!", antwortete Ewald und machte sich zum Start bereit.

Sie setzten sich auf eine Sonnenterrasse und sortierten den Inhalt des Briefkastens, der nicht mit einem Aufkleber *Keine Werbung und kostenlose Zeitungen* versehen war. Dementsprechend stapelte sich nun jede Menge sperriger Postwurfsendungen neben zwei direkt an Ellen Weyer gerichteten Briefen: Der eine war von Hand beschriftet, der andere zeigte die Adresse auf Briefpapier in einem Fensterumschlag.

„Wer auch immer dich jemals fragen sollte, ob du diese Postsendungen aus dem Briefkasten von Ellen Weyer geholt hast, dem wirst du mit Nein antworten. Verstanden?" Inge Nowak blickte ihn über den Rand ihrer Sonnenbrille an.

„Absolut." Ewald Klee war sichtlich aufgeregt und konnte es kaum abwarten, wie seine neue Bekannte von der Berliner Polizei weiter vorgehen würde. Sie tat das Nächstliegende; sie wartete, bis mit ihrem Espresso der daneben liegende kleine Löffel gebracht wurde und schlitzte mit dem Stiel beide Briefumschläge auf, die ihrer Meinung nach interessant waren. In dem einen steckte die Bestätigung über einen neuen Internetanschluss.

Der zweite Brief enthielt einen mit Füller verfassten Text. Inge las ihn Ewald vor:

Liebe Ellen,

sei mir nicht böse, aber die ganze Sache ist mir zu groß. Ich weiß, dass ich dir meine Unterstützung zugesagt hatte, aber nach reiflicher Überlegung bin ich zu dem Schluss gekommen, dass es einfach ein zu dicker Fisch für mich ist. Ich bin dafür nicht gut genug und – verzeih, wenn ich so ehrlich bin – du, glaube ich, auch nicht. Vielleicht wäre es das Beste, sich an Profis zu wenden. Ich weiß, ich kenne deine Bedenken und verstehe sie auch. Aber ich bin sicher, es lassen sich zuverlässige Leute finden, die mit dir und nicht gegen dich arbeiten wollen. Ein paar Ideen dazu hätte ich schon. Ruf mich doch einfach an und lass uns das bei einem Kaffee besprechen, okay?

Pass gut auf dich auf (und das meine ich so!),

L.

Inge ließ ihre Augen über die geschwungenen blauen Buchstaben schweifen, als könnte ihr das Schriftbild etwas über den Menschen verraten, der die Worte niedergeschrieben hatte.

„Klingt nach leichter Selbstüberschätzung“, sagte Ewald. „Passt zu ihr.“

„Wieso?“

„Ich hab mich am Donnerstag länger mit ihr unterhalten. Nachmittags am Strand. Wir haben uns über Führungsstile unterhalten. Wegen Professor Welp. Sie findet ihn total toll. Ellen hat BWL und Journalismus studiert und unglaublichen Unsinn über Unternehmensführung und Projektmanagement verzapft. Tun die alle in dem Alter."

„Woher weißt du das?"

„Ich gehöre zu denen, die solche Schlaumeier einstellen und umerziehen müssen. Sie kommen frisch von der Uni und lernen als Trainees, wie die Wirklichkeit aussieht. Bei uns ist das für die meisten Hochschulabsolventen ein echter Schock. Risiko-Assekuranz ist ein knallhartes Geschäft. Da musst du was von Zahlen und Menschen verstehen, vom richtigen Leben, und klug verhandeln können. Soft Skills und soziale Kompetenz sind nicht einfach Zusatzqualifikationen, sondern logische Voraussetzungen, die man mitbringen muss. Von dem technischen Know-how mal ganz abgesehen. Und bei sogenannten richtig dicken Fischen sind keine schicken Powerpoint-Präsentationen gefragt, sondern vertrauenswürdiges Vorrechnen mit Bleistift auf Papier. Die Trainees, die ich übernommen habe, kannst du an einer Hand abzählen. Unter anderem, weil das Gros mir schon in den ersten Wochen mit ihrer Besserwisserei auf die Nerven gegangen ist." Er winkte ab. „Ellen ist auch eine kleine Diva. Ziemlich von sich selbst überzeugt, hält sich für eine große Wissenschaftsjournalistin, kulturbeflissen und geweiht für Höheres. Ich denke, sie sieht sich in zehn Jahren als leitende Redakteurin bei einem angesehenen Wochenmagazin."

„Und was ist dagegen einzuwenden?"

„Sie hat das Zeug nicht dazu. Sie ist nicht überdurchschnittlich begabt."

„Das willst du nach einem Tag einschätzen können?"

Er lächelte. „In meinem Job muss ich innerhalb von Minuten einschätzen können, ob ich auf eine Person eine

Million setze oder nicht. Und ich glaube, ich kann das nach fast zwanzig Jahren ganz gut."

„Und das ist keine Selbstüberschätzung?" Inge Nowak zog die Augenbrauen hoch.

„Nein, das ist mein USP."

„Dein was?"

„*Unique selling proposition*, also mein Alleinstellungsmerkmal. Gilt in der Welt des Marketings und in der Verkaufspsychologie als herausragendes Leistungsmerkmal. Das, was mich von meinen Mitkonkurrenten positiv unterscheidet."

„Aha. Und was sagt deine sensationelle Menschenkenntnis über die unbekannte Person, die sich hinter L. verbirgt? Und vor allem: Was wollte Ellen von ihr, was sich L. nicht zutraut?"

„Kooperation bei einem Projekt. Multimediale Berichterstattung bei einem großen Event, Pressearbeit für einen Promi, ein Marketingauftrag, eine gute Idee, mit der sie viel Geld verdienen will. Etwas, von dem Ellen total überzeugt war, es zu schaffen, und L. nicht."

„Vielleicht kann uns ihr Freund, der Fotograf, etwas darüber sagen?"

„Und wie finden wir den?"

„Wir probieren es mit Idiotenglück: Vielleicht ist er ja gerade in der Redaktion." Inge zeigte auf das Eckhaus, das schräg gegenüber dem Café lag und an dessen Fassade in großen blauen Lettern *Ostsee-Tagblatt* angeschlagen war.

„Und was sagen wir?"

„Die Wahrheit, natürlich." Inge Nowak zog einen Fünf-Euro-Schein aus ihrem Portemonnaie und steckte ihn unter die Klammer, von der auf einem Tellerchen bereits die Rechnung vom Davonfliegen abgehalten wurde. „Komm."

Am Empfang zeigte Inge Nowak ihren Dienstausweis vor, den sie entgegen Verónicas Ratschlag mitgenommen hatte.

„Du brauchst ihn dort nicht. Und wenn du ihn brauchst, bist du in Schwierigkeiten, in die du ohne ihn nicht kommen würdest."

Nun brauchte sie ihn und von Schwierigkeiten konnte noch keine Rede sein. Die Empfangsdame machte trotz ihres jugendlichen Alters den Eindruck einer versierten Sekretärin und fragte telefonisch nach, ob Herr Wiskamp im Hause sei. Nach drei Versuchen, bei denen zweimal offenbar niemand den Hörer abnahm, stellte sich heraus, dass man händeringend auf den Fotografen wartete, da er Fotos für die nächste Ausgabe abzugeben habe.

„Wir sind auch auf der Suche nach Frau Ellen Weyer."

„Ellen? Die suche ich selbst. Und wenn ich sie gefunden habe, erzähle ich ihr was. Sie hat mich gestern total versetzt. Wir waren zum Essen verabredet, ich hab gekocht, aber sie ist einfach nicht gekommen. Und angerufen hat sie auch nicht." Die junge Frau schien plötzlich einen Zusammenhang zwischen ihrer Freundin, dem Fotografen und der Polizei herzustellen. „Die beiden haben doch nichts verbrochen?"

Inge Nowak schüttelte beruhigend den Kopf. „Nein. Wir möchten ihnen nur als mögliche Zeugen ein paar Fragen stellen. Und da weder Frau Weyer noch Herr Wiskamp zu Hause sind, dachten wir, wir probieren unser Glück hier."

„Wahrscheinlich stecken sie zusammen. Irgendwas haben sie mal wieder ausgeheckt." Die Frau, die dem Namensschildchen nach Jasmin Glaser hieß, sah auf die Uhr. „Aber wenn Jens nicht bald hier aufschlägt, braucht er gar nicht mehr zu kommen. Der Chefredakteur kann es überhaupt nicht leiden, wenn Abgabetermine nicht eingehalten werden. Gibt großen Ärger."

„Aber das passiert doch sicher nicht oft."

„Bei Jens nie."

„Haben Sie eine Idee, wo die beiden stecken könnten?", fragte Inge Nowak so unaufgeregt wie möglich.

„Die sind bestimmt zusammen irgendwo versackt, weil er noch unbedingt etwas fotografieren will oder sie ihm irgendwelche Flausen in den Kopf gesetzt hat. Ellen spinnt manchmal." Sie grinste „Und er kann nicht nein sagen."

„Falls einer der beiden kommt, könnten Sie ausrichten, dass wir hier waren und uns mit Frau Weyer gerne noch einmal treffen wollen?" Inge nahm den Kugelschreiber, der an einer metallenen Feder hing und dessen Halterung auf dem Tresen festgeklebt war, schrieb anstelle der Festnetznummer ihres Berliner Büros ihre private Handy-Nummer auf die Visitenkarte und hielt sie Jasmin Glaser hin.

„Klar", antwortete die junge Frau freundlich und legte die Karte neben die Telefonanlage.

Inge Nowak und Ewald Klee verabschiedeten sich, und beim Hinausgehen stellte die Kriminalhauptkommissarin fest, wie vertraut ihr diese Art von Gesprächsführung war und auch die Tatsache, dass sie die Fragen stellte und der Mann neben ihr in aller Regel schwieg. Jedenfalls, bis sie die Tür hinter sich geschlossen hatten. Und das war auch genau der Moment, als Ewald herausplatzte: „Wollen wir sie nicht nach L. fragen?"

„Keine schlechte Idee. Mach doch!"

„Ich?"

„Natürlich. Du wolltest doch ermitteln. Nun hast du die Gelegenheit dazu."

Er dachte einen Moment nach, dann sagte er: „Okay, aber du bleibst hier."

Während Inge Nowak in ihren Taschen nach etwas suchte, von dem sie sicher war, dass sie es eingesteckt hatte, ging Ewald noch einmal lockeren Gangs auf den Tresen und die junge Dame dahinter zu. Er war ein Typ, dem Frauen nicht gerade zu Füßen lagen, aber der es immer schaffte, sie zum Lachen zu bringen.

„Ich muss Sie noch etwas fragen. Frau Weyer hatte uns zwei Adressen aufgeschrieben, wo wir sie finden können. Aber ich hab den Zettel aus Versehen mitgewaschen. Ihre Adresse in der Rungestraße kann ich noch lesen, aber die zweite ist völlig unleserlich. Ich weiß nur, dass der Name mit L. anfing. Meine Chefin macht mich einen Kopf kürzer, wenn sie das mitbekommt."

Sie lachte und sah ihn an, wie Frauen Männer ansehen, wenn sie denken: hoffnungsloser Fall, aber süß.

„Das ist bestimmt Lydia, ihre Schwester. Sie wohnt ein bisschen außerhalb, und Ellen ist dort manchmal am Wochenende und passt auf ihre Nichte auf. Warten Sie, ich such Ihnen mal ihre Telefonnummer raus, dann können Sie anrufen."

„Sie sind ein Engel!" Geduldig wartete er, bis sie in ihrem Computer die Nummer gefunden und aufgeschrieben hatte.

„Hier. Und falls Sie Ellen vor mir sprechen, richten Sie ihr aus: Jasmin ist stocksauer!"

Ewald nahm den Zettel und versuchte sein Zerknirschter-Junge-dankt-für-die-Hilfe-Gesicht aufzusetzen, das ihm selbst international in oberen Etagen schon gute Dienste geleistet hatte, und verließ beschwingt die Räume des *Ostsee-Tagblatts*.

Sie musste reden. Unter allen Umständen. Wenn der Mensch erst einmal dafür gesorgt hätte, würde er sie danach zum Schweigen bringen müssen. Allerdings würde er damit weniger Aufsehen erregen. Bis man die Leichen in dem feuchten Kellerloch fände, wäre der Mensch längst über alle Berge. Diesmal müsste er nicht mehr selbst Hand anlegen, sein Opfer würde es selbst erledigen, wollte es nicht verdursten. Er würde der jungen Frau das Sterben versüßen, sie würde sich im Paradies wähnen, während sie zur Hölle fuhr. Davor aber musste sie noch reden.

Der Mensch bereitete alles dafür vor. Er stellte einen Sessel neben die Luke, schob den kleinen Tisch mit der rot karierten Decke daneben und kochte sich einen grünen Tee. Für eine ehemalige Datscha hatte der junge Besitzer sich wirklich Mühe gegeben. Er hatte die Holzhütte liebevoll renoviert; ein Stromaggregat draußen versorgte Küche und Bad mit warmem Wasser und Strom. Viel Platz bot das Häuschen allerdings nicht: Auf den etwa 15 Quadratmetern waren eine Kochnische, ein durch einen japanisch anmutenden Paravent vom restlichen Raum abgetrenntes Bett und eine kleine gemütliche Sitzecke untergebracht. In dem winzigen Anbau draußen verbarg sich eine Dusche mit allen notwendigen sanitären Anlagen. Die Lage mitten im Wald war einfach hinreißend, mehr Ruhe, keine fünfhundert Meter vom Meer entfernt, konnte man sich kaum vorstellen.

Wie einfach es doch war, in menschlichen Strukturen die Gier zu erwecken. Zwanzigtausend Euro und der Appell an den männlichen Beschützerinstinkt hatten gereicht, um Jens Wiskamp davon zu überzeugen, ein Geschäft ohne Ellen Weyer zu machen. Eine unvorsichtige Frau habe schließlich schon mit dem Leben bezahlen müssen. Den Deal solle man doch lieber ohne sie über die Bühne bringen. Daraufhin hatte Jens Wiskamp die Hütte vorgeschlagen und der Mensch hätte sich keinen besseren Platz aussuchen können, um zu Ende zu bringen, was er angefangen hatte.

Er wartete, bis das Wasser ein wenig abgekühlt war, denn er wusste, dass man die Blätter des grünen Tees nicht verbrühen und daher nicht mit kochendem Wasser aufgießen darf. In diesen Dingen war er sehr sorgsam. Auch die Kerzen hatte er mit Bedacht ausgewählt, sie sollten warmes Licht ausstrahlen und ihn in sanftes Rot tauchen. Er hatte eine CD mitgebracht und hoffte, das billige Abspielgerät würde wenigstens die Idee dessen transportieren, was er in Gustav Mahlers 9. Sinfonie erkannte. Dem Tode nah, im Geiste wach.

In wenigen Stunden, dachte der Mensch, wäre alles vorbei. Und er endlich wieder sorglos.

Inge und Ewald saßen in einem kleinen Bistro am Hafen und tranken den dritten Espresso an diesem Tag.

„Wir beide steigen jetzt aus", hatte sie nach dem Telefongespräch mit Sylvia Eberstätter gesagt.

Man hatte ihm angesehen, dass er enttäuscht war, aber er wusste, dass sie Recht hatte. „Meinst du, sie unternimmt etwas?"

„Ich schätze, ihr sind die Hände gebunden. Es wird an ihrem Chef liegen."

„Was würdest du jetzt tun, wenn es dein Fall wäre?"

„Nicht so ruhig hier sitzen. Ich würde die ganze Gegend nach den beiden durchkämmen lassen, zu ihrer Schwester fahren, die Wohnung aufbrechen, Spuren suchen – Gefahr im Verzug."

„Hast du dich mal richtig getäuscht?"

„Wie meinst du das?"

„Hast du mal die Lage falsch eingeschätzt?"

Augenblicklich war alles wieder da. Das Autowrack, Johanna, Susanne, Verónica, der innere Richter. Wer war sie, dass sie sich hier aufspielte wie Miss Marple auf Strandurlaub? Was pfuschte sie in der Arbeit anderer herum, die ihre Sache mit Sicherheit zehnmal besser machten, als sie es getan hatte? Und wie kam sie dazu, einen gänzlich Unbefugten in Ermittlungen zu ziehen, die nicht einmal die ihren waren? Sie hatte sich zu etwas hinreißen lassen, was ganz und gar nicht richtig war. Und Verónica machte sich sicher bereits Sorgen, weil sie sich nicht meldete.

„Ja, habe ich", antwortete sie leise.

Statt einer Nachfrage sagte Ewald unvermittelt: „Da ist sie schon, die Kommissarin. Ich gehe dann mal eine Runde spazieren und lasse euch allein. In einer halben Stunde bin ich wieder hier und hole dich ab."

Bevor Inge etwas entgegnen konnte, war er bereits aufgestanden und gegangen. Vorbei an Oberkommissarin Sylvia Eberstätter, die ihre Berliner Kollegin bereits entdeckt hatte und auf ihren Tisch zusteuerte.

„Hallo, Frau Nowak."

Inge erhob sich und bot ihr den Platz an, auf dem eben noch Ewald gesessen hatte. „Schön, dass Sie Zeit gefunden haben, gleich herzukommen."

Sylvia Eberstätter setzte sich. „Kein Problem. Sie sagten doch, es sei wichtig."

„Ich hoffe, ich kann Ihnen vertrauen." Inge räusperte sich, wartete aber keine Reaktion ab. „Aufgrund der Umstände und ob der Tatsache, dass ich sowohl das Opfer als auch dessen Tischnachbarin gekannt habe, habe ich mir erlaubt, ein wenig, sagen wir mal, zu recherchieren. Mir ist vollkommen klar, dass ich dabei meine Befugnisse überschritten habe und mich der Fall im Grunde nichts angeht. Es ist nur so, dass ich auf der Suche nach Ellen Weyer, die seit gestern spurlos vom Erdboden verschwunden ist, auf einige seltsame Zusammenhänge gestoßen bin."

In wenigen Sätzen schilderte die Berliner Hauptkommissarin ihrer Rostocker Kollegin, was sie wusste.

„Mein Instinkt sagt mir, dass hier etwas nicht stimmt. Ich kann damit natürlich vollkommen falsch liegen und sämtliche Pferde scheu machen. Oder aber ich habe recht, und Ellen Weyer ist entweder die Täterin oder sie weiß, wer der Täter ist. Dann ist sie vermutlich in Gefahr. Sie werden entscheiden, was Sie mit meinen Überlegungen machen. Und mit den Ergebnissen meiner Detektivarbeit." Sie sah ihre Kollegin ernst an und gab ihr zu verstehen, dass sie am Ende ihrer Ausführungen war.

Sylvia Eberstätter hatte Inge Nowak schweigend zugehört. Es war nicht notwendig gewesen, Zwischenfragen zu stellen, die Hauptkommissarin hatte ganz von selbst sämtliche aufkommenden Fragen beantwortet, mögliche Zweifel in Betracht gezogen und logische Zusammenhänge hergestellt. Die Jüngere war von der Älteren beeindruckt. So, hatte sie sich immer vorgestellt, müssten Ermittlungen laufen, genau diesen Enthusiasmus vermisste sie bei Erich Werle, und so leidenschaftlich neugierig wie Inge Nowak, die es offenbar selbst in der Klinik nicht lassen konnte, der Wahrheit auf den Grund zu gehen, war sie, Sylvia, auch. Wenn es um das Retten von Menschenleben ging, fühlte sich die Oberkommissarin berufen. Doch im Moment machte ihr die ganze Situation vor allem eines:

Angst. Denn sie wollte auf gar keinen Fall das Falsche tun oder das Richtige unterlassen.

„Sie waren sehr ehrlich, Frau Nowak, dann bin ich es jetzt einfach auch. Wenn es nach mir ginge, würde ich sofort nach der Verschwundenen suchen lassen. Doch das wird meinem Chef nicht gefallen. Erich Werle ist ein Meister der Vorverurteilung. Er verfolgt die erstbeste Spur, und oft gibt ihm der Zufall oder die Banalität der Tat recht. Es wird ihm gegen den Strich gehen, sich mit einer weiteren Verdächtigen zu beschäftigen und von seinem Lieblingstäter abzuweichen. Im Moment ist er gerade in München, um Beweise dafür zu finden, dass es der Ehemann war."

„Was soll der denn für ein Motiv gehabt haben?"

„Klassisch: Werle denkt, Esser hatte eine Geliebte und wollte sich seiner depressiven Frau entledigen."

„Das ist nicht klassisch, das ist einfallslos. Wenn es so war, hat der Mann seine Überraschung ziemlich gut gespielt. Ich habe gesehen, wie er reagiert hat, nachdem er vom Tod seiner Frau unterrichtet worden ist."

„Meine Rede." Sie überlegte einen Moment, dann fragte sie: „Was würde Ihr Kollege an meiner Stelle jetzt tun?"

„Mir erzählen, was ihm berichtet worden ist." Inge Nowak kramte in ihrer Jacke, die über der Stuhllehne hing, und zog die beiden Briefe hervor. „Allerdings würde er wahrscheinlich behaupten, das da selbst aus dem Briefkasten gezogen zu haben. Um seine Quelle zu schützen."

„Würden Sie ihm glauben?"

„Ich glaube meinen Mitarbeitern alles."

„Das ist bei meinem Chef anders. Aber egal. Er wird sowieso nichts unternehmen und sauer sein, wenn ich eigenmächtig handle. Er traut uns nicht besonders viel zu. Aber ich tue, was ich kann. Im Moment kann ich ihn nicht erreichen. Soll ich Ihnen Bescheid geben, wenn ich mit ihm gesprochen habe?"

„Nein. Ich habe mich schon viel zu viel mit der ganzen Angelegenheit beschäftigt. Aber ich wollte mir nicht irgendwann vorwerfen müssen, wider besseres Wissen gehandelt zu haben."

„Darf ich Sie etwas Persönliches fragen?"

„Warum ich mich in Ihren Fall einmische?"

„Nein. Weshalb Sie in der Klinik sind."

„Was tut das zur Sache?" Ein Fehler. Es war ein Fehler gewesen, zu glauben, sie könne auf die Kompetenz und Diskretion einer so unerfahrenen Kollegin bauen. Natürlich würden sie ihr eine psychische Störung anhängen wollen, wahrscheinlich eine paranoide Ader, die in obsessiver kriminalistischer Tätigkeit begründet wäre. Morgen stünde Erich Werle vor ihrer Tür und würde ihr einen Vortrag über Kompetenzüberschreitung halten und die ganze Angelegenheit womöglich Kriminalrat Frickel melden. Und zu allem Überfluss war sie rockermäßig mit einem Mitpatienten auf einem Zweirad unterwegs. Inge Nowak schielte zur Tür. Hoffentlich kam Ewald bald, damit sie hier wegkam.

„Es tut natürlich nichts zur Sache. Aber irgendetwas muss Ihnen doch fehlen, sonst wären Sie ja nicht in der Klinik. Ich finde es einfach bewundernswert, dass Sie sich trotzdem so engagieren. Also, ich meine, ich wollte mich bedanken." Sylvia Eberstätter hatte das sehr sanft gesagt, was Inge augenblicklich erleichterte.

„Berufskrankheit. Also beides. Die Tatsache, dass ich hier bin, und die Tatsache, dass ich es nicht lassen kann."

Inge Nowak war plötzlich sehr müde. Sie wollte überhaupt nichts mehr von der ganzen Sache hören. Und sie wollte in ihr kleines Zimmer zurück, sich unter der Bettdecke vergraben und vielleicht ein wenig weinen. Vor allem aber wollte sie auf gar keinen Fall in der kühlen Abenddämmerung auf eine BMW steigen und sich festhalten müssen.

„Wie kommen Sie denn zurück in die *Seerose*?", fragte Sylvia Eberstätter mit Blick auf den Helm, der auf dem Stuhl neben ihr lag.

„Hergekommen bin ich auf einem Motorrad. Aber zurück nehme ich wohl ein Taxi."

„Kommt gar nicht in Frage. Ich bringe Sie schnell hin."

„Nein, machen Sie sich keine Umstände, ich …"

„Es macht mir keine Umstände, Frau Nowak. Es ist mir eine Freude. Wirklich. Und außerdem meine Pflicht. Immerhin haben Sie eine Aussage gemacht, sind krankgeschrieben, und ich habe eine gewisse Verantwortung, dass Sie gut nach Hause kommen."

Inge Nowak war zu erschöpft, um sich zu widersetzen. Sie ließ sich zu einem Kamillentee überreden, ließ es zu, dass die Kollegin die Rechnung bezahlte und überließ es sogar Sylvia Eberstätter, Ewald zu erklären, dass er den Heimweg alleine antreten müsse.

„Kein Problem!" Er zwinkerte Inge zu und bestellte sich ein alkoholfreies Bier. „Wir sehen uns dann zu Hause. Spätestens um zehn!"

Kriminalhauptkommissar Erich Werle befand sich nicht auf dem Rückflug, er saß auf dem Sofa von Helene Teuber. Sie hatte tatsächlich für ihn gekocht, und hätte er sie dafür entlohnen sollen, wäre ihm dafür kein Preis zu hoch gewesen. Was sie nach einer kleinen Ewigkeit auf dem Balkon ihrer Wohnung mit Blick auf die Isar schließlich gegessen hatten, nachdem er sie dabei beobachtet hatte, wie sie in ihrer offenen Küche mit großen japanischen Messern hantierte, hätte er nun nicht mehr mit Gewissheit sagen können, nur dass es ein Reisgericht gewesen war, das sie mit Stäbchen gegessen hatte. Er war sich daneben mit seiner Silbergabel so unbeholfen vorgekommen, als wüsste er das filigrane Essen nicht zu schätzen, als verstünde er nichts von asiatischem Lebensstil. Was der Wahrheit entsprach.

„Kochen Sie?“, hatte sie ihn gefragt.

„Selten“, hatte er geantwortet, was gelogen war, denn die richtige Antwort lautete: Nie.

Den Wein hatte er ausgesucht, einen Roten aus zehn verschiedenen Sorten, die er fast alle nicht kannte und die sie ordnungsgemäß in einem entsprechenden Regal flach liegend lagerte. Sie war, das war unübersehbar, eine Feinschmeckerin. Die ganze Wohnung hatte einen eigenen Stil, das Zusammenspiel der Möbel schuf eine unverwechselbare Mischung aus altbayrischer Tradition und modernstem Innendesign. Holz, Glas, Metall und immer wieder Leder. Darauf saßen sie auch jetzt, einander gegenüber, er im Sofa, sie auf einem Sessel, schwarz, weich und mit dem typischen Geruch nach Gegerbtem.

„Müssen Sie nicht bald am Flughafen sein?“, fragte Helene Teuber mit Blick auf die Uhr.

Er sah ihr in die Augen: „Wollten Sie mich nicht hinbringen?“

Sie schmunzelte. „Und wie geht es jetzt weiter?“

„Sie sagen doch hier, wo es langgeht.“ Er war ein wenig betrunken. Beschwingt genug, um sein Rückflugticket verfallen zu lassen und den Mut zu haben, nicht zu flüchten.

„Was macht Sie so sicher, dass ich Sie nicht gleich rauswerfe?“

„Nichts.“

„Und wohin gehen Sie, wenn ich es tue?“

„In ein Hotel.“

„Machen Sie das öfter?“

„Was?“

„Sich zum Essen einladen lassen und gleich über Nacht bleiben wollen.“

„Wer sagt, dass ich hier übernachten will?“

„Ihre Augen.“

Ein hitziges Gefühl überrollte ihn, blähte ihm die Herzgegend auf und blieb unterhalb der Gürtellinie stecken. Sagen konnte er nichts. Er fühlte sich ertappt und fürchtete, es nicht verbergen zu können.

„Soso“, sagte Helene und lächelte ihn an.

Helene, dachte er. Was für ein Name! Und da überkam es ihn schon wieder. Es war kein bloßes Begehren, er hätte nicht aufstehen können, um sich ihrem Körper zu nähern. Im Gegenteil. Er wollte sie genau dort, wo sie war, um sie betrachten zu können. Mit ihm reden sollte sie, ihre Stimme wollte er hören, sie klang wie Musik in seinen Ohren.

„Werden Sie mich gleich rauswerfen?“

Sie schwieg.

Sein Herz schlug schneller. War er gerade dabei, sich vollständig zum Idioten zu machen?

„Ich bin nicht zu haben für eine Nacht“, sagte sie schließlich und schaute ihn dabei so ernst an, dass er nicht sicher war, was sie ihm damit sagen wollte.

„Und für zwei?“ Werle, dachte er, du bist verrückt geworden. Jetzt wird sie dich hinauskomplementieren.

„Schon eher.“ Helene Teuber machte weder Anstalten, auf ihn zuzukommen, noch, sich von ihm zu entfernen. Sie blieb einfach sitzen, wo sie war, und betrachtete ihn. „Aber nicht einfach so."

„Nicht einfach wie?"

„Nicht aus Langeweile oder weil sich die Gelegenheit gerade ergibt."

„Sondern?"

„Weil ich jemanden mag."

Sie lag ihm auf der Zunge, die Frage, aber er biss darauf herum, bis sie unkenntlich war. Er betrat mit ihr absolut verbotenes Terrain. Sie gefiel ihm, alles, was sie tat und sagte, gefiel ihm.

„Und dich", fügte sie leise hinzu, „dich mag ich irgendwie."

„Ich dich auch."

„Dann ist es noch schlimmer, als ich dachte."

„Ja", erwiderte er, „das ist es."

Sie würden sich bis zum Morgengrauen nicht berühren. Sie würden etwas tun, was Erich Werle noch nie mit einer Frau wirklich getan hatte. Sie würden einander kennenlernen.

Und noch etwas war ungewöhnlich für den Kriminalhauptkommissar aus Rostock: Er meldete sich noch in dieser Nacht per SMS krank, ohne auf die Anrufe zu achten, die er wissentlich verpasst hatte. Danach stellte er sein Handy einfach aus.

Oberkommissarin Eberstätter fuhr einen Kleinwagen, der diesen Namen wirklich verdiente. Die Rückbank mit Kindersitz war übersät mit Stofftieren, Bilderbüchern und allerlei Musikkassetten. Auf dem Beifahrersitz lagen ein paar Kleidungsstücke, die die Fahrerin schwungvoll nach hinten warf.

„Sagen Sie nichts, ich bin alleinerziehende Mutter."

„Ich weiß, das kenne ich."

„Sie haben auch Kinder?"

„Eine erwachsene Tochter. Aber ich kann mich noch gut an das Chaos erinnern, bis sie alt genug war, um zu verstehen, dass Ordnung keine Strafe ist, sondern ein praktisches Prinzip, um Dinge wiederzufinden."

„So weit ist Patrick noch nicht. Er steckt noch in der Phase, in der er glaubt, seine Mutter sei verantwortlich, wenn sein Kuschelhase nicht aufzufinden ist."

„Das ist keine Phase, das ist etwas Grundsätzliches, das hört eigentlich nie auf."

Sie fuhren langsam durch die einbrechende Dunkelheit. Inge schaute auf die Uhr.

„Keine Angst, wir kommen rechtzeitig. Und außerdem, Sie wissen ja: Wir dürfen fast alles."

„Sie dürfen das. Ich bin überhaupt nicht im Dienst." Dabei fühlte es sich ganz anders an. Sie hatte einen anstrengenden Tag verdeckter Ermittlungen hinter sich, ein Manövergespräch in der Kneipe, und die Hälfte ihres Gehirns war damit beschäftigt, die noch unförmigen Puzzleteilchen an ihren richtigen Platz zu schieben. So sehr sie sich auch bemühte, Ellen Weyer ging ihr nicht aus dem Kopf.

„Und wenn Sie im Dienst sind – macht Ihnen der Job noch Spaß?"

„Wieso noch?"

„Ich schätze, Sie sind schon eine Weile dabei, oder?"

„Lange, ja. Vielleicht zu lange." Sie räkelte sich ein wenig in dem unbequemen Autositz und streckte ihre Beine aus. Seit sie vom Tisch aufgestanden war, fuhr ihr Kopf ein wenig Karussell und ihre Gliedmaßen kribbelten. Untrügliches Zeichen für Stress. „Früher dachte ich, das macht mir alles nichts aus und ich könnte mir das Leid der anderen vom Leib halten. Aber inzwischen bin ich mir nicht mehr so sicher, ob mein Panzer jemals so dick war." Sie seufzte. „Aber trotzdem mache ich die Arbeit gern. Es ist jedes Mal eine neue Herausforderung, starten bei null. Klüger und schneller zu sein als mein Gegenspieler, mich in einen anderen Geist hineindenken, auch wenn er vollkommen anders funktioniert als mein eigener und natürlich: gewinnen. Wenn ich mir so zuhöre, würde ich fast sagen: Ich nehme es sportlich."

„Gute Einstellung." Und warum, dachte Sylvia, bist du dann hier gelandet?

„Hat auch fünfundzwanzig Jahre gut funktioniert." Sie sah aus dem Fenster auf dunkle Felder. Vereinzelt konnte sie kleine Baumgruppen ausmachen, ungestörte Versammlungen stummer Zeitzeugen. „Nun habe ich eine Unschuldige auf dem Gewissen. Und das", sie fuhr sich mit der Hand über die müden Augen, „das stecken Sie nicht so schnell weg."

Sylvia Eberstätter blickte weiter geradeaus. „Wann war das denn?"

„Vor einem halben Jahr. Und tun Sie mir einen Gefallen und erzählen Sie mir jetzt nicht, dass das zu unserem Beruf gehört oder dass jeder mal einen Fehler macht oder irgend so einen polizeipsychologischen Müll."

„Hatte ich nicht vor."

„Danke." Das Gespräch war ein wenig gekippt, was Inge Nowak leidtat. Sie nahm sich zusammen und versuchte zurückzufinden in weniger emotionale Gewässer „Und Sie? Sind Sie Kriminalbeamtin aus Leidenschaft?"

„Ich glaube ja. Ich wollte immer schon zu den Guten gehören und die Bösen fangen. Aufpassen, retten, für Recht und Ordnung sorgen." Sie setzte den Blinker, was lautstarke Klopfgeräusche verursachte, und bog zu dem großen Parkplatz gegenüber der Klinik ab, auf dem Inge Nowak am Morgen versucht hatte, Ellen Weyer zu erreichen. „Und alleinreisende Frauen nachts sicher nach Hause bringen."

„Das finde ich äußerst lobenswert." Inge löste den Sicherheitsgurt. „Vielen Dank."

„Ich habe Ihnen zu danken. Passen Sie auf sich auf."

Als die Rücklichter des Wagens außer Sichtweite waren, zündete sich die Hauptkommissarin eine Zigarette an und holte ihr Handy aus der Tasche. Drei Kurznachrichten. Eine von Marit, eine von Berger, keine von Verónica. Die Freundin hatte sie nur einmal angerufen. Inge würde sich später bei ihr melden. Zuvor musste sie sich einmal mehr vergewissern, dass Ellen Weyer immer noch nicht erreichbar war, obwohl sie wusste, dass sie längst eine SMS hätte bekommen müssen, wenn die Angerufene ihr Telefon eingeschaltet hätte.

Der Mensch, der getötet hatte, trug ein Frauengesicht. Pausbäckig, runde Augen, rötlich gepuderte Wangen und einen kleinen rot geschminkten Mund. Hinter den schwarzen Löchern blitzten zwei dunkle Pupillen. Es war eine Maske, wie sie auf traditionellen Fastnachtsumzügen im Süden der Republik häufig zu sehen war. Die Haare des Menschen waren unter einer schwarzen lockigen Perücke versteckt, die ihn als puppenartiges Wesen erscheinen ließ. Er hatte sich einen dunklen Trainingsanzug und schwarze Socken übergezogen, sodass sein Körper schlank und unauffällig anmutete. Zudem trug er schwarze Handschuhe. Wäre er hinausgegangen in den Wald, man hätte ihn für ein Fabelwesen, einen weiblichen Dämon oder eine seltsame Hexe gehalten. Sein starrer Gesichtsausdruck war von einer eisigen Freundlichkeit, die jedem spätabendlichen Wanderer das Blut in den Adern hätte gefrieren lassen.

Als er den Abspielknopf des CD-Players betätigte und die Luke öffnete, bot sich ihm ein kümmerliches Bild: zwei reglose Körper in unnatürlicher Haltung auf dem Boden. War sie tot? Hatte er ihr zu viel verabreicht? Neben ihr lag die leere Flasche, die Tüte war offenbar leer.

Als die ersten Klänge von Mahlers Sinfonie ertönten, regte sie sich. Sie machte einen erbärmlichen Eindruck, wie sie versuchte, sich aufzurichten, die Augen noch halb geschlossen, kraftlos und verlangsamt, wie Heroinabhängige nach einem Schuss. Schließlich schaffte sie es, den Blick nach oben zu richten, und verharrte einen Augenblick. Ellens Gehirn funktionierte in Zeitlupe, sie brauchte einige Sekunden, bis sie begriff, was sie sah. Die Musik verklang allmählich.

„Hallo, Ellen!“, sagte die Kreatur über ihr mit durchdringender Stimme.

„Hallo.“ Sie hob den Arm, wie zum Gruß, doch er fiel schlaff an ihr herunter, als gehörte er nicht zu ihr. Ellen. War das ihr Name?

„Hast du Durst?“

Sie nickte und fuhr sich mit dem schmutzigen Handrücken über die trockenen Lippen. Überhaupt war sie dreckig, die feuchte Erde hatte an Haut und Kleidung braune, schmierige Spuren hinterlassen.

„Ist dir kalt?“

Sie nickte wieder.

„Möchtest du da raus?“

Und wieder nickte sie nur, wie ein kleines verängstigtes Kind, das nicht wusste, was mit ihm geschah. Dabei kicherte sie, als amüsierte sie sich über sich selbst.

„Dann musst du mir ein Geheimnis verraten."

Ellen Weyer hörte die Stimme wie von fern und was sie da oben sah, war verschwommen und hatte kaum feste Konturen. Es musste die Rettung sein, eine Heilige, vielleicht Gott. Ihr neuronales System versorgte sie mit gedanklichen Versatzstücken, sie reichten nicht aus, um ihre Lage tatsächlich zu erfassen. Aber es drängte sie nach oben, sie musste aufstehen. Es kostete sie Kraft, sich an der kühlen Wand hochzutasten, ihre Beine zitterten und der Raum um sie herum schwankte gefährlich. Doch schließlich stand sie mit dem Rücken angelehnt einigermaßen aufrecht und legte den Kopf in den Nacken – da oben musste doch der Himmel sein.

„Willst du mir ein Geheimnis verraten?"

„Ja", murmelte sie.

„Denk an deinen Computer. Erinnerst du dich? Ein flaches, weißes Gerät, auf dem du so gerne schreibst."

Ellen Weyer lächelte versonnen und brummte etwas Unverständliches.

„Und an der Seite steckt ein kleiner Stick. Darauf hast du wichtige Informationen gespeichert, nicht wahr?"

Der Mensch hatte diese Information von Jens Wiskamp bekommen. Der Fotograf hatte behauptet, auch seine Freundin sei nicht mehr im Besitz des Datenträgers, sie habe ihn einem Anwalt geschickt, er wisse nicht, wem. Bis zum Schluss hatte er nicht begriffen, dass er mit dieser Information sein Todesurteil besiegelte.

Bei dem Wort Computer und Stick hatte sich im vollkommen vernebelten Universum der Journalistin eine Tür aufgetan und sie sah sich in einem gelben Sommerkleid in einem sonnendurchfluteten Raum sitzen. Vor ihr eine Tastatur mit geschwungenen Buchstaben auf den Tasten.

„Der Stick. Wo ist der Stick, Ellen?“

Ihre Augen wanderten über die Buchstabenreihen, in der obersten las sie ganz rechts OPÜ und ganz links das Wort WERT. Und daneben, ja, da war er, ein silberner Stick mit einem blauen Band.

„Da!“, sagte sie.

„Hast du ihn gefunden? Sehr gut. Wo ist er?“

„Links“, lallte sie grinsend. Und dann: „Trinken!“

„Gleich bekommst du etwas zu trinken. Erst sagst du mir, wohin du den Stick gebracht hast. Vielleicht hast du ihn versteckt. Oder zur Post gebracht?“

Bei dem Wort Post erschien ein großer gelber Briefkasten. Sie steckte etwas hinein und verschwand mitsamt dem Einwurf hinter dem Schlitz. In dem Kasten war es orangefarben-dämmrig und sie versank in den vielen Briefen, die um das Vielfache größer waren als sie selbst. Sie musste ihren eigenen wiederfinden, wenn sie nicht untergehen wollte.

„Muss den Brief suchen.“ Sie sprach undeutlich, aber laut.

„Genau, such den Brief. Du schaffst das. An wen ist er?“

Sie konnte die Worte lesen, die auf den Umschlägen standen, aber sie verstand ihre Bedeutung nicht. Es waren fremde Zeichen, Sprachen, deren Klang sie sich nicht einmal vorstellen konnte. Die meisten der riesigen Briefe waren weiß, einige farbig und am Ende, in der Ecke stand ein etwas größerer in Braun. Braun war eine gute Farbe, es stach nicht so in den Augen. Sie ging darauf zu, wie auf eine Tür und tatsächlich wurde daraus ein Eingang, an dem eine Klingel ohne Namen angebracht war. Ellen Weyer betätigte den Knopf, und als ihr geöffnet wurde, war sie so erleichtert, dass sie der Person um den Hals fiel.

„Lydia!“, rief sie.

„Du hast den Brief mit dem Stick deiner Schwester geschickt?“ Der Mensch lächelte. „Das war sehr klug von dir, sie ist ja schließlich Anwältin.“

Noch immer in der Umarmung ihrer großen Schwester versunken, nickte Ellen Weyer glücklich.

Der Mensch, der getötet hatte, atmete auf. Er hatte es geschafft. An einer Schnur ließ er zwei Plastikflaschen hinab.

„Hier, Ellen, trink das. Es wird dir schmecken. Danach hole ich dich zu mir.“

Gierig griff Ellen nach dem, was von oben herab baumelte, es fiel ihr aus der Hand auf den Boden, als der Mensch oben die Schnur losließ. Ohne ihn weiter zu beachten, fiel sie auf die Knie, holte mit zittrigen Händen eine der beiden Flaschen heran, öffnete den vorsorglich nur leicht zugedrehten Verschluss und trank in großen Zügen. Es schmeckte fruchtig, nach Orange und Mango vielleicht, und sie konnte gar nicht genug davon bekommen.

„Mach die Flasche wieder zu, wenn du fertig bist, sonst verschüttest du noch etwas.“

Sie tat wie geheißen, und kurz danach versank sie bereits in tiefen Schlaf. Nachdem er einen Moment gewartet hatte und überzeugt war, dass sie ohne Bewusstsein war, stellte der Mensch die Leiter an, die sich normalerweise dort befand, zog sich Plastikschuhe über und kletterte nach unten. Vorsichtig und ohne den Toten oder sie zu berühren, sammelte er die Kerzenreste, die Tüte und die leere Plastikflasche auf und stieg wieder nach oben. Die Leiter zog er hoch und schloss die Luke. Für den Bruchteil einer Sekunde spielte er mit dem Gedanken, auch sie zu erschießen. Doch es bestand die winzige Möglichkeit, dass sie nicht die Wahrheit gesagt hatte und der Stick an anderer Stelle war. Dann müsste er sie noch einmal zum Reden bringen. Aber der Mensch hielt das für sehr unwahrscheinlich. Er war sich sehr sicher, dass Ellen Weyer kein Tageslicht mehr zu Gesicht bekäme.

Danach demaskierte er sich, beseitigte seine Spuren, wischte mit einem Tuch trotz der Handschuhe, die er immer trug, das ab, was er angefasst hatte, und steckte alles, was er verschwinden lassen musste, in eine große Plastiktüte. Es wäre die letzte Verbrennungsaktion. Er schaute noch einmal zu den beiden Autos, die er am Vortag sorgfältig durchsucht hatte. Danach hatte er den Geländewagen vor und den Polo hinter dem Anbau geparkt. Es sah ganz danach aus, als würde hier jemand ein zurückgezogenes Wochenende verbringen. Und in gewisser Weise stimmte das ja auch.

Nun, da der Mensch, der bereits zwei Menschen getötet hatte und dabei war, einen dritten sterben zu lassen, wusste, wo sich das Gesuchte befand, war seine Arbeit getan. Den Rest würden seine Auftraggeber erledigen.

Inge hatte am Telefon besser geklungen als die letzten Tage, sie hatte sich wohl ein wenig eingelebt, was Verónica sehr beruhigte. Leicht war das Gespräch zwischen ihnen hin und her geplätschert und sie hatte keine Veranlassung gesehen, zu erzählen, dass sie kurz zuvor ihre Tanzschuhe ausgegraben hatte. Nun lagen sie vor ihr, ein wenig verstaubt, aber immer noch zeitlos schön. Ausgehen, sich unter fremde Menschen mischen, ein Drink an einer unspektakulären Bar und das Wippen in den Beinen beim Klang lateinamerikanischer Rhythmen – seit sie das Gespräch mit Inge beendet hatte, versuchte Verónica sich davon zu überzeugen, dass sie genau darauf unbändige Lust hätte. Bis zum Abend war der Tag wunderbar gewesen – sie hatte sich treiben lassen, statt zu kochen einen Börek vom Imbiss um die Ecke geholt und dazu keine Bionade, sondern Cola mit Eis und Zitrone getrunken. Sie hatte ein prinzipienfreies Wochenende eingeläutet und zur Feier des Tages einen Prosecco kalt gestellt. Noch beim Duschen hatte sie es kaum erwarten können, das Haus mit Lippenstift zu verlassen, dabei war sie nicht einmal sicher, ob sie noch einen fände, der nicht ranzig geworden war. Doch nun wollte keine rechte Partystimmung aufkommen. Als ob ihre ganze Energie unbemerkt verströmt wäre, sie zurückließ mit einer Müdigkeit, die frösteln machte.

Verónica erschrak, als es an der Tür klingelte. Es war selten, dass sie Besuch bekam, es konnten eigentlich nur Berger oder Marit sein. Beide wollte sie an diesem Abend lieber nicht sehen. Aber einfach nicht zu öffnen, war nicht ihre Art. Sie wartete einen Augenblick, und als die Klingel ein weiteres Mal ertönte, stand sie vom Boden auf und ging zur Tür.

„Hi."

Verónicas Herz überschlug sich.

„Hi!", erwiderte sie vollkommen überrascht. Dann machte sie einen Schritt auf die junge Frau zu und hielt kurz vor der Umarmung unsicher inne. „Kann ich?"

„Lieber andersherum", sagte sie und schlang beide Arme um Verónica, die ihre Augen schloss und die Nase in den halblangen blonden Haaren vergrub.

Als wäre nichts geschehen. Johanna.

„Willst du reinkommen?"

„Wenn ich nicht störe?"

„Quatsch, du störst doch nie." Verónica hielt ihr die Tür auf. „Ich freue mich total."

Johanna ging langsam, setzte bedächtig einen Schritt vor den anderen. Sie trug eine blaue Jogginghose, einen braunen Kapuzenpulli und strahlend weiße Turnschuhe, als wäre sie gerade die Treppen hinaufgejoggt oder auf dem Weg in eine Sporthalle. Vor der Küche machte sie halt.

„Wohin?"

„Was dir lieber ist: Küchenstühle oder Sofa."

„Stühle."

Verónica sah, wie sich ihre Besucherin vorsichtig auf einen der beiden Hocker setzte, die Füße flach auf den Boden stellte und die Hände locker auf die Tischplatte legte. Und dann sah sie auch die Narbe, die zuvor von den Haaren verdeckt gewesen war. Das verwachsene, leicht gerötete und unnatürlich glatte Stück Haut verlief etwa zwei Zentimeter breit vom Ohr über den Hals und verlor sich an der Schulter unter einem weißen T-Shirt.

„Magst du was trinken?" Verónica versuchte ihr möglichst unbefangen in die Augen zu sehen. „Kaffee? Tee? Rotwein? Limo? Saft?"

„Was trinkst du denn?"

Verónica überlegte kurz. „Immerhin haben wir unser Wiedersehen zu feiern. Wie wär's mit einem Schluck Prosecco?"

„Okay."

Auf seltsame Weise schienen die Rollen vertauscht. Die Zwanzigjährige saß ruhig und gelassen am Küchentisch und schaute Verónica zu, die hektisch nach Sektgläsern suchte und gleichzeitig versuchte, die Flasche zu öffnen. Nachdem sie den Korken schließlich leise hatte ploppen lassen, setzte sie sich Johanna gegenüber, schenkte ein und hob ihr Glas.

„Gut, dich zu sehen", sagte sie und spürte, wie ihre Stimme zitterte.

Johanna nickte und lächelte. Hatte es früher eine gewisse Scheu in ihrem Blick gegeben, eine schüchterne Zurückhaltung beim Sprechen, schaute sie nun aus offenen Augen und sprach gerade heraus. „Gut, hier zu sein."

„Worauf trinken wir?"

„Auf das Leben", antwortete Johanna ohne Zögern.

„Auf das Leben!", wiederholte Verónica, ließ die Gläser klingen und spülte mit einem kleinen Schluck den großen Kloß im Hals hinunter.

Johanna lehnte sich leicht zurück und legte ihre Hände sanft auf den Oberschenkeln ab. „Meinst du, Inge hätte Lust, mich zu sehen?"

„Hundertprozentig, aber sie ist gar nicht da."

„Schade. Wo ist sie denn?"

Verónica antwortete nicht sofort. Sollte sie die Wahrheit sagen? Und wenn nicht, was sonst? Sie gab sich einen Ruck. „Seit Freitag in einer psychosomatischen Klinik. An der Ostsee."

„Was hat sie denn?" Johanna klang tatsächlich besorgt.

„Das fragst du sie vielleicht selbst, wenn sie wieder da ist?"

Die junge Frau nickte. „Okay, mache ich. Wie lange bleibt sie denn?"

„Mindestens drei Wochen, eher länger."

Sie schwiegen eine Weile. Nippten an ihren Gläsern. Fanden irgendwann zu leichteren Themen. Und zurück zu schweren. Kochten Spaghetti mit Tomatensoße und hörten Salsa-Musik.

„Eigentlich wollte ich heute Abend auf die Rolle gehen. Hier um die Ecke ist ein Tanzschiff, da ist heute Frauenabend."

„Und warum gehen wir nicht?"

Verónica sah sie erstaunt an. „Hast du Lust?"

„Ich kann zwar noch kein Tanzbein schwingen, aber an der Bar sitzen und zuschauen, das schaff ich schon." In Johannas Augen lag eine unausgesprochene Bitte und Verónica schlug sie ihr nicht ab.

Er wohnte nirgends, er besaß fünf Pässe, und wer ihn beim Namen nannte, rief ihn Sergej. Nichts deutete auf seine Herkunft hin, sein Deutsch war fehlerfrei, wenngleich er das R stark rollte und man hätte vermuten können, er stammte aus einer fremden Gegend. Erkennungsmerkmale hatte er viele, angefangen bei den akkurat und elegant kurz geschnittenen silbergrauen Haaren, über blitzblank geputzte Schuhe bis hin zu seinen Händen, die er in regelmäßigen Abständen eincremte, so wie andere vielleicht ein Zigarillo rauchten: nach dem Essen oder beim Brandy. Dass ihn niemand, der ihn kannte, einen Dandy schimpfte, lag daran, dass sein ständiger Begleiter eine Schnellfeuerwaffe war, mit der er präzise und auch aus großer Entfernung einen gezielten Kopfschuss setzen konnte. Im Gegensatz zu manchen anderen Killern sah man ihm seinen Beruf nicht an, man hätte ihn für einen Geschäftsmann halten können, für einen Banker oder auch einen Herrenausstatter. Entsprechend angesehen waren in der Regel seine Auftraggeber. Sie gehörten der gehobenen Gesellschaftsschicht an und konnten es sich leisten, ihn fürstlich für seine Arbeit zu entlohnen. Mord war teuer und das Abtauchen danach, das Wechseln von Identitäten und Wohnorten auch. Sergej unterhielt gute Kontakte, er wusste mehr, als manchem lieb war, aber Erpressung war nicht seine Sache. Er war nicht gierig, er wollte nur anständig bezahlt werden, und wer versuchte, ihn zu betrügen, wurde kurzerhand erschossen. Auf diese Weise hatte der Anfang Fünfzigjährige sich in manchen Kreisen einen gewissen Respekt, wenn nicht, wegen seiner beinahe altmodischen Vertrauenswürdigkeit, sogar einen guten Ruf verschafft.

Als sein Handy klingelte, lag er gerade am Swimmingpool eines Fünf-Sterne-Hotels in Berlin. Die Schweiz wollte ihn sprechen. Wie immer nahm er ab, ohne sich zu melden, und hörte, was man ihm zu sagen hatte. Er setzte sich dafür nicht auf, sondern beobachtete aus dem Augenwinkel, wie sein Ältester sich ins Wasser stürzte. Seine Antwort war kurz und prägnant.

„Das kostet mehr. Aus logistischen und ethischen Gründen."

Die Person am anderen Ende war davon weder überrascht noch unangenehm berührt. Sie fragte lediglich nach dem Preis.

„Plus fünfundzwanzig Prozent."

Natürlich ging es in Ordnung. War jemand bereit, ihn anzuheuern, dann zahlte er, und wer das nicht konnte, tat es selbst und brachte sich danach um. Der Mann am anderen Ende würde das allerdings niemals tun. In seiner Position überlebte man alle.

Sergej behielt das Telefon in der Hand und döste noch ein wenig weiter. Dann drehte er sich zu seiner Frau auf der Liege neben ihm und zog ihr sanft einen Kopfhörerstöpsel aus dem Ohr.

„Sweetie, tomorrow I have to work. You'll stay here and enjoy yourself, okay? We'll meet on Monday in London."

Inge hatte Verónica angelogen und sie schämte sich dafür. Den lustigen Nachmittag in Rostock mit einer Gruppe von Mitpatienten hatte es nicht gegeben, selbst die Motorradfahrt hatte sie verheimlicht, obwohl es dafür gar keinen Grund gegeben hatte und ihre Freundin sicher begeistert davon gewesen wäre. Aber Inge Nowak war in einer anderen Welt angekommen und auf seltsame Weise hatte Verónica darin keinen Platz. Hatte sie sich noch zwei Tage zuvor nicht vorstellen können, ohne sie zu sein, war ihr jetzt bereits ein Telefongespräch zu viel. Inge hätte nicht genau sagen können, warum, nur einem Gefühl Ausdruck geben, das zwischen Wut und Furcht lag. Tief in ihr schmerzte etwas, drängte an die Oberfläche und sie spürte, dass die Nähe zu Verónica es verhinderte. Außerdem war sie sicher, dass die Freundin nur anrief, weil sie sich dazu verpflichtet fühlte. Sie musste froh sein, endlich ihre Ruhe zu haben. So wie Inge auch?

Gäbe es tatsächlich so etwas wie Vertrauen zwischen uns, dachte die Hauptkommissarin, dann hätte ich ihr alles erzählt und gesagt: Tu mir doch den Gefallen und lass Ellen Weyer und Jens Wiskamp schnell durch den Computer laufen. Aber das war undenkbar. Verónica hätte ihr nichts als Vorwürfe gemacht, sie behandelt wie ein kleines, ungezogenes Kind und bei jedem Telefonat sicherstellen wollen, ob sie tatsächlich aufgehört hätte, auf eigene Faust zu ermitteln. Früher wäre das anders gewesen. Als Inge Nowak noch die erfolgreiche Chefermittlerin war und bekannt für ihre mitunter starrköpfige Hartnäckigkeit, hätte Verónica verstanden, dass es für ihre Lebensgefährtin niemals eine Pause von der Verbrechensaufklärung geben konnte. Für Inge Nowak war ihr Beruf eine Berufung, und selbst in den letzten Monaten vor der Klinikeinweisung hatte sie einen Täter nach langer und mühevoller Ermittlungsarbeit überführt. Vielleicht war sie sogar noch ehrgeiziger geworden, um wiedergutzumachen, was sie angerichtet hatte. Oder aber die Arbeit war das Einzige, was sie von dem Gedanken an Johanna ablenken konnte. Sie arbeitete verbissen, zu viel und auf Kosten ihrer Gesundheit. Bis sie zusammengebrochen war. Und dennoch: Wäre Verónica nicht nur ihre Partnerin, sondern ihre Freundin, hätte sie ihr die Wahrheit sagen können.

„Und was machst du morgen?"

„Schlafentzug."

„Wie?"

„Therapie gegen Schlafstörungen: wach bleiben bis zum Umfallen und darüber hinaus. Ich darf erst Montagabend wieder schlafen. Bis dahin muss ich mich beschäftigen."

„Klingt grauenvoll."

„Klingt wie immer."

„He – wenn es funktioniert, bist du wahrscheinlich total froh."

„Wahrscheinlich, ja."

„Gibt es noch andere, die das machen müssen?"

„Mein Tischnachbar, Gott sei Dank."

„Ist der nett?"

„Sehr. Ein Manager. Hat eine Menge zu erzählen."

Dass es ihr vorkam, ihn schon Wochen zu kennen und nicht erst seit drei Tagen, sagte sie nicht. Und auch nicht, dass sie für den nächsten Tag vor dem Frühstück mit ihm zum Joggen verabredet war.

„Ich kann nicht rennen", hatte sie abgewunken. „Ich krieg schon nach drei Metern keine Luft mehr."

„Quatsch. Das liegt nur an deiner Pulsfrequenz."

„Und die rechnest du mir über Nacht aus?"

„Nein, das tut ein kleines Gerät für dich, das du am Arm trägst. Das leih ich dir."

„Hast du eigentlich für alles einen Apparat?", fragte sie.

„Für meine arme Seele nicht."

Auf dem Weg in ihre Zimmer hatte sie sich schließlich überreden lassen.

„Super. Dann warte ich morgen früh um sieben im Foyer auf dich. Es wird der Anfang eines neuen Lebens für dich sein, glaub mir!"

„Genau, was ich brauche … "

Nun, da sie endlich in ihrem Bett lag und hinter den zur Seite gezogenen Gardinen die Lichter der vorbeifahrenden Autos auf der Straße zählte, war sie kein bisschen müde mehr. Im Gegenteil, sie war aufgedreht, sie kam einfach nicht zur Ruhe. All die neuen Gesichter der letzten Tage vermischten sich, die Stimmen, die Orte, das ganze Gemenge neuer Eindrücke schwirrte in ihrem Kopf kreuz und quer. Doch zwischen all den wirren Gedanken, schob sich einer immer wieder beharrlich nach vorne: Weshalb war Ellen Weyer verschwunden?

Wenn sie tatsächlich die Mörderin von Angela Esser war, weshalb hatte sie dann mit ihr sprechen wollen? Ein Geständnis am Telefon? Unwahrscheinlich. Warum war auch ihr Freund verschwunden? Eine gemeinsame Flucht? Dann hätte er, um keinen Verdacht zu erwecken, vorher seine Fotos in der Redaktion abgegeben. Und sie hätte nicht just eine Mitarbeiterin der Zeitung versetzt. Viel wahrscheinlicher war, dass Ellen Weyer etwas wusste und es ihr aus Angst hatte anvertrauen wollen. Oder hatte das eine mit dem anderen gar nichts zu tun? Hatte tatsächlich der Ehemann von Angela Esser seine Frau getötet und war auch Ellen Weyer Opfer eines Beziehungsdramas geworden? Oder Jens Wiskamp? Oder hatten beide etwas mit L. zu tun? War L. Lydia? Waren sie tatsächlich in eine große

Sache hineingeraten, vor der sie nun davonlaufen mussten? Was konnte das sein, dass der Fotograf seinen Job riskierte und die Journalistin ihren kranken Nachbarn vergaß? Oder sah Inge Gespenster? Am Ende war bereits alles in bester Ordnung, die Bilder von Wiskamp wurden gerade gedruckt, Ellen und Jasmin saßen bei einem Cocktail in einer hippen Rostocker Bar, und sie, Inge Nowak, hatte ihre Kollegin ganz umsonst verrückt gemacht.

Sie hatte Sylvia Eberstätter auf den ersten Blick gemocht, weil sie etwas Bodenständiges ausstrahlte. Obwohl sie nicht viel größer war als Inge, wirkte sie mächtiger, was an ihrer Figur lag. Einerseits machte sie einen fast fragilen Eindruck: schmale Finger, lange Beine, feine Wangenknochen. Andererseits stachen bestimmte Merkmale beinahe wuchtig an ihr heraus: breite Schultern, eine auffällig große Nase und große Augen. Sie waren vielleicht das Auffälligste, denn abgesehen davon, dass sie von schönem Blau waren, sah man ihnen ihr Alter an. Winzige Fältchen umgaben sie und dehnten sich an den Augenwinkeln bis fast zu den Schläfen aus. Auf seltsame Weise schienen die halblangen blonden Haare nicht zu diesem eher grob modellierten Gesicht zu passen, schon gar nicht zu der dunklen, rauchigen Stimme. Alles Äußerliche an dieser Frau schien überdeutlich, und doch wirkte sie auf Inge keineswegs aufdringlich. Geerdet, das war sie, als könnte nichts sie umwerfen. Sympathisch.

Seit Inge mit Verónica zusammen war, hatte sie sich für andere Frauen nicht interessiert. Und noch viel weniger hatte sie sich die Frage gestellt, ob ihre Partnerin die Einzige wäre, zu der sie sich hingezogen fühlen könnte. Auch die Oberkommissarin aus Rostock nahm sie nicht unter erotischen Gesichtspunkten wahr. Dennoch erinnerte sie sich jetzt an ihr erfrischend offenes Lachen und ihre eindringliche Art zu sprechen. Wie lange war es her, dass Inge mit anderen irgendwo gesessen und einfach nur geredet hatte? Nicht gegen die Erschöpfung, sondern ihr zum Trotz. Bereits vor der Katastrophe war es kaum vorgekommen, dass sie ausging, im Kino Gummibärchen kaute oder einfach durch einen Park lief. Schon lange strengten soziale Ereignisse sie an. Selbst die regelmäßigen Abendessen mit Verónica beim Italiener um die Ecke waren eher dem Unvermögen geschuldet, unter der Woche einzukaufen und zu kochen, als dem Wunsch sich zu unterhalten – schließlich hatten sie fast immer über die Arbeit gesprochen. Berichteten einander von ihren Ermittlungen, von fehlenden Spuren, zwielichtigen Zeugen und uneinsichtigen Verdächtigen, und wenn es der Zufall wollte, dass Verónica einer Untersuchung zugeteilt wurde, die Inge leitete, sprachen sie darüber. Sonst hatten sie einander nicht mehr viel zu sagen. Es war, als ginge ihnen die Kraft aus, wenn sie nicht über Mord und Totschlag sprechen konnten, als wären die einzigen Reserven, über die sie noch verfügten, dazu da, den immerwährenden Dialog zwischen zwei Kriminalbeamtinnen aufrechtzuerhalten.

Kaum waren sie zu Hause, schalteten sie den Fernseher ein, schenkten sich ein weiteres Glas Rotwein ein, verschwanden zuerst in fremden Geschichten und dann in getrennten Schlafzimmern. Hin und wieder kam es vor, dass die eine der anderen die Füße massierte, eine von beiden badete und die andere bat, ihr danach den Rücken einzucremen, und selten, aber vor dem Attentat immerhin noch dann und wann, gingen sie zusammen ins Bett und liebten sich. Die Leidenschaft der ersten Monate war längst vorbei und auch die Zugewandtheit der ersten Jahre. Sie hatten sich aneinander gewöhnt, und vermieden

Konflikte so gut es ging. An ihren freien Tagen, die sie oft wegen der unterschiedlichen Dienstpläne nicht miteinander verbrachten, kümmerten sie sich um den Haushalt, die Wäsche, das Auto, den Einkauf. Nur einmal im Jahr drehten die beiden Frauen die Zeit zurück und vollbrachten das Kunststück, so zu tun, als hätten sie sich gerade kennengelernt. Dann fuhren sie dorthin, wo sie einander zehn Jahre zuvor begegnet waren, und feierten so etwas wie Hochzeitstag im andalusischen Granada. Waren Momente lang glücklich. Oder glaubten zumindest, es zu sein.

Ob sie es dieses Jahr wieder täten? Wie lange würde sie wohl hier bleiben müssen, wie lange würde es dauern, bis sie wieder so etwas wie ein normales Leben führen könnte? Und wäre Verónica dann noch an ihrer Seite?

Über diesem Gedanken schlief Inge Nowak endlich kurz nach Mitternacht ein, ohne zu bemerken, dass sie zum ersten Mal eine Rückkehr zur Normalität überhaupt in Betracht gezogen hatte.

Das Haus lag etwas abseits des Dorfes und hinter einem Garten versteckt, der von hohen Büschen umgeben war. Frauen tötete er weniger gern als Männer, er war überzeugt davon, dass ihm das Unglück brachte. Kinder rührte er grundsätzlich nicht an. Deshalb war er froh, als Vater und Tochter in Sportbekleidung aus dem Haus kamen und in Richtung Felder liefen. Bis sie wiederkämen, hätte er seinen Job erledigt. Eigentlich nahm er solche Last-Minute-Aufträge nicht an, er bevorzugte akribische Planung und perfekte Ausführung. Genaue Recherche, richtige Zeit, optimaler Ort. Vor allem aber: diskrete Liquidation. Es wäre ihm lieber gewesen, wenn er dem Mädchen, das vielleicht so alt war wie sein jüngster Sohn, den Anblick hätte ersparen können. Er konnte nur hoffen, dass der Vater Manns genug wäre, das Kind schnell von der toten Mutter fortzubringen.

Er betrat das Haus durch die weit geöffnete Balkontür. Einmal drinnen, ging alles ganz schnell. Durch die dunkel getönte Sonnenbrille erschien ihm die Einrichtung seltsam kühl, es gab kaum Bilder an der Wand, und die Frau selbst wirkte eigenartig abdekoriert. Als fehlte ihr Farbe oder Schmuck oder Schminke. In aller Regel dachte er nicht lange über seine Opfer nach und er vermied es auch, mit ihnen zu reden. Diesmal ließ es sich nicht vermeiden.

„Ich will nur eins und das innerhalb von dreißig Sekunden: den USB-Stick Ihrer Schwester." Er sagte das sehr ruhig, doch seine Stimme verriet, dass es für sie keinen Anlass zur Entspannung gab.

Die sechsunddreißigjährige Anwältin begriff sofort und ihr Blick glitt über den Messerblock in der Küche.

„Vergessen Sie das ganz schnell." Er lächelte beinahe charmant. „Sie haben noch fünfundzwanzig Sekunden. Die Zeit läuft."

„Da drüben", sagte sie und deutete auf einen Sekretär im Wohnzimmer. Er bugsierte sie mit der Waffe dorthin, sah ihr zu, wie sie eine Schublade aufzog, und wartete geduldig, bis sie einen Umschlag herausholte und ihm zitternd hinhielt.

„Nur den Stick."

Bei dem Versuch, ihn zu öffnen, fiel der Umschlag zu Boden.

„Aufheben."

Sie gehorchte und zog einen kleinen silbernen Datenträger heraus, der an einem blauen Bändchen hing.

„Auf die Tischplatte legen."

Er hielt die Waffe auf sie gerichtet und ließ sie nicht aus den Augen, während er sich näherte, um den Stick einzustecken.

„Gibt es eine Kopie davon?"

Sie schüttelte den Kopf. Ihr Herz raste vor Angst, er wusste, dass sie nichts riskieren würde.

Seine Augen regten sich nicht, als er sagte: „Wenn Sie lügen, töte ich Ihre Tochter."

„Nein!", rief sie schrill. „Es gibt keine Kopie. Ich habe den Brief erst gestern bekommen, der Stick war die ganze Zeit in dem Umschlag. Wirklich!"

Sein Blick fiel auf einen Stuhl, der unweit von ihm stand.

„Hinsetzen!", befahl er.

Lydia Kronberg setzte sich. Ihre Beine zitterten, in ihrem Kopf stolperten unfertige Gedanken übereinander, ihr war leicht übel. Sie schloss die Augen kurz und öffnete sie wieder. Das Letzte, was sie sah, war eine lilafarbene Iris im Garten, die ihr die Zunge herauszustrecken schien.

Einmal quer durch den Wald, über Wurzeln, Äste und Steine und zurück dicht am Wasser, durch feuchten Sand – danach war Inge fast ohnmächtig geworden vor Erschöpfung. Wenn sich so ihr neues Leben anfühlen sollte, wollte sie lieber ihr altes behalten. Oder? Immerhin hatte sie großen Appetit gehabt und es nach der ersten Schwäche nach dem Laufen sogar ganz lustig gefunden, verschwitzt und abgekämpft beim Frühstück zu sitzen.

Unter der Dusche überlegte sie ernsthaft, es vielleicht doch noch einmal zu versuchen, vielleicht wäre es beim zweiten Mal nicht mehr ganz so schlimm.

Ein wenig Kondition könnte mir nicht schaden, dachte sie, als es an ihrer Tür klopfte.

„Bist du Speedy Gonzalez?", rief sie nach draußen. „Ich brauch noch einen Moment!"

„Ich bin es, Frau Nowak: Sylvia Eberstätter."

Der ernste, sachliche Ton alarmierte die Hauptkommissarin sofort. Wenn die Polizei unangemeldet am Sonntagmorgen vor der Tür stand, hieß das nichts Gutes. Wollte man sie verhaften?

„Augenblick."

Sie zog sich ihren Bademantel über, fuhr einmal mit den Händen durch die Haare, um die widerspenstigsten zu zähmen, trocknete sich die Hände ab und legte sich das Handtuch um den Hals. Dann öffnete sie.

„Entschuldigung, wenn ich Sie so früh störe, aber wir haben ein Problem."

„Wer ist wir?"

„Heute Morgen wurde die Schwester von Ellen Weyer erschossen."

„L."

„Genau. Ich bin auf dem Weg dorthin. Fahren Sie mit?"

Inge Nowak war so überrascht, dass sie gar nicht darauf antwortete, sondern erwiderte: „Kommen Sie erst mal herein."

„Danke." Die Oberkommissarin schloss die Tür hinter sich. „Ich spiele mit offenen Karten: Mein Chef hat einen Virus, liegt krank im Bett und kommt sicher vor Montagabend nicht nach Rostock zurück." Sie seufzte. „Ausgerechnet jetzt."

„Und Ihr Kollege?"

„Ist unterwegs. Aber sonst ist niemand da, der mit dem Esser-Fall vertraut ist, sofern der überhaupt etwas mit dem Mord an Lydia Kronberg zu tun hat."

„Sie ist verheiratet?"

„Und Mutter einer kleinen Tochter."

Inge Nowak drehte sich um, ging in Richtung Badezimmer und rubbelte sich dabei die Haare trocken. Vor dem Spiegel blieb sie stehen und sah sich an, während sie sagte: „Ich habe Ihnen doch gestern Abend schon gesagt, dass ich nicht im Dienst bin. Und was das bedeutet."

„Ich weiß."

Sie trat wieder aus dem Badezimmer heraus und blieb vor der Oberkommissarin stehen: „Und warum bringen Sie mich dann in Verlegenheit?"

„Weil ich Sie brauche."

„Wofür?"

„Ich möchte nur Ihre Einschätzung am Tatort, sonst nichts. Andernfalls muss ich mich auf Timo verlassen, der von Ihren Erkenntnissen noch nichts weiß, und ihm erklären, was ich selbst noch nicht verstehe."

„Das kann uns beide in Schwierigkeiten bringen." Als ob es das wäre, was sie davon abhielt.

„Ich weiß. Aber das nehme ich in Kauf, wenn ich dadurch eine andere aus Schwierigkeiten herausholen kann."

„Ellen Weyer?"

„Glauben Sie etwa, sie hat ihre eigene Schwester getötet?"

Die Hauptkommissarin zögerte einen Moment. „Nein." Dann nahm sie eine Jeans, einen Kapuzenpulli und frische Socken aus dem Koffer, der zwischen ihr und Sylvia Eberstätter noch immer auf dem Boden lag, und sagte: „Ich geh mich schnell anziehen, danach können wir los."

Es war nicht ganz einfach, Sylvia Eberstätter davon zu überzeugen, dass Ewald Klee sie begleiten würde. Natürlich auf dem Motorrad, selbstverständlich unauffällig, sodass Inge Nowak im Anschluss an die Tatortbegehung mit ihm einfach wieder verschwinden könnte, um pünktlich zur zweiten Schlafentzug-Besprechung mit Schwester Agathe in der *Seerose* zu sein. Schließlich willigte die Oberkommissarin ein.

„Das hier läuft schon dermaßen aus dem Ruder, dann kommt es darauf auch nicht mehr an. Aber," sagte sie mit Bestimmtheit zu Ewald, „Sie warten draußen, auch wenn es länger dauert," und mit Blick zum Himmel: „oder stürmen oder schneien sollte."

„Versteht sich von selbst", erwiderte er und beschloss, zwei Müsliriegel, eine Flasche Wasser und einen Regenschirm einzupacken. Ihm war jedes Mittel recht, sich abzulenken. Beim Joggen hatte er noch geschafft, die Tränen zurückzuhalten, beim Frühstück war es fast nicht mehr auszuhalten gewesen. Das Telefonat mit Grit war unerquicklich, sie hatten einander über zwei Funklöcher hinweg gründlich missverstanden, und am Ende hatte er einfach so getan, als wäre die Verbindung unterbrochen und hatte sie weggedrückt. Sie versuchte danach nicht mehr, ihn zu erreichen. Eine kleine Spritztour zu machen, sich einen echten Tatort anzusehen und Inges Chauffeur zu sein, war weitaus besser, als sich seinen melancholischen Gedanken hinzugeben.

Die beiden Kommissarinnen waren während der Autofahrt sehr schweigsam. Die Jüngere zerbrach sich den Kopf darüber, warum Erich Werle, der doch immer über alles informiert werden wollte, der keinen Tag ausließ, an dem er sie nicht wegen einer Banalität anrief, plötzlich sein Handy ausgeschaltet hatte. Normalerweise kam er noch mit dem sprichwörtlichen Kopf unter dem Arm zum Dienst, in den zwei Jahren, in denen sie schon mit ihm zusammenarbeitete, hatte er sich noch nie krankschreiben lassen. Es musste ihn also wirklich erwischt haben. Und sie ertappte sich dabei, dass sie sich um ihren kauzigen Chef sorgte.

Inge Nowak verstand die Welt nicht mehr. Nun hatte sie alles dafür getan, sämtliche Leichen im Keller zu lassen, um sich ganz und gar um ihre eigenen Probleme zu kümmern, und schon saß sie wieder in einem Dienstwagen der Kriminalpolizei und war auf dem Weg zu einem Tatort. Zudem mit einer Kollegin, über deren Gesichtszüge sie am Abend ein wenig zu lange nachgedacht hatte, und gefolgt von einem Mitpatienten, der sich ebenso wenig um Therapieanweisungen scherte wie sie. Auf dem Zettel, der ihnen in der kurzen Besprechung zu dem bevorstehenden Schlafentzug vom Oberarzt ausgehändigt worden war, waren fünf Punkte vermerkt, von denen sie die zur Vorbereitung auf die schlaflose Nacht allesamt nicht befolgten:

Beschäftigen Sie sich am Tag vor dem Schlafentzug nicht zu sehr mit anderen.

Nutzen Sie die freie Zeit, um sich Notizen über Ihr Befinden zu machen.

Schreiben Sie auf, wann Sie gut und wann Sie schlecht schlafen, beginnen Sie an diesem Tag ein Schlaftagebuch.

Überlegen Sie sich gut, mit wem sie wie die Nacht verbringen wollen.

Nutzen Sie die Zeit davor, um in sich zu gehen, und entspannen Sie sich, ohne vorzuschlafen.

„Was denken Sie?“ Sylvia Eberstätter sah sie kurz von der Seite an und schaute dann wieder auf die Straße.

„Ob es ein Gen gibt, das dafür sorgt, zielsicher zu tun, was man lassen sollte.“

„So etwas wie ein Zerstörungsgen?"

„Ungefähr." So hätte sie es selbst nicht genannt, aber vielleicht wirkte in ihr ja tatsächlich eine Art Selbstzerstörungsmechanismus, der Ruhe und Frieden unmöglich machte. Wodurch sie immer in die falsche Richtung lief, um bloß nie bei sich selbst anzukommen.

„Und, was meinen Sie? Gibt es das?"

„Wenn ja, lässt es sich glücklicherweise in keiner DNA nachweisen."

„Denken Sie, man wird zum Mörder geboren?"

„Nein. Aber ich bin auch nicht der Überzeugung, dass man dazu gemacht wird. Das tut man schon schön selbst."

„Und ist deshalb verantwortlich für das, was man tut?"

„Absolut."

Ein ganzer Fuhrpark von Einsatzwagen versperrte die Zufahrt zu dem Eckgrundstück der letzten Reihe einer beträchtlichen Anzahl von gleich aussehenden Einfamilienhäusern. Die Oberkommissarin stellte den Wagen am Straßenrand ab und sie schlängelten sich an den Autos vorbei, unter der Absperrung hindurch, blieben schließlich auf der Terrasse stehen. Von hier aus konnten sie die tote Lydia Kronberg durch die geöffnete Balkontür sehen. Sie war seitlich vom Stuhl gekippt, der nur verschoben, nicht aber umgefallen war.

Inge Nowak betrachtete die Leiche von Weitem, versuchte sich den Rechtsmediziner wegzudenken, der mit dem Rücken zu ihr kniete, und auch die Männer und Frauen von der Spurensicherung, die mit ihren Pinseln auf der Suche nach Fingerabrücken waren und mit Vergrößerungsgläsern nach Haaren und anderen Partikeln fahndeten.

„Das war eine Hinrichtung. So etwas macht nur ein Profi“, sagte die Hauptkommissarin schließlich mehr zu sich selbst.

„Wie kommen Sie darauf?“

„Bei dem Fallwinkel stand jemand direkt hinter ihr, bei dem bisschen Blut hatte der Täter eine eigens dafür ausgesuchte Waffe, und so kaltblütig sind die wenigsten beim ersten Mal. Sie sah Sylvia Eberstätter an. „Rein statistisch gesehen würde ich sagen: ein Mann. Oder haben Sie schon mal von einer Berufskillerin gehört?“

Die Oberkommissarin schüttelte ernst den Kopf und fragte dann: „Aber warum?“

„Sie hat zu viel gewusst. Und er hat sich etwas geholt.“ Inge Nowak ging vorsichtig ein paar Schritte durch den Raum und zeigte dann auf den Sekretär. „Da, die Schublade. Ich würde gern einmal hineinschauen und auch einen Blick auf den Umschlag werfen, der davor auf dem Boden liegt.“

Sylvia Eberstätter nickte und bat die Kollegen um Handschuhe und Plastikschutz für die Schuhe. Währenddessen schaute sich Inge in dem stilvoll eingerichteten Wohnzimmer um. Den Kronbergs schien es finanziell nicht schlecht zu gehen. Multimediale Markengeräte, eine großzügige Sofalandschaft, teure Teppiche.

„Wo ist der Rest der Familie?“

„Ihr Mann hat sie gefunden, als er vom Joggen kam. Seine Tochter war noch draußen im Garten. Er hat sie geistesgegenwärtig nicht ins Haus gelassen und ist, nachdem er die Polizei gerufen hat, mit ihr zu den Großeltern gefahren, die hier in der Nähe wohnen. Es ist schon eine Streife unterwegs, ihn herzubringen.“

Inge streifte sich die Plastikschuhe über und trat näher an die Leiche heran. Dann stockte sie.

„Herr Hoffmann?"

„Frau Nowak! Das ist aber eine schöne Überraschung, dich hier zu treffen! Ist unsere Leiche so wichtig, dass man uns den Adel in die Provinz schickt?"

Beide lachten und schüttelten sich aus gegebenem Anlass nicht die Hände. Sie kannten einander von einem Fortbildungsseminar in Hamburg, auf dem die Kriminalhauptkommissarin mit dem Rechtsmediziner eine halbe Nacht verbracht hatte. Sie hatten sich am frühen Abend vom Rest der Gruppe abgesetzt und bei gutem spanischen Rotwein in einer schummrigen Bar bis zum Morgengrauen über das Wesen des Todes gesprochen. Es musste mindestens vier Jahre zurückliegen, und Inge wunderte sich ebenso sehr, den Hamburger Rechtsmediziner hier anzutreffen, wie er erstaunt war, der Hauptstadtermittlerin zu begegnen.

„Ich schätze, die Klärung unserer Aufenthalte fern der Heimat verlegen wir an einen nahegelegenen Tresen", schlug Inge Nowak vor, und er stimmte sofort grinsend zu.

Sylvia Eberstätter beobachtete diese Szene mit einem gewissen Unbehagen und sie konnte nicht genau sagen, was ihr mehr missfiel: die Vertraulichkeit zwischen Hoffmann und Nowak, oder dass es ersichtlich war, dass sie einander mochten. Zu allem Überfluss duzten sie sich auch noch.

„Und, was sagst du?"

„Ein Profi?"

„Definitiv."

„Kopfschuss?"

„Nacken. Fast aufgesetzt, ruhige Hand, perfekte Waffe, langer Lauf mit Schalldämpfer. Kugel versenkt."

„Auftragsmord?"

„Klassisch. Ohne Vorwarnung."

„Dann sind wir uns ja einig."

Nun war er an der Reihe zu fragen: „Hast du schon eine Idee, wer es bezahlt hat?"

„Nicht wirklich." Inge Nowak hob vorsichtig den wattierten Briefumschlag vom Boden auf und las den Absender. „Es könnte etwas mit dem Inhalt dieses Briefes zu tun haben." Und mit Blick zu Sylvia Eberstätter: „Er ist von Ellen Weyer."

„Wann ist er abgestempelt?"

Sie nahm die Briefmarke genauer unter die Lupe. „Freitag."

Gert Hoffmann hatte seinen Koffer zusammengepackt und stellte sich zwischen die beiden Kommissarinnen.

„Wer von euch beiden will denn am liebsten gestern alles über das Opfer wissen? Und wo ist überhaupt unser aller Glück und Sonnenschein Erich Werle?"

Die Oberkommissarin lächelte vielsagend. „Er ist krank in München, und sie ist meine persönliche … "

„… Begleitung", ergänzte Inge. „Ich bin bloß auf Urlaub. Hotel *Seerose*."

„Seerose, Seerose – was muss mir das sagen?", sinnierte er. „Ist das nicht die Klinik, wo wir am Freitag in Asche gewühlt haben?"

„Du sagst es."

„Bist du krank?"

„Ausgebrannt."

„Das wäre die Leiche dort auch fast gewesen." Er hob sofort beschwörend die Hände. „Ich weiß, ich weiß, mein angeblich mangelnder Respekt vor dem menschlichen Ableben – tut mir leid, ist mir rausgerutscht. Aber du kennst ja meine Haltung."

„Der Kollege Hoffmann hat mir einmal ausführlich versucht zu erklären, dass er das Sterben umso mehr achtet, je mehr er darüber lachen kann", erläuterte Inge Nowak ihrer Kollegin, und ihm erwiderte sie: „Du bist herzlich eingeladen, bei einem alkoholfreien Bier diesbezüglich in den nächsten drei Wochen etwas mehr in die Tiefe zu gehen. Zimmer 101, um 22.00 Uhr ist allerdings Bettruhe."

„Gerne, ich melde mich." Seiner Rostocker Kollegin rief er im Hinausgehen zu: „Und Sie rufe ich an, sobald ich mit der Obduktion fertig bin, okay?"

Sie nickte, und die Art, wie sie ihm nachsah, verriet Inge Nowak, dass die Oberkommissarin offenbar wenig über den Rechtsmediziner wusste: Dr. Gert Hoffmann war verheiratet. Und zwar mit einem Berliner Chirurgen.

Ein Mann mittleren Alters in schickem Trainingsanzug und strahlend weißen Turnschuhen kam in Begleitung von zwei uniformierten Beamten über den Rasen gelaufen.

„Sicher der Ehemann", stellte Inge Nowak fest.

„Soll ich ihn jetzt vernehmen?"

Die Hauptkommissarin bemerkte, wie nervös Sylvia Eberstätter war. „Ja. Lassen Sie sich genau beschreiben, wie er sie wann gefunden hat und wie er es angestellt hat, seine Tochter rauszuhalten. Er war es bestimmt nicht, aber er könnte den Auftrag gegeben haben, es zu tun. Fragen Sie ihn nach seiner Schwägerin und nach dem Verhältnis seiner Frau zu ihrer Schwester. Achten Sie darauf, wie er über Ellen Weyer spricht. Wann hat er sie zuletzt gesehen oder gehört?" Sie hielt inne. „Aber das wissen Sie doch alles selbst, entschuldigen Sie bitte."

„Schon, aber ich habe noch nicht so viele Erstvernehmungen am Tatort durchgeführt. Das ist bei uns Chefsache. Ich schreibe es meistens nur auf."

Inge überlegte einen Moment. „Dann machen wir das heute andersherum. Und danach verschwinde ich wieder von der Bildfläche."

Sylvia Eberstätter sah sie überrascht an.

„Am besten draußen, auf der Terrasse. Haben Sie was zu schreiben dabei?"

„Nur mein Notepad."

„Fortschrittlich. Damit kann ich umgehen."

Sie musste ihre Kollegin förmlich vor sich herschieben. Die ganze Sache nahm sie offenbar mehr mit, als Inge Nowak vermutet hätte.

Tief und fest hatte Erich Werle geschlafen, die späte Morgensonne hatte ihn an der Nase gekitzelt und nun lag er wach neben ihr und betrachtete sie. Was er fühlte, war so unbeschreiblich, dass er dafür keine anderen Worte fand als die, die er nicht einmal denken wollte. Und doch hätte er es ihr am liebsten ins Ohr geflüstert, einmal, zweimal, dreimal, immer wieder, so lange, bis sie ihm geantwortet hätte: Ich dich auch. Sein Verstand sagte ihm, dass es vollkommen unmöglich war, dass es Liebe auf den ersten Blick nicht geben konnte und schon gar nicht in seinem Alter. Erich Werle war gerade vierundfünfzig geworden und in seinem ganzen Leben war ihm so etwas nicht annähernd passiert. Niemals hatte er die Kontrolle verloren, bei aller Lust war er doch immer gelassen geblieben und hatte unterscheiden können zwischen dem Film im Kopf und der Wirklichkeit. Die bei Tageslicht und ungeschminkt meist ernüchternd war. Bei Helene Teuber war das anders. Sie war für ihn von einzigartiger Schönheit, er wurde nicht müde, mit den Augen zärtlich über ihr schlafendes Gesicht zu streifen, über den leicht geöffneten Mund mit den trockenen Lippen, über die geschlossenen Lider, unter denen letzte Spuren eines Kajalstrichs blaue Schatten warfen, und über die hohe Stirn, in die ihr jetzt dunkle Strähnen fielen. Ihre Haut war nicht glatt, sie war um die Nase herum großporiger als am Kinn, und die Wangen zeigten hier und da tiefere Furchen.

Du bist, dachte er, wunderbar gezeichnet.

Wovon – das konnte er nur ahnen oder sich zusammenreimen aus ihren Erzählungen, denen er bis in die Morgenstunden hinein gelauscht hatte.

„Und du?", hatte sie ihn irgendwann gefragt. „Woher kommen deine Falten?"

Und er hatte von Köln erzählt. Wie ihm die Umstrukturierungen zugesetzt hatten, wie wenig er zurecht gekommen war mit den jüngeren Kollegen, mit denen er plötzlich im Team arbeiten sollte. Transparenz und Kompetenz waren die Devise, und all seine Ermittlungsmethoden waren plötzlich veraltet und wertlos. Wie er die Meetings gehasst hatte und die Profiler, die ihm den Charakter eines Täters erklären wollten, noch bevor sie die Tat verstanden hatten. Und wie man ihm die Leitung der Mordkommission entzogen hatte, weil er angeblich nicht delegieren konnte.

Erich Werle sprach zum ersten Mal darüber und er tat es ruhig und sachlich. Längst wusste er, dass er auch an seiner eigenen Sturheit gescheitert war, aber bis zu dem Moment, in dem er Helene Teuber gegenübersaß, hatte er das nicht einmal vor sich selbst zugeben können.

„Das hört sich einfach nur schrecklich an", hatte sie gesagt.

„Das war es auch. Einfach nur schrecklich. Ich war von heute auf morgen ein Loser. Jedenfalls dachte ich das. Wahrscheinlich war ich zu dem Zeitpunkt auch ein Scheiß-

Chef.“ Er dachte nach. „Bin ich vielleicht immer noch. Ich bin eben ein Einzelkämpfer. Vielleicht sollte ich den Job einfach an den Nagel hängen und Detektiv werden.“

„Oder dir einen Ruck geben und die anderen mitspielen lassen?“, fragte sie.

„Das versuche ich ja. Und mein Rostocker Team ist auch okay. Sylvia Eberstätter ist eine wirklich gute Kommissarin und schmeißt daneben noch den Haushalt mit ihrem fünfjährigen Sohn. Und Timo Heiser ist auch absolut zuverlässig.“ Draußen dämmerte es bereits und die Flasche Wein war längst leer. Er war nicht sicher, ob sie ihm überhaupt noch zuhörte oder schon schlief, und sagte sehr leise: „Aber sie mögen mich nicht.“

„Magst du sie denn?“, erwiderte sie.

„Ich weiß nicht.“

„Das glaube ich dir nicht.“

„Ja, klar, irgendwie mag ich sie schon, aber ich versuche, keine persönliche Beziehung zu ihnen aufzubauen. Ich will einfach nicht … “, er hatte nicht weitersprechen können, etwas steckte ihm im Hals.

„Was?“

Als er auch nach einer kleinen Weile nicht geantwortet hatte, war Helene aufgestanden und hatte sich vor ihn gekniet.

„Ich würde jetzt wahnsinnig gerne mit dir einschlafen.“

„Hier?“

„Nein, in meinem Bett, wenn du magst.“

Er hatte gemocht. Und er hatte sich auch von ihr ausziehen und zudecken lassen. Erst als sie ihm über die Haare gestrichen und ihn zart auf die Stirn geküsst hatte, konnte er sich nicht mehr beherrschen. Und hatte hemmungslos angefangen zu weinen.

Noch immer spürte er ihren Körper, der ihn mit sanfter Bestimmtheit an sich gezogen hatte, ihre Hände, die vorsichtig seinen Rücken und seinen Nacken gestreichelt hatten, um ihn zu beruhigen, ihre wunderbare Stimme, die auf ihn einsprach, und ihre Lippen an seinem Hals, federleicht.

Alles, was danach geschah, war leicht gewesen.

Er konnte sie nicht fassen. Ihre Schönheit, ihre Sanftheit, ihre Unbeschwertheit, ihre Sensibilität und ihr Sexappeal. Sollte Erich Werle jemals an etwas wie eine Traumfrau gedacht haben, hier war sie.

„Guten Morgen, Herr Kommissar."

„Hauptkommissar", sagte er und hätte sich sofort dafür ohrfeigen können. Er konnte es einfach nicht lassen. Dabei hätte er ihr tausend andere Dinge sagen mögen.

„Guten Morgen, Herr Kriminalhauptkommissar", wiederholte sie schlaftrunken und öffnete die Augen.

„Guten Morgen", erwiderte er, und bevor er es sich anders überlegen konnte, fragte er sie: „Würdest du heute den Tag mit mir verbringen?"

Sergej musste schnell handeln und vor allem musste er sich des Wagens entledigen, den er am Abend zuvor unter falschem Namen gemietet hatte. Bis die Polizei mögliche Zeugen befragt hätte, die ihn mit oder ohne Auto gesehen haben könnten, würden zwar einige Stunden verstreichen, aber es war besser, auf Nummer sicher zu gehen. Er parkte den silberfarbenen Ford mit Dürener Kennzeichen auf einem öffentlichen Parkplatz in der Nähe eines belebten Strandzuganges und ließ den Schlüssel in einen Gully fallen. Seine Erfahrung lehrte ihn, niemals von Plänen abzuweichen: Sollte es beim nächsten Schritt Komplikationen geben, wäre es ein Fehler, auf das Fahrzeug zurückzugreifen, mit dem er bis dahin gekommen war. Niemals zurück, immer nach vorne, das galt für Angriff ebenso wie für Verteidigung und Flucht. Unterwegs hatte er die Kleidung gewechselt; statt des maßgeschneiderten grauen Anzugs, eines weißen Hemdes und passender Lederschuhe – sorgfältig zusammengepackt in dem Rucksack, den er geschultert hatte – trug er jetzt helle Chinos, braune Segelschuhe und einen blauen Baumwollpulli mit V-Ausschnitt über einem weißen T-Shirt. Er sah nicht nur aus wie ein Tourist, er benahm sich auch so. Mietete für einen halben Tag ein Fahrrad, fotografierte die See und radelte durch die Ferienanlage.

Um elf Uhr morgens war sein nächstes Opfer nicht zu Hause.

Um zwölf Uhr war er einmal durch den Keller in das Haus eingedrungen, um sich zu vergewissern, dass sich daran nichts geändert hatte.

Um ein Uhr war er zum dritten Mal in großem Bogen um das Grundstück herumgefahren, nur um festzustellen, dass sich nichts und niemand bewegt hatte.

Danach beschloss er, die Aktion abzubrechen. Seine Auftraggeber hatten ihn falsch informiert, mit jeder Minute, die er länger hier blieb, wuchs sein persönliches Risiko.

Der Mensch hatte keine Ahnung, dass er nur knapp einer Kugel entgangen war. Es war allein dem Zufall geschuldet, dass es ihn plötzlich nach Hamburg zog. Unerwartet hatte ihn eine große Sehnsucht überkommen, ein seltsames Begehren nach morgendlichem Leben in der Stadt, nach Brunch, nach Hafen, Champagner und Austern. In keiner anderen Stadt konnte er sich so gut unter Menschen verlieren und nirgends frühstückte er lieber als hier. Ein

Vormittag mit leichtem Jazz, eine ansprechende Zeitung, vielleicht eine flüchtige Bekanntschaft, eine andere strauchelnde Seele, die ihn vergessen lassen könnte, dass er Abschied nehmen musste.

Bald schon schliefe er unter einem städtischeren Mond und glamouröseren Sternen. Man hatte ihm das Dreifache zugesagt, wenn er dafür sorgen würde, dass trotz der Störungen alles glatt weiterliefe; er bekäme einen neuen Pass, eine neue Identität und einen neuen Job im Land seiner Wahl. Das war der Vorteil, für einen großen Konzern zu arbeiten. Geld spielte keine Rolle. Und man konnte jederzeit neu anfangen.

Es gab in den Gehirnwindungen von Ellen Weyer einen winzigen Pfad, auf dem sich ein Überlebensgedanke versuchte durchzuschlagen.

„Nicht trinken!", vermeldete er in regelmäßigen Abständen.

Anfangs nahm sie ihn nur als Teil einer Kakofonie aus inneren Worten wahr, ließ ihn vorbeiziehen, wie all die anderen nicht zu entschlüsselnden Textschwaden. Je mehr sie trank, umso mehr Durst bekam sie, und je mehr sie von der gelblichen Flüssigkeit zu sich nahm, umso farbiger wurden die Explosionen in ihrem Kopf.

Für den Überlebensgedanken wurde es immer enger, und so traf ihr Gehirn eine allerletzte Entscheidung: Es konzentrierte sich auf ein einziges Wort, das es in regelmäßigen Abständen durch die bunten Halluzinationen schickte: *Nein*.

Die junge Frau, die auf dem besten Weg war, ihr zentrales Nervensystem zum Erliegen zu bringen, fühlte sich davon gestört. Wie lästige Fliegen erschienen ihr diese vier schwarzen Buchstaben, die sie ganz offensichtlich ärgern wollten. Ausweichen konnte sie ihnen nicht, sie waren zu schnell oder sie war zu langsam, ihr Kopf wog schwer, ihre Hände wollten die Plastikflasche nicht loslassen.

Schön austrinken, sollte sie.

Nein.

Zwischen ihren Beinen wurde es angenehm warm und feucht. War das schön?

Nein.

Ihre Augenlider wogen tonnenschwer. Dahinter tat sich ein Tunnel auf und an seinem Ende war alles gut. Doch sie konnte sich nicht auf die Farbenpracht zutreiben lassen, noch hing sie an einem seidenen Faden fest. Sie musste ihn kappen.

Nein.

Sollte sie noch einmal nach hinten schauen?

Guck mal.

Ein Gesicht. Ein Spiegel. Wer war das? Ellen.

Sieh mich an.

Sie löste langsam die Hände von der Flasche, tastete sich ungelenk über Wangen und Nase, suchte ihre Augen. Dann schob sie mit den Fingern ihre Augenlider nach oben. Warum tat sie das? Der Tunnelausgang rückte in weite Ferne und der Druck ihrer Finger unter den Augenbrauen löste sich. *Lass los.*

Nein.

Noch einmal nahm sie sich zusammen, öffnete sich die Augen mit den Handballen beinahe schmerzhaft und zwang sich hinzusehen.

Vor ihren ausgestreckten Beinen lag etwas Großes. Sie erschrak und machte sich klein. Dabei fiel ihr die Flasche aus der Hand und der Inhalt ergoss sich über ihre Hose.

Sie betrachtete den Fleck und ließ ihre weit geöffneten Pupillen wandern, die sich ein wenig schärfer stellten. Das unförmige Paket war ein Mann.

Jens. Mein Gott, das ist Jens!

Als hätte dieser Name eine Bresche durch das Dickicht geschlagen, tat sich vor ihr ein winziger Moment des klaren, frischen Geistes auf und meldete: Etwas lief hier überhaupt nicht gut. Sie sah noch einmal hin. Da lag Jens Wiskamp, ihr Freund, und ja, sie hatte das schon einmal gewusst, er war tot. *Nein*, dachte der Überlebensgedanke, der jetzt wieder auf einem besseren Weg war. *Jens ist getötet worden. Und dein Leben ist in höchster Gefahr.*

Ewald Klee war, nachdem Inge ihm mit einer Geste von der Terrasse aus bedeutet hatte, es könne noch etwas länger dauern, spazieren gegangen. Das Wohngebiet, in dem Lydia Kronberg mit ihrer Familie bis vor wenigen Stunden noch gelebt hatte, zeugte von einem unaufgeregten Wohlstand, der sich nicht gerade durch Individualität hervortat. Die Reihenhäuser unterschieden sich lediglich in der Art der Eingangsbereiche und der Begrenzung der Grundstücke. Den Drei- und Fahrrädern zufolge schienen alle Bewohner Kinder zu haben. Schon beim Anblick dieser Familienidylle mit Gartenschaukel und Sandkasten erfasste Ewald sein schlechtes Gewissen, und die unzähligen Diskussionen mit Grit echoten in seinem Ohr.

„Willst du dich ein Leben lang nur mit dir selbst beschäftigen? Immer nur Verantwortung für deine Geschäfte übernehmen? Da ist dir kein Risiko zu hoch, aber eine Familie zu gründen, das ist dir zu viel!"

Seit Grit die Fünfunddreißig überschritten hatte, war sie geradezu besessen von dem Gedanken, schwanger zu werden, und es verging kein Wochenende, an dem sie nicht wieder davon anfing.

„Glaubst du, ich will meinem Kind eine Großmutter sein?"

Abgesehen von der Altersfrage war sie davon überzeugt, dass es ihm, Ewald, viel besser ginge, wenn er eine, wie sie meinte, echte Aufgabe hätte.

Er sah das anders: „Ich komme schon mit meinem eigenen Leben nicht klar. Wie soll ich ein guter Vater sein?"

„Es würde vielleicht reichen, wenn du überhaupt einer sein wolltest."

Genau hier lag das Problem, und in all den Gesprächen, die meistens in Streitereien endeten, hatte er nie gewagt, einfach die Wahrheit zu sagen, weil er fürchtete, Grit würde ihn danach sofort verlassen: Er mochte keine Kinder.

Keine Kinder zu mögen war in seinen Kreisen ein absolutes *No Go*. Alle Kollegen und Freunde hatten mindestens eine Tochter oder einen Sohn, Tendenz steigend. Glücklich war, wer zeugte, wenigstens vier Wochen Vaterschaftsurlaub nahm, Windeln wechseln konnte und sich nicht zu schade war, einen Teil des von Chauffeurtätigkeiten, Waschen, Einkaufen, Kochen und Aufräumen bestimmten Haushalts zu übernehmen. Ewald Klee hatte derlei Ambitionen nicht. Kinder waren ihm suspekt, er wusste nicht mit ihnen umzugehen, und er bezweifelte, dass sich das grundsätzliche Unbehagen gegenüber kleinen Mädchen und Jungs legen würde, bloß weil er ihr Erzeuger wäre. Es handelte sich nämlich um ein ganz grundsätzliches Unvermögen, sich auf Unkontrolliertes und Gefühlsbetontes einzulassen, er kam einfach nicht mit einem Gegenüber klar, das er nicht einschätzen konnte. Und Kinder hielt er für gänzlich unberechenbar. Der Gedanke, sein Leben mit kleinen emotionalen Zeitbomben zu verbringen, die er nicht würde entschärfen können, missfiel ihm, und in aufrichtigen Momenten wusste er, dass diese Tatsache im Grunde das Ende der Beziehung mit Grit schon besiegelt hatte. Doch noch versuchte er dieser Wahrheit so gut es ging auszuweichen und sich zwei gleichsam unrealistische Möglichkeiten einzureden: Entweder gäbe er Grit gegenüber nach, um sie nicht zu verlieren, oder Grit gäbe aus Liebe zu ihm ihren Kinderwunsch auf.

Wenn sie mich verlässt, dachte er plötzlich, nehme ich mir eine Auszeit und fahre mit dem Motorrad durch Patagonien.

Oder lerne einen anderen Beruf.

Oder mache eine Zeit lang gar nichts.

Frei sein. Tun und lassen, was ich mag, ohne dafür Rechenschaft ablegen zu müssen. Alleine sein, ohne mich für die Freude an der Einsamkeit zu schämen. Fünfmal die Woche essen gehen und immer das Gleiche bestellen. Laufen gehen, wann und so viel ich will, und danach ungeduscht frühstücken. Hier musste Ewald Klee lächeln, denn genau das hatte er an diesem Morgen mit Inge getan. Und sich großartig dabei gefühlt. Überhaupt tat ihm die Gesellschaft dieser Kommissarin gut. Seit sie ihm drei Tage zuvor praktisch in die Arme gefallen war, fühlte sich sein Leben nicht an, als wäre er im Krankenhaus angekommen, sondern mitten in einem Abenteuerfilm. Vorgestern hatten sie noch mit zwei Frauen an einem Tisch gesessen, von denen heute die eine tot und die andere verschwunden war. Wie war das möglich? Ellen konnte doch nicht einfach vom Erdboden verschluckt worden sein. Und schon gar nicht mit einem grasgrünen VW-Polo. Warum suchten sie nicht nach ihrem Wagen? Aber wo? Wenn sie auf der Flucht vor etwas sein sollte, wäre sie längst über alle Grenzen hinweg. Was aber, wenn sie gar nicht so weit gekommen war? Wenn sie tatsächlich nach Hause gewollt hatte und ihr auf dem Weg dorthin etwas zugestoßen war? Dann musste das Auto irgendwo zwischen der Klinik und Rostock sein. Mit oder ohne Ellen. Sein Herz schlug schneller. Zum ersten Mal wurde ihm bewusst, dass die junge Frau ernsthaft in Gefahr sein könnte und dass er in den Live-Ticker eines echten Verbrechens hineingeraten war. Bisher hatte er das Ganze als Spiel betrachtet, nun aber wurden ihm die Knie flau und er musste stehen bleiben, um seinen beschleunigten Atem zu beruhigen.

Es war ein sonniger Sonntag im April, der Tag versprach warm zu werden und Ewald sorgte sich seit langer Zeit wieder ernsthaft um einen anderen Menschen. Schnell machte er auf dem Absatz kehrt und ging zügigen Schrittes in die Richtung, aus der er gekommen war. Auch wenn Inge ihn für verrückt erklärte – er würde nach dem grünen Polo suchen.

Die beiden Kommissarinnen standen an Sylvia Eberstätters Wagen gelehnt. Klaus Kronberg hatten sie mit der Bitte entlassen, sich am nächsten Tag im Polizeipräsidium einzufinden, dann mit seiner Tochter, die von einer Psychologin befragt werden musste. Kinder, so hatte Inge Nowak im Laufe ihrer langjährigen Ermittlungstätigkeit gelernt, wussten oft viel mehr, als die Erwachsenen dachten. Sie verfügten über feinere Sensoren und unterschieden auf einer emotionalen Ebene genauer zwischen wichtigen und unwichtigen Ereignissen. Es wäre gut möglich, dass Lydia Kronbergs Tochter eine Gefahr gespürt hatte, noch bevor sie sich gezeigt hatte, möglicherweise hatte sie gesehen, was in dem Umschlag gewesen war, und eventuell hatte sie ein Gespräch zwischen ihrer Mutter und ihrer Tante belauscht. Oft waren es nur abstrakte Bilder, die darüber Aufschluss gaben, wie Kinder die Welt von Erwachsenen sahen und in dieser Vorstellungskraft lag nicht selten der Schlüssel zum wirklichen Geschehen. Doch dies herauszufinden wäre Aufgabe eines Profis, der sich in die Psyche eines Kindes hineinversetzen konnte und mit seinen Fragen keinen Schaden anrichten würde. Zu oft hatte Inge Nowak erlebt, dass Kollegen keine Rücksicht auf traumatisierte Kinder nahmen, die gerade einen Elternteil verloren hatten, und mit ihrer unnachahmlich unsensiblen Polizei-Manier die Grundlage für Angst und Misstrauen legten.

„Er mochte die Schwester seiner Frau nicht besonders, oder?" Sylvia Eberstätter schaute Inge fragend an.

„Er mochte auch seine Frau nicht besonders."

„Wie kommen Sie darauf?"

„Ich habe unter dem Schock mehr Wut als Trauer gespürt. Als ob er sich von ihr sitzengelassen fühlt."

„Spricht nicht dafür, dass er sie hat ermorden lassen?"

„Eigentlich nicht. Aber ausschließen würde ich es auch nicht." Inge Nowak winkte dem sich nähernden Ewald zu. „Auf jeden Fall hat irgendjemand den Inhalt eines Briefes, den Ellen Weyer an ihre Schwester geschickt hat. Sofern es keine falsche Spur ist, die man uns legen will. Aber davon gehen wir jetzt einfach mal nicht aus. Und das bedeutet ..."

„... dass dieser Jemand nach diesem Etwas zuvor bei der Absenderin gesucht haben könnte."

„Genau."

„Oder Ellen Weyer hat sich etwas wiedergeholt, was ihre Schwester ihr nicht zurückgeben wollte."

„Und sie kaltblütig mit einem Nackenschuss erledigen lassen? Solche grausamen Schwestern gibt es nicht einmal in Grimms Märchen! Außerdem ist das teuer. So was kostet gerne mal zwischen 30.000 und 40.000 Euro. Also, ich habe Ellen Weyer, wenn auch nur flüchtig, kennengelernt. Sie hat mir weder den Eindruck gemacht, als hätte sie Kontakt zu Profikillern noch das nötige Kleingeld, um sie zu bezahlen." Inge zog die Augenbrauen hoch. „Außerdem waren Sie doch heute Morgen noch davon überzeugt, dass Ellen es nicht getan hat."

„Bin ich immer noch. Ich wollte es nur noch einmal in Erwägung ziehen."

„Hören Sie auf Ihren Bauch. Auf mehr als Ihre Intuition können Sie sich im Moment sowieso nicht verlassen."

„Eigentlich spielt es ja keine Rolle, ob sie Täterin oder Opfer ist. Wir haben zwei Morde und in beide scheint sie irgendwie involviert zu sein." Sie sah Inge fragend an. „Schreiben wir eine Fahndung nach Ellen Weyer aus?"

„Ich an Ihrer Stelle täte es." Nowak nickte aufmunternd.

In diesem Augenblick erblickte Sylvia Eberstätter Timo Heiser und machte mit einer kurzen Handbewegung auf sich aufmerksam.

„Mein Kollege", sagte sie.

„Dann haben wir ja beide wieder einen Mann an unserer Seite und können uns wieder trennen." Noch bevor sie den Satz zu Ende gesprochen hatte, war ihr klar, welchen Unfug sie redete. Was hatte sie damit bloß andeuten wollen?

„Schade eigentlich", murmelte die Oberkommissarin.

„Schicken Sie mir eine SMS, wenn Sie mich brauchen, ich schaue hin und wieder auf mein Handy. Telefonieren ist ja in der Klinik verboten", erwiderte Inge Nowak betont locker, und auch diesen Kommentar hätte sie sich lieber geschenkt. Hatte sie sich nicht vorgenommen, sich von jetzt an aus dem Fall herauszuhalten? Schnell reichte sie Sylvia Eberstätter die Hand und verabschiedete sich förmlich, bevor sie noch mehr sagen konnte, was ihr später leidtat.

Ewald war kaum in der Lage, seine Aufregung zu unterdrücken: „Wir müssen sie suchen, jetzt gleich!"

„Das ist Sache der Polizei. Die Fahndung nach Ellen läuft bald an. Alle Beamten in der Nähe werden die Augen offenhalten. Wenn sie noch hier in der Umgebung ist, wird es nicht lange dauern, bis man sie gefunden hat. Es sei denn …" Sie wartete darauf, dass er ihr den Helm reichte.

„Was?"

„Nichts."

„Bist du genervt?"

„Wieso?"

„Du machst den Eindruck."

„Genervt ist das falsche Wort. Es ist, als ob ich eine Ladehemmung hätte."

„Auf wen willst du denn schießen?"

„Nicht gleich schießen, erst mal Jagd machen."

„Und auf wen?"

„Auf was", korrigierte sie ihn. „Auf Informationen. Wir wissen viel zu wenig über die Opfer. Und über ihre Verbindung zueinander. Wenn es denn eine gibt."

„Stimmt doch gar nicht", erwiderte Ewald und nahm einen kleinen Ast, der am Straßenrand lag. Damit malte er drei Kreise in den staubigen Feldweg, in dem er die Maschine abgestellt hatte. „Wir haben Angela, Ellen und ihre Schwester." Für jede der Frauen schrieb er den Anfangsbuchstaben ihres Vornamens in den Kreis. „E. und L. sind miteinander verwandt und sie hatten etwas zusammen geplant, woraus L. dann ausgestiegen ist. E. und A. kennen sich aus der Klinik. Ob L. und A. sich kennen, ist fraglich. A. und L. kennen beide E. Das heißt: E. ist der Dreh- und Angelpunkt."

„Wenn Angela und Ellen sich erst in der Klinik kennengelernt haben und Ellen etwas mit dem Tod von Angela zu tun hat, dann steht Angelas Tod in Zusammenhang mit der Klinik", folgerte Inge Nowak. „Und Lydia wurde erst später involviert."

„Oder der Mord an Angela hat überhaupt nichts mit Ellen zu tun, sondern war von langer Hand geplant und der Täter will uns glauben machen, dass Ellen die Täterin ist."

„Warum?"

„Um von etwas ganz anderem abzulenken." Er runzelte die Stirn. „Hast du eigentlich ein Gespür für Mörder?"

„Was für ein Gespür?"

„Kannst du einschätzen, ob jemand in der Lage wäre, einen anderen zu töten oder nicht?"

„Wäre nicht jeder in der Lage, einen anderen zu töten, um selbst zu überleben?"

„Geht es denn immer darum zu überleben?"

„Im Grunde schon." Inge Nowak beschloss, das Gespräch ernst zu nehmen und sich zum Zeichen ihres Interesses eine Zigarette anzuzünden. „Selbst wenn jemand aus Wut oder Eifersucht tötet, ist es doch immer der Versuch, sich von etwas zu lösen, mit dem er nicht leben kann. Oder zumindest glaubt er das. Jemand weiß zu viel von einem, jemand verletzt das Ego, jemand hat etwas, was man selbst meint, haben zu müssen. So gesehen geht es immer um die Rettung einer Vorstellung von sich selbst, selbst wenn die Idee der eigenen Identität ein Trugschluss ist."

„Interessant. Das heißt derjenige, der Angela getötet hat, musste sich von etwas befreien."

„Wahrscheinlich."

„Und der Mörder von Lydia Kronberg auch?"

„Er selbst wahrscheinlich nicht." Sie biss sich auf die Lippen.

„Wieso?"

„Darf ich dir nicht sagen."

„Glaubst du, ich verkaufe es an die *Bild*-Zeitung?"

Inge Nowak lächelte. „Nein, das glaube ich nicht. Aber trotzdem sind es interne Ermittlungsergebnisse, die außerdem noch nicht bewiesen sind."

„Du vertraust mir nicht." Demonstrativ setzte er seinen Helm auf und bestieg die Maschine.

Sie legte ihm beruhigend die Hand auf die Schulter. „Doch", sagte sie. „Ich weiß zwar nicht, warum, aber ich vertraue dir." Sie warf ihre Zigarettenkippe auf den Boden und trat sie aus. Marit hätte ihr dafür einen Vortrag über Umweltverschmutzung gehalten, und sie war froh, dass weit und breit niemand war, der sie daran erinnerte, dass sie beabsichtigte, bei der nächsten Bürgermeister-Wahl für eine grüne Kandidatin zu stimmen. „An Lydia Kronberg wollte sich jemand nicht die Hände schmutzig machen und hat es einen Profi tun lassen. Die Sorte Mensch, die skrupellos genug ist, sich Skrupellosigkeit zu kaufen. Es gibt genug Leute, die für Geld töten. Im Übrigen doch auch, um sich von etwas zu befreien: von jeglicher Form der Moral und Verantwortung."

„Ein Berufskiller?“ Ewald Klee staunte nicht schlecht. Allmählich nahmen die Ereignisse wirklich hollywoodeske Züge an.

„Ich denke schon … Aber keine Angst – er wird schon längst über alle Berge sein. Und gesehen hat ihn wahrscheinlich auch niemand. Den kriegen wir nur, wenn wir herausfinden, wer ein Interesse am Tod des Opfers gehabt haben könnte.“

„Hast du eine Idee?“

„Dieselbe Person, die dem Ehemann von Angela Esser den Mord an seiner Frau unterschieben wollte“, sagte sie. Und plötzlich schien sie etwas zu verstehen: „Nein, hier versucht niemand, Ellen Weyer etwas anzuhängen. Denn wenn sie mich nicht gebeten hätte, sie anzurufen, wäre niemand außer ihrem Nachbarn auf die Idee gekommen, sie überhaupt zu vermissen. Nur Jens Wiskamp – und der ist auch verschwunden. Hier agiert eine Person auf hohem strategischem Niveau, um die Kontrolle zu behalten. Gefühle tun hier gar nichts zur Sache.“ Dann setzte sie den Helm auf und schwang sich eleganter als beim ersten Mal auf die Rückbank. „Und deshalb hast du vollkommen recht: Wir sollten Ellens Wagen finden.“

„Aber zuerst fahren wir in die *Seerose*. Um zwei ist das kurze Info-Meeting zum Schlafentzug, das dürfen wir auf keinen Fall verpassen.“

„Nein“, stimmte Inge zu. „Und das Mittagessen auch nicht.“

Diesmal fuhr Ewald Klee etwas schneller, und seine Mitfahrerin merkte es nicht einmal.

„Wir können doch nicht alles auf eigene Faust machen.“

„Ich mache nichts auf eigene Faust. Mein Chef meldet sich nicht, ich habe eine neue Leiche auf dem Tisch und zufälligerweise eine kompetente Kollegin, auf deren Rat ich zurückgreifen kann. Und“, Sylvia Eberstätter holte tief Luft: „ich habe keine Lust mehr, immer nur zuzuschauen. Ich bin lange genug im Dienst, um zu wissen, was zu tun ist. Und du eigentlich auch.“

Timo Heiser sah sie perplex an: „Aha.“

Aber seine Kollegin war noch nicht fertig. „Weißt du, wie ich das finde, dass er sein Handy abgeschaltet hat? Das Letzte! Eine Ahnung, wie oft ich mit Fieber und Erkältung ins Büro gekommen bin? Aber der Herr Hauptkommissar kann sich nicht mal telefonisch erkundigen, was bei uns los ist. Gestern hat er noch herumkommandiert und angeordnet, sofort Essers Computer aus dem Hotel holen zu lassen. Wäre ja mal schön zu wissen, warum. Jetzt ist er so krank, dass er das vergessen hat? Ich weiß nicht mal, ob der sich vom Bereitschaftsdienst abgemeldet hat oder denkt, das sei meine Aufgabe. Für mich ist er im Dienst und nicht anwesend. Punkt. Und das bedeutet, ich bin seine Stellvertreterin und handlungsbefugt.“

Sie hatte Timo Heiser inzwischen auf den Stand der Dinge gebracht, die Fahndung nach Ellen Weyer ausgegeben und einen richterlichen Eilbeschluss für die Hausdurchsuchung ihrer Wohnung beantragt.

„Wenn mich wer fragt, wo Werle ist, werde ich sagen: am Wohnort des Hauptverdächtigen.“ Sie verzog das Gesicht. „Das Problem ist nur, dass wir den Hauptverdächtigen heute Abend gehen lassen müssen.“

„Der Hauptverdächtige wird mit Sicherheit schon früher gehen. Sein Anwalt kommt heute Nachmittag mit seiner Tochter aus Berlin, und wenn wir nichts gegen ihn in der Hand haben, wird er ihn sicher mitnehmen."

„Soll er. Ich halte ihn sowieso für unschuldig. Habt ihr etwas auf seinem Notebook gefunden?"

„Nichts, was auf illegale Machenschaft hindeutet. Und das ominöse Konto, auf das Geld geflossen ist, ist übrigens sein eigenes. Ein Online-Sparkonto, auf dem es mehr Zinsen gibt als auf seiner Bank."

„Die Berliner Kommissarin denkt übrigens, wir sollten ihn eingehender als Zeugen befragen, weniger als Verdächtigen. Vielleicht weiß er mehr, als ihm selbst bewusst ist."

„Ich glaube nicht, dass er nach der Nacht in der Zelle noch besonders kooperativ ist und mit uns reden will."

„Mit uns vielleicht nicht …"

„Du willst deine Miss Marple schon wieder einschalten?"

Seine Kollegin funkelte ihn an. „Sie ist keine Miss Marple. Sie ist, unserem neuen Rechtsmediziner zufolge, bekannt dafür, dass sie die kompliziertesten Fälle aufklärt und die cleversten Täter überführt. Man hat sogar schon einen Anschlag auf sie verübt."

„Das qualifiziert sie natürlich."

Schweigen.

„Eifersüchtig?", fragte sie vorsichtig.

„Quatsch", erwiderte er ärgerlich. „Ich würde nur gerne langsam mal was mitentscheiden."

„Okay. Dann entscheiden wir jetzt zusammen, dass sie mit ihm reden soll, bevor der Anwalt kommt. Kann doch nur nützen." Sie reichte ihm das Telefon. „Fragst du sie?"

„Ich?"

„Klar, wieso nicht?"

„Nummer?“

Sylvia Eberstätter diktierte ihm die Nummer aus ihrem Handy.

„Schreib ihr eine SMS, dass sie dich zurückrufen soll.“ Dann stand sie auf und verließ den Raum. Sie wollte ihrem Kollegen nicht das Gefühl geben, ihn zu kontrollieren.

Wenig später trafen sie sich auf dem Gang wieder, Timo trug seine Jacke unter dem Arm.

„Gehst du weg?“

Er grinste. „Ich hole sie ab.“

„Hallo, Herr Esser.“

„Wer sind Sie und was wollen Sie?“ Er sah schlecht aus, man sah ihm an, dass er geweint und nicht viel geschlafen hatte.

„Ich bin Patientin in der *Seerose*. Und ich saß mit Ihrer Frau an einem Tisch.“

Sofort entspannten sich seine Gesichtszüge und Tränen stiegen ihm in die Augen. „Ach, ja?“

„Ja. Ich bin erst vor ein paar Tagen angekommen und habe Ihre Frau nur kurz kennengelernt.“ Sie deutet auf einen der beiden Stühle, die an dem kleinen leeren Tisch mitten im Raum standen. „Wollen wir uns setzen?“

Er nickte.

Als sie einander gegenübersaßen, schlug er die Hände vors Gesicht und sagte fast unhörbar: „Ein Albtraum. Das Ganze ist ein Horror.“ Er sah auf. „Die denken, ich hätte Angela umgebracht!“

„Ich weiß. Aber ich denke das nicht. Und ich bin zufällig Kommissarin von Beruf.“

Nervös suchte er ihren Blick. „Sie sind doch von der Polizei?“

„Ja, allerdings nicht bei der Rostocker Kripo und außerdem nicht im Dienst." Sie holte tief Luft. „Ich bin überzeugt, dass Sie Ihre Frau nicht getötet haben, Herr Esser. Ich will herausfinden, wer es wirklich war. Aber was ich hier gerade mache, kann mich meine Karriere kosten. Ich bin also auf Ihre Diskretion angewiesen." Inge Nowak wusste, dass derlei Kommentare ihr Gegenüber normalerweise milder stimmten. „Kann ich Ihnen vertrauen?"

„Kann ich Ihnen denn vertrauen?"

„Ja." Sie hielt seinem Blick lange stand.

„Was wollen Sie wissen?", fragte er schließlich.

„Alles. Mit wem Angela außerhalb und innerhalb der Klinik Kontakt hatte. Ob es Patienten gab, zu denen Sie eine besondere Beziehung hatte. Hat Sie von Fremden erzählt? Hat sie etwas besonders bedrückt? Gab es irgendwelche Vorkommnisse in den letzten Tagen oder Wochen, etwas, das sich Ihnen eingeprägt hat? Und vor allem: Warum hat sie Medikamente genommen, die ihr nicht verordnet wurden?"

„Was für Medikamente?" Jürgen Esser schaute sie erstaunt an. „Angela hätte niemals etwas eingenommen, ohne ihre Ärzte zu informieren. Sie hatte viel zu viel Angst vor den Nebenwirkungen. Überhaupt nahm sie ungern Tabletten. Es hat Monate gedauert, bis sie bereit war, das erste Antidepressivum zu nehmen. Wir mussten ihr alle gut zureden. Sie dachte, sie würde abhängig werden."

„Das ist eigenartig. Denn tatsächlich hat sie, zumindest am Tag ihres Todes, Valium genommen." Sie hatte das am Morgen in Sylvia Eberstätters Notizen gelesen und sich schon da gewundert.

„Valium? Niemals. Ihr Vater war valiumabhängig. Das hätte sie nie freiwillig geschluckt, da bin ich ganz sicher."

Er dachte nach. „Aber das erklärt, warum sie manchmal so schläfrig war. Besonders abends, wenn wir telefoniert haben. Ich dachte schon, sie nimmt ein Schlafmittel, aber sie hat es immer abgestritten."

„Im Protokoll steht, Sie haben sich Sorgen um Ihre Frau gemacht."

„Ja, aber eigentlich war ich eifersüchtig." Er biss sich auf die Lippen. „Ich hatte das Gefühl, dass sie mir etwas verheimlicht."

„Seit wann?"

„Seit einer Woche ungefähr. Sie war plötzlich immer verabredet, angeblich mit der Journalistin aus Rostock. Einmal waren sie sogar abends bei ihr in der Wohnung. Hat sie jedenfalls gesagt." Er schluckte. „Wissen Sie, ich habe meiner Frau vertraut, wir haben uns immer die Wahrheit gesagt. Man merkt, wenn jemand dann anfängt zu lügen."

Ich weiß, dachte Inge Nowak. „Und, haben Sie Angela zur Rede gestellt?"

„Ja. Also, nein. Wir wollten das Wochenende in einem schönen Hotel bei Rostock verbringen und miteinander reden. Sie hat gesagt, sie muss mir etwas erzählen, aber das will sie nicht am Telefon machen." Er fuhr sich mit der Hand über die Stirn. „Und dass sie mich liebt."

Inge Nowak hatte ein großes Bedürfnis, diesen erschütterten Mann zu trösten, aber sie wusste, dass das zu weit gehen würde. „Ich bin mir sicher, das hat sie auch getan. Jedenfalls", und das sagte sie so sanft wie möglich, „hat sie sich sehr auf Ihren Besuch gefreut."

„Wissen Sie," platzte es plötzlich aus ihm heraus, „wir wollten noch mal ganz von vorne anfangen. Auswandern. Lateinamerika, das war unser ganz großer Traum. Ich habe sogar angefangen, Spanisch zu lernen. In ein paar Wochen wollte ich mit Angela nach Costa Rica fliegen. Eine Überraschung zu unserem Hochzeitstag.“ Er senkte den Kopf. „Am 22. Juni wären wir dreißig Jahre verheiratet gewesen.“

„Das ist eine lange Zeit“, sagte die Kommissarin leise.

Er nickte, fuhr sich mit seinen großen Händen ungelenk durchs Gesicht und richtete sich wieder auf. „Was soll ich denn jetzt machen?“

„Ich habe gehört, Ihr Anwalt kommt gleich?“

„Ja, meine Tochter hat sich darum gekümmert.“

„Sie dürfen wahrscheinlich die Gegend vorerst nicht verlassen.“

„Aber wie lange denn?“

„Bis Sie nicht mehr als tatverdächtig gelten.“

„Und wie lange wird das noch dauern?“

„Längstens, bis man den Mörder Ihrer Frau gefunden hat.“

„Aber der Kommissar hier denkt ...“

„Besprechen Sie das alles mit Ihrem Anwalt und vergessen Sie meinen Besuch. Wenn Sie unschuldig sind, sind Sie bald frei. Falls Ihnen noch irgendetwas einfällt, wenden Sie sich an Oberkommissarin Eberstätter. Mich finden Sie privat in der Klinik, Zimmer 101.“ Inge Nowak stand auf. „Machen Sie es gut.“

Er drückte leicht ihre Hand. „Danke.“

Kaum hatte sie den Teil des Polizeipräsidiums verlassen, in dem die Zellen untergebracht waren, saß sie bereits wieder neben Timo Heiser im Auto und war auf dem Weg zu Ellen Weyers Wohnung.

„Meine Kollegin ist schon dort.“

„Geht schnell bei euch mit den richterlichen Anordnungen.“

„Bei uns ist nicht ganz so viel los wie in Berlin.“

Den Rest der Fahrt sprachen sie nicht viel. Inge Nowak wollte nicht zweimal das Gleiche erzählen und von ihrem Besuch bei Jürgen Esser erst berichten, wenn sie alle zusammen wären. Bis dahin dachte sie über das nach, was Jürgen Esser über die Angst seiner Frau vor Tablettenabhängigkeit gesagt hatte. Sie musste unbedingt Einsicht in Angelas Krankenakte bekommen. Und mit Hoffmann über die Obduktion reden. Wie lange war die Halbwertszeit von Valium? Konnte es sein, dass ihr das Medikament verabreicht worden war, um sie leichter zu töten? Überhaupt hatten sie noch nicht hinreichend in Erfahrung gebracht, wo Angela Esser ihren Mörder getroffen hatte. In der Klinik? Außerhalb? Und wo genau? Waren sie zusammen zum Strand gelaufen, hatten sie sich am Raucherraum getroffen?

„Wer hat eigentlich Angela Esser zuletzt gesehen?", fragte sie Heiser.

„Eine Krankenschwester."

„Dieselbe, die sie später identifiziert hat?"

„Ja, Agathe Simonis. Sie hat mitbekommen, wie die Frau um halb zehn die Klinik verlassen hat."

„Hat sie sich nicht gewundert?"

„Haben wir auch gefragt. Aber sie meint, viele Patienten würden sich vor dem Schlafengehen noch mal die Beine vertreten."

„Ist sie über die Terrasse oder den Haupteingang hinausgegangen?"

„Zur Straße hin."

„Eigenartig."

„Die Krankenschwester dachte, sie wollte auf dem Parkplatz auf ihren Mann warten, der von München hierher unterwegs war: Deshalb kam es ihr nicht komisch vor."

„Auch nicht, dass sie nicht wieder zurückkam?"

„Sie ist kurz danach ins Schwesternzimmer gegangen und um zehn Uhr hat sie die Eingangstür abgeschlossen. Wer in der Zwischenzeit das Haus betreten oder verlassen hat, weiß sie nicht. Die Schwestern haben strikte Anweisung, um 22 Uhr die Klinik zu schließen. Ganz gleich, wer dann drin oder draußen ist."

„Verstehe."

Der Wagen hielt ziemlich genau dort, wo Ewald Klee am Vortag das Motorrad geparkt hatte. Inge Nowak versuchte möglichst zügig den Hof zu überqueren, doch der Alte am Fenster hatte sie gleich erblickt.

„Hallo, Sie!", rief er, und die Hauptkommissarin winkte ihm offensiv zu, als wäre es das Normalste von der Welt, dass sie diesmal mit einem Polizeiaufgebot vorbeikäme.

Drinnen war die Spurensicherung schon am Werk, Sylvia Eberstätter inspizierte gerade das Badezimmer.

„Und, schon was gefunden?", wollte ihr Kollege wissen.

„Wenn wir wüssten, wonach wir suchen, wäre es einfacher."

„Hallo, Frau Nowak", begrüßte sie dann Inge. „Haben Sie etwas Neues für uns?"

„Angela Esser hat etwas vor ihrem Mann verheimlicht. Ganz offenbar hatte es mit Ellen zu tun. Sie war angeblich auch hier in dieser Wohnung gewesen. Er dachte allerdings, sie hätte einen Kurschatten."

„Und, könnte das sein?"

„Glaube ich nicht. Letzte Woche machte sie keinen besonders verliebten Eindruck. Im Gegenteil. Auf mich wirkte sie kurz vor ihrem Tod ziemlich in sich gekehrt und niedergeschlagen."

„Vielleicht hat es nicht geklappt. Sie wollte mehr von dem Mann, er fühlte sich bedrängt, war vielleicht verheiratet, hatte Angst, dass seine Frau von dem Seitensprung erfährt, und hat die Geliebte erschlagen, die ihm zu viel wurde?“, warf Heiser ein.

Inge Nowak verkniff sich die Frage, was den Oberkommissar so sicher machte, dass Angela Esser, wenn überhaupt, automatisch ein Verhältnis mit einem Mann gehabt haben sollte, aber sie ging davon aus, dass er sie nicht einmal im Ansatz verstanden hätte. Stattdessen schüttelte sie nur den Kopf. „Unwahrscheinlich.“ Dann hielt sie inne. „Obwohl es vielleicht doch einen Gedanken wert ist. Denn wir suchen auch eine Person, die darüber informiert war, dass der Ehemann kommen würde. Die wusste, in welchem Hotel er war, und die aus seinem Wagen den Benzinkanister gestohlen hat.“

„Und die Gummistiefel, die wir immer noch nicht gefunden haben.“

„Also lautet die Frage: Wer wusste, wann der Ehemann käme und wo er wohnen würde?“

„Alle in der Klinik.“

„Falsch. Ich zum Beispiel wusste nur, dass er kommt. Und ich saß mit Angela am selben Tisch. Ich glaube nicht, dass sehr viele Leute darüber informiert waren, wo Jürgen Esser übernachten würde. Nur die, die schon länger in der Klinik waren und seine vorangegangenen Besuche registriert hatten. Denn der Täter musste ja auch das Auto wiedererkennen.“ Inge Nowak schaute vom einen zur anderen. „Wir brauchen eine Liste aller Patienten, die mit Angela Esser angekommen sind.“

Timo Heiser zückte sein Handy. „Ich rufe in der Klinik an.“

„Moment!“, rief die Hauptkommissarin. „Die Information bekommen wir nicht ohne richterlichen Beschluss, das sind sensible Daten. Und wir brauchen noch mehr: den detaillierten Behandlungsplan von Angela Esser. Und die Krankenakte von Ellen Weyer. Sie waren beide in der gleichen Therapie-Gruppe. In meiner, nämlich. Das heißt, wir müssen dringend mit den Bezugstherapeuten sprechen. Das sind Frau Dr. Meyfarth und Herr Dr. Zikowski. Schön wäre, das heute noch zu tun."

Die beiden Oberkommissare schauten sie nur an. So viele logische Anordnungen in zwei Sätzen bekamen sie selten.

„Entschuldigen Sie, ich wollte Ihnen nicht in Ihren Fall reden. Das wären nur die Dinge, die ich täte, wenn es meiner wäre."

„Betrachten Sie es einfach auch als Ihren", sagte Sylvia Eberstätter lächelnd und Timo Heiser ergänzte: „Der Richter in Bereitschaft ist Dr. Gerber. Der hat mir erzählt, dass er heute mit seinem Sohn beim Golfturnier in Warnemünde ist. Da fahre ich schnell hin, wenn ich ihn erreiche. Mit ein bisschen Glück kriegen wir den Beschluss heute noch."

„Okay. Dann bleiben wir hier am Ball?", fragte Sylvia Eberstätter mit Blick zu Inge Nowak.

„Ich würde mich gerne noch ein wenig hier umsehen und dann meinen Lieblingsdoktor treffen, sofern er nicht in Berlin ist."

„Wieso sollte er in Berlin sein?", fragte die Oberkommissarin nach.

Irgendwann würde sie es doch erfahren, Gert Hoffmann hielt seine Lebensweise nicht geheim. Und vielleicht wäre es besser, wenn Sylvia Eberstätters mögliche Hoffnungen von Inge zerschlagen würden.

„Er ist verheiratet. Sein Mann lebt dort."

Wenn die Oberkommissarin von Hoffmanns Homosexualität schokiert war, konnte sie es gut verbergen. Eine gewisse Enttäuschung jedoch schien Inge in dem Kommentar: „Wie schön", deutlich mitzuschwingen, vielleicht aber war das nur ihrer eigenen Verunsicherung geschuldet.

„Ich kümmere mich dann jetzt mal um den Anwalt von Jürgen Esser", sagte Timo, der dem Gespräch gefolgt war und sich nun mit einem Tippen an die Stirn verabschiedete.

„Um den sollte sich eigentlich ein anderer kümmern", murmelte Eberstätter, als ihr Kollege gegangen war.

„Sauer auf den Chef?", fragte Inge.

„Ja und nein. Ist auch mal was anderes." Sie lächelte. „Macht Spaß mit Ihnen."

„Danke."

„Aber dass er sich so überhaupt nicht meldet, verstehe ich wirklich nicht."

In diesem Augenblick klingelte Inge Nowaks Handy. Kaum hatte sie das Gespräch angenommen, machte sie bereits eine Geste zum Zeichen, dass der Anruf wichtig war.

„Du rührst dich nicht vom Fleck, hörst du? Wo bist du genau?" Sie sah besorgt aus, während sie ins Telefon sprach. „Gut. Dann wartest du jetzt da, bis wir kommen. Und gehst da nicht wieder hin, egal, was passiert, klar?"

Noch mit dem Handy am Ohr sagte sie zu Sylvia Eberstätter: „Ewald hat das Auto von Ellen gefunden. An einer Hütte in einem Waldstück ganz in der Nähe."

Die Zeit war stehengeblieben und Erich Werle nahm seine Kündigung dafür in Kauf, mit dieser Frau auf diesem

Segelboot an diesem Tag auf dem Starnberger See herumtreiben zu dürfen. Niemals zuvor hatte er eine Krankheit vorgetäuscht, um der Arbeit fernzubleiben, nicht einmal in der Schule hatte er je blau gemacht. Sein Pflichtbewusstsein war bis zum Vortag durchaus intakt gewesen, seit einigen Stunden allerdings vollkommen außer Kraft gesetzt. Er würde solange an Helenes Seite bleiben, wie sie ihn ließe, koste es, was es wolle.

Sie lag neben ihm und sah ihn an. „Müsstest du nicht längst schon wieder auf dem Nachhauseweg sein?"

Er bejahte brummend.

„Bekommst du keinen Ärger?"

„Ich bin krank. Liebeskrank. Was soll ich da machen, außer mich ordnungsgemäß abmelden? Und das habe ich gestern getan. Die kommen auch ohne mich klar. Du hast selbst gesagt, es wäre nur Wichtigtuerei, wenn man meint, dass man unentbehrlich ist." Er drehte seinen Kopf zu ihr. „Willst du mich loswerden?"

„Mache ich den Eindruck?"

„Ich weiß nicht. Ich kenne dich ja nicht. Vielleicht verbringst du ja mit Männern, die du magst, zwar Nächte, aber keine Tage?"

„So wie du mit Frauen?"

„Zum Beispiel."

Sie rollte sich halb auf ihn, stützte sich seitlich auf und sah ihn herausfordernd an. „Und wie viel Zeit gibst du mir noch?"

Ihr Kopf verdeckte die Sonne am Himmel und er konnte deutlich die Zeichen der Zeit in ihrem Gesicht sehen. Sie war ungeschminkt, ihre Haut leicht gebräunt, sie musste viel Zeit draußen sein. Ihre Augen blitzten beinahe angriffslustig und sahen ihn dabei doch so liebevoll an, dass er den Blick fast nicht aushielt. Wieder ergriff ihn ein Gefühl der Rührung, und um etwas zu tun, legte er seine Hand auf ihre Wange. Sie hielt sie fest, verbarg ihren Mund darin und küsste die raue Innenfläche.

„Wahrscheinlich hört es sich komisch an“, sagte er, „und du glaubst mir nicht. Aber mir ist so was noch nie passiert.“

„Dass du verliebt bist?“

„Dass ich so verliebt bin.“

„Warum sollte ich dir das nicht glauben?“

„Weil ich es mir selbst kaum glauben kann.“

Sollte es in den Gehirnwindungen von Kriminalhauptkommissar Erich Werle noch den Ansatz eines schlechten Gewissens gegeben haben, dass er womöglich die Ermittlungen im Fall Esser aufhielt, schwanden sie ebenso sanft dahin, wie das Boot auf den Wellen schaukelte.

„Es wäre wunderbar, wenn du morgen früh neben mir liegen würdest, wenn ich aufwache“, sagte sie.

„Hier?“ Er grinste.

„Egal, wo.“ Sie grinste zurück. „Ich muss nur um acht Uhr im Dienst sein.“

Und in diesem Augenblick hörte sich Erich Werle etwas sagen, was er niemals zu träumen gewagt hatte: „Dann räume eben ich den Frühstückstisch ab.“

Als Sylvia Eberstätter und Inge Nowak vorfuhren, hatte die Polizei die Einfahrt zu dem Waldstück bereits abgesperrt. Nun waren einzelne Beamte auf dem sonntäglich gut besuchten Waldweg unterwegs, um die Hütte weiträumig von den Spaziergängern und Joggern abzuschirmen, die bereits von einer Spezialeinheit umstellt war. Sylvia Eberstätter hatte nach Ewalds Anruf schnell und präzise die richtigen Anweisungen gegeben, und Inge Nowak dachte, dass Erkner es nicht besser gemacht hätte. Erkner, der jetzt zu Hause ihre Vertretung übernommen hatte, an ihrem Schreibtisch saß und dessen Platz Verónica vorübergehend eingenommen hatte. Vorübergehend? Würde sie jemals in ihr Büro zurückkehren? Inge erschrak bei dem Gedanken. Wie kam sie auf eine solche Idee? Noch dazu, wo sie gerade mitten in einem Einsatz steckte? Die irritierenden Gedanken verflogen, als sie Ewald Klee auf sich zukommen sah.

„Hatte ich gesagt, du sollst den Wagen holen, Harry?“, scherzte sie und dann ernster: „Du bleibst bitte hier an der Straße, es könnte noch schwierig werden.“

Dann verschwand sie mit Sylvia Eberstätter in Richtung der Hütte. Die Einsatzleitung hatte ein gewisser Dieter Merkel, ein gelassener Mann, dem man ansah, dass er derlei Situationen schon oft gemeistert hatte.

„Etwas dagegen, wenn ich das übernehme? Ich weiß, wie man mit Leuten reden muss, die Angst haben, sich verschanzen und möglicherweise eine Waffe haben. Das kann schnell eskalieren und es ist wichtig, von Anfang an Druck aufzubauen“, sagte er.

Unschlüssig blickte Sylvia Eberstätter in Inge Nowaks Richtung, die ihr beruhigend zunickte. Dann antwortete sie: „In Ordnung.“

Nach drei vergeblichen Versuchen, die in der Hütte Vermuteten zum Herauskommen zu bewegen und mit Zustimmung der Kommissarin, ließ Dieter Merkel das Objekt stürmen. Die beiden Frauen näherten sich der geöffneten Tür erst, als über das Funkgerät die Meldung kam, es befänden sich zwei Personen darin, von denen keine Gefahr ausginge.

Schon beim Betreten der Hütte spürte Inge Nowak den Tod. Es war nicht der Gestank nach Erbrochenem und Fäkalien, hier roch alles nach Angst. Und als sie in das inzwischen von den Beamten geöffnete Erdloch hinuntersah, begriff sie auch, warum: Zwei leblose Körper lagen nebeneinander wie weggeworfene Puppen.

Sicherheitshalber standen dennoch zwei Kollegen mit Waffen im Anschlag bereit, als sich ein Beamter daranmachte, die Leiter anzustellen und hinunterzuklettern. Sekunden später schaute er auf: „Er ist tot, sie lebt noch. Aber ihr Puls ist kaum noch zu spüren."

Inge Nowak wusste, wie es weitergehen würde: Mit viel Glück käme der schnell gerufene Krankenwagen rechtzeitig und brächte die bewusstlose Ellen Weyer mit Blaulicht in die Notaufnahme des nächsten Krankenhauses. Wenn die Sanitäter aber irgendwo steckenblieben, keine Ambulanz in der Nähe wäre und das Schicksal sich nicht auf ihre Seite stellte, würde die junge Frau sehr bald in einem Plastiksack abtransportiert.

„Schreiben Sie Ihrem Chef eine SMS", sagte Inge Nowak. „Zweieinhalb zusätzliche Tote sollten ihn nun wirklich interessieren."

Sylvia Eberstätter nickte stumm und holte ihr Handy aus der Tasche. Inzwischen war auch Timo Heiser zum Tatort gekommen und stand ebenso ratlos wie seine Kollegin am Auto.

„Wir müssen das melden. Das Ganze. Auch, dass Werle nicht da ist. Wir brauchen Unterstützung. Sonst kommen wir in Teufels Küche."

„Langsam, langsam", beruhigte ihn Inge Nowak. „Für die Tatsache, dass er in einem laufenden Fall nicht erreichbar ist, kann man ihm ein Disziplinarverfahren anhängen. Das machen wir anders. Sie tun so, als ob Sie telefonisch mit ihm in Verbindung stehen. Damit ist er Ihr Ansprechpartner. Er geht einer heißen Spur in München nach und gibt Ihnen von dort aus Anweisung. Und zwar sämtliche, die ich ihnen gleich geben werde, wenn Sie mir das gestatten." Sie schaute von einem zur anderen. „Oder wollen Sie Ihren Chef in die Pfanne hauen?"

Beide schüttelten den Kopf.

„Gut, dann machen wir jetzt erst mal eine Lagebesprechung und vielleicht meldet sich der gute Herr Werle ja mal oder ist sogar schon unterwegs hierher." Sie überlegte. „Wie ist der Chef Ihres Präsidiums?"

„Ährmann, eigentlich ganz in Ordnung. Mischt sich wenig ein."

„Gut. Ist er sonntags im Büro?"

„Nie."

„Auch gut. Falls er eine Ausnahme macht und wissen will, warum man Ihren Chef nicht erreichen kann, sagen Sie, sein Akku ist leer und er meldet sich regelmäßig über Festnetz."

Jetzt erst sah Inge aus dem Augenwinkel, dass Ewald kreidebleich auf seinem Motorrad saß und auf die Straße starrte. Sie entschuldigte sich bei den beiden Kommissaren und ging zu ihm.

„Es ist meistens nicht so schlimm, wie es aussieht." Leicht legte sie ihm die Hand auf die Schulter und ließ sie einen Moment liegen. „Ich glaube, sie kommt durch."

„Was hat man denn mit ihr gemacht?", fragte er mit dünner Stimme.

„Weiß ich noch nicht. Aber ich finde es heraus." Sie schaute aufmunternd zu ihm hoch. „Du hast ihr wahrscheinlich das Leben gerettet. Soll ich dich befördern?"

Er versuchte ein Lächeln zustande zu bringen. „Von wo nach wo?"

„Vom Praktikanten zum Trainee?"

„Einverstanden."

„Gut, dann fährst du jetzt in die Klinik und hältst dich für nächste Aufgaben bereit. Ich brauche dich nämlich da. Und ein paar Informationen, die du mit deinem unvergleichlichen Charme bestimmt schnell bekommst. Ich melde mich." Sie grinste. „Schlafen dürfen wir ja sowieso nicht, da können wir auch arbeiten, oder?"

„Perfekt." Er setzte seinen Helm auf, startete die Maschine und fuhr davon. Allerdings etwas forscher als zuvor.

Der Mensch war einer Intuition gefolgt. Die Sache mit Lydia Kronberg hatte sich wie ein Lauffeuer herumgesprochen, er ging davon aus, dass damit der Stick in den richtigen Händen war. Wenn er jetzt noch in puncto Ellen Weyer auf Nummer sicher ginge, könnte er endlich seine Koffer packen.

Schon von Weitem sah er die Einsatzwagen der Polizei, und zum ersten Mal seit Wochen bekam der Mensch feuchte Hände. Er versuchte möglichst unbeteiligt an dem abgesperrten Waldweg vorbeizufahren, und als es weit genug hinter ihm lag, gab er Gas. Seine Gedanken verselbständigten sich. Wenn Ellen Weyer bereits tot war, wovon auszugehen war, könnte er in aller Ruhe seine Flucht vorbereiten. Wenn sie allerdings noch lebte, stellte sie eine echte Gefahr für ihn dar. Er müsste mit allen Mitteln verhindern, dass sie vernommen würde.

Ruhig, beschwor er sich, ganz ruhig. Noch ist nichts verloren. Es ist nur der Film im Kopf, der das Schlimmste auf die innere Leinwand bannt.

Doch als das Martinshorn ertönte und er im Rückspiegel den Rettungswagen auf ihn zurasen sah, wusste er sofort, dass das Schlimmste gerade seinen Lauf nahm. Und dass er etwas unternehmen musste.

Erich Werles Schreibtisch machte einen derart aufgeräumten Eindruck, dass Inge Nowak sich fragte, ob er je daran arbeitete. Er schien weder Dinge notieren noch nachschauen zu müssen, denn es gab keine Stifte und kein Papier, geschweige denn einen Computer. Sie setzte sich auf einen der beiden Holzstühle davor, als ob der nicht anwesende Hauptkommissar ihr gegenübersäße.

„Falls hier jemand fragt, wer ich bin: eine Zeugin aus der Klinik, die sowohl Angela Esser als auch Ellen Weyer kennt, okay?" Dann drehte sie sich mitsamt dem Stuhl zu Eberstätter und Heiser um. „Bevor wir anfangen, noch ein Vorschlag – können wir uns duzen?"

„Gerne, ich bin Sylvia."

„Timo."

„Inge. Also, was haben wir?"

Timo hatte bereits eine Magnettafel herangerollt und einen blauen Stift in die Hand genommen.

Sylvia setzte sich links neben Inge und sagte: „Drei Morde und einen Mordversuch."

Inge wollte gerade etwas ergänzen, als es an der Tür klopfte. Noch bevor sie ganz geöffnet war, erkannte Inge eine vertraute Stimme: „Es wird Zeit, dass du die Gegend wieder verlässt, Nowak. Seit du hier bist, türmen sich die Leichen auf meinem Tisch." Hoffmann betrat das Büro und grinste in die Runde. „Dachte mir schon, dass das eine mit dem anderen zusammenhängt."

„Wieso?"

„Der Kollege, der eigentlich mit der Schusswunde des Fotografen beschäftigt wäre, wollte lieber wieder zurück auf die Hochzeit, bei der er Trauzeuge war. Bei der Fallübergabe hat er mir erzählt, dass die Begleiterin des Toten im Krankenhaus liegt und jede Menge Medikamente intus hat. Und da habe ich mir erlaubt, mit dem zuständigen Arzt zu telefonieren und eine Blutprobe der Frau in der Klinik anzufordern.

„Und?"

„Die Gute hat einen Medikamentencocktail verabreicht bekommen, den zehn Pferde umhauen würden. Ein Wunder, dass ihre inneren Organe dabei nicht schlappgemacht haben. Aber das Beste kommt noch: Es gibt dieselbe eigenartige Mischung von Substanzen, die ich auch bei Angela Esser gefunden habe. Diazepam, Pregabalin und noch irgendetwas, was ich nicht zuordnen kann. Also übersetzt: zwei Antikonvulsiva, die gegen Epilepsie und als Psychopharmaka eingesetzt werden, gemixt mit einem mir bisher unbekannten Stoff."

„Interessant", sagt Inge. „Noch, was?"

„Der Fotograf wurde mit einem schnöden Kleinkaliber umgeblasen", erklärte Hoffmann weiter. „Der Täter ist sehr nah rangegangen, hat etwa einen Meter weggestanden, während das Opfer in seinem Auto gesessen hat. Dann erst wurde der Tote in das Erdloch geschafft."

„DNA?"

„Träum weiter. Wollte euch nur mal kurz den Zusammenhang vermelden."

„Danke, Gert", sagte Inge Nowak, „ich liebe Männer, die mitdenken."

„Ich auch." Er zwinkerte ihr zu. „Ich geh dann mal weiterspielen. Hatte eh nichts anderes am Wochenende vor. Musst du nicht irgendwann wieder in deiner Zelle sein?"

„Sondertherapie. Ich darf heute Nacht machen, was ich will, außer ins Bett gehen."

„Na, dann viel Spaß. In Rostock klappen sie gegen zehn die Bürgersteige hoch." Er verabschiedete sich mit einem Handzeichen und gab praktisch Göckel die Klinke in die Hand, der mit einer Kiste im Türrahmen stand.

„Wo soll ich die Sachen aus der Wohnung der Journalistin hinstellen?"

Sylvia Eberstätter deutete auf ihren Schreibtisch und räumte eine Ecke frei.

„Kontoauszüge, Steuerbescheide, die Post und der Inhalt ihres Schreibtischs."

„Danke. Gibst du gleich alles, was wir sonst noch haben, zur Analyse?"

„Da spielt sich vor morgen Mittag sowieso nichts ab", erwiderte der Leiter der Spurensicherung. „Aber ich kümmere mich darum. Schönen Sonntag noch!" Und schon war er wieder verschwunden.

„Kann ich mal die Post sehen?" Inge Nowak deutete auf die Kiste.

Sylvia suchte einige Umschläge heraus und reichte sie ihr. „Wo waren wir stehengeblieben?"

„Bei drei Morden und einem Mordversuch. Fassen wir zusammen, was wir wissen." Und mit Blick auf Timo: „Notierst du?"

Er nickte, löste die Kappe von dem Whiteboard-Stift und wandte sich der Tafel zu.

„Die drei Toten sind der Reihe nach: Angela Esser, Jens Wiskamp und Lydia Kronberg. Wenn wir davon ausgehen, dass der gleiche Täter, der Jens Wiskamp erschossen hat, auch Ellen Weyer vergiften wollte, dann ist es derselbe, der auch Angela Esser auf dem Gewissen hat. Beide Frauen waren Patientinnen in der *Seerose*, beide waren vollgepumpt mit der gleichen Art von Medikamenten."

„Du vermutest den Täter im Umkreis der Klinik?", wollte Sylvia wissen.

„Vielleicht. Aber der Mord an Ellens Schwester passt nicht dazu. Warum hat die Person, die den Mord an Lydia Kronberg in Auftrag gegeben hat, nicht auch die anderen beiden Morde gekauft? Im Vergleich dazu ist sowohl die Tötungsart von Angela Esser als auch die von Jens Wiskamp dilettantisch. Bei beiden ist es eine Frage der Zeit, bis wir wissen, wer dahinter steckt. Wieso wollte der Täter ausgerechnet bei der Anwältin die Spuren verwischen?"

„Und wenn es nicht derselbe ist?"

Inge Nowak hatte inzwischen einen Briefbogen aufgefaltet. „Verstehe", murmelte sie vor sich hin.

„Was verstehst du?"

Inge ließ das Blatt Papier sinken. „Worum es hier geht." Sie deutete auf den Brief in ihren Händen und sagte: „Das ist eine Mahnung von der Unibibliothek. Ellen hat die Ausleihfrist für zwei Bücher überzogen. Soll ich euch mal die Titel vorlesen?"

„Nun mach es nicht so spannend!", drängte Timo.

„*Die Pillenmafia. Korrupte Ärzte, gierige Pharmakonzerne*. Und das zweite: *Einfach schlucken. Wie Patienten missbraucht werden*."

Timo pfiff durch die Zähne. „Natürlich. Sie war einem dicken Pharmaskandal auf der Spur. Deshalb auch die Reaktion ihrer Schwester, die kalte Füße bekommen hat."

„Das heißt", sagte Sylvia, „Ellen Weyer war überhaupt nicht krank. Sie wollte nur in der Klinik herumspionieren, um etwas zu enthüllen."

„Was ein unbekannter Dritter unbedingt geheim halten will“, schloss Inge. Sie überlegte einen Moment, dann sagte sie: „Beide Patientinnen erster Klasse. Das heißt, sie fallen unter die Obhut von Professor Welp.“

„Du denkst, der Chefarzt steckt hinter allem?“

„Ich denke nur laut. Wir haben gegen niemanden etwas in der Hand. Bisher stellen wir nur wilde Vermutungen an. Sonst nichts.“

„Was hat Ellen Weyer ihrer Schwester geschickt?“

„Ihre Rechercheergebnisse“, mutmaßte Timo.

„Wozu?“

„Tablettenmissbrauch?“

„Kein Mediziner lässt heutzutage Patienten umbringen, nur um zu verhindern, dass die Öffentlichkeit erfährt, dass er für die Verschreibung bestimmter Medikamente Prozente kassiert. Das ist doch gang und gäbe.“ Sylvia schüttelte den Kopf. „Da steckt etwas anderes dahinter.“

Inge Nowak stand plötzlich auf, ging ans Fenster und sah in den Himmel. Dann drehte sie sich langsam um. „Und ich glaube, ich weiß auch, was.“

Ewald Klee hatte nicht lange gebraucht, um nach dem kurzen Telefonat mit Inge einen passenden Gesprächspartner zu finden. Der Mann war um die fünfzig, trug einen auffälligen Schnurrbart und kam, seinem Dialekt nach zu urteilen, aus Ewalds Heimat. Er war dem Manager durch seine eher derben Kommentare gegenüber Mitpatienten und eine gewisse Rastlosigkeit aufgefallen. Er schien alle zu kennen und bewegte sich, als ob er in der Klinik zu Hause wäre. Ob man so wird, dachte Ewald, wenn man zu lange bleibt?

„Entschuldigung“, sagte er und deutete auf den freien Sessel neben ihm. „Darf ich mich setzen?“

„Klar doch.“

„Ich bin Ewald“, begann er und hielt ihm die Rechte hin.

„Stefan.“ Er drückte seine Hand fest und strahlte ihn an. „Neu, gell?“

„Freitag angekommen.“

„Lebst dich bestimmt schnell ein, die *Seerose* ist spitze.“

„Wie lange bist du denn schon hier?“

„Sechs Wochen. Ist aber schon mein drittes Mal. Hoffnungsloser Fall.“ Er lachte und dehnte mit den beiden Daumen seine breiten Hosenträger, die er über einem karierten Hemd trug.

Für Ewald Klee war die Kleidung seines Gegenübers das, was seine Mutter einen *Aufzug* genannt hätte, und er hatte Mühe, nicht auf die karierten Socken zu starren, die durch die Zwischenräume der sportiven Sandalen schienen.

„Wird hier öfter mal jemand um die Ecke gebracht?“ Ewald versuchte betont lässig zu klingen.

Stefan grinste. „Nee, ist das erste Mal. Aber sonst immer das gleiche Programm.“

„Auch die Ärzte und Therapeuten?“

„Ich hab immer andere. Mich will keiner zweimal.“ Er musterte Ewald. „Und wie heißt dein Problem?“

Glücklicherweise setzte sich in diesem Augenblick unaufgefordert ein etwa Zwanzigjähriger zu ihnen.

„Habt ihr schon gehört? Es ist noch jemand umgebracht worden. Diesmal die Schwester einer ehemaligen Patientin von hier.“ Seine Stimme klang ängstlich. „Meint ihr, das ist ein Psychopath, der es auf Menschen wie uns abgesehen hat?“

„Du meinst, auf Irre?“ Stefan nahm einen Schluck Wasser aus dem Glas, das vor ihm auf dem Marmortisch stand. „Da macht er aber Nägel mit Knöpfen, wenn er gleich die ganze Familie abserviert. Hat doch schon mal einer gemacht, aber in größerem Stil, oder?“

Der Jüngere zog die Augenbrauchen hoch und wandte sich an Ewald: „Ich bin übrigens Mirko.“

„Hallo.“ Ewald nannte seinen Namen. „Sagt mal, wart ihr eigentlich schon mal beim Chefarzt persönlich?“

„Ich bin zweite Klasse, für mich hat der keine Zeit. Ist aber ein cooler Typ“, antwortete Stefan.

„Ich war schon zweimal bei ihm“, sagte Mirko. „der hat ziemlich was drauf. Was er einem sagt, hat Hand und Fuß. Der nimmt kein Blatt vor den Mund.“

„Ich hab gehört, er verschreibt gerne Tabletten.“

„Mir nicht.“ Mirko schüttelte den Kopf. „Der setzt doch vielmehr auf seine eigenen Therapiemethoden.“

„Auf was denn zum Beispiel?“, fragte Ewald nach.

„Hypnose. Das ist total faszinierend. Der versetzt dich echt in eine Art Trance. Er fragt dich Dinge, und du hörst dich selbst antworten, als wärst du jemand anders.“

„Klingt nicht besonders verlockend.“

„Das ist nicht so, wie man das aus Filmen kennt. Man ist die ganze Zeit wach. Es ist bloß, als würde man antworten, ohne vorher nachzudenken. Man sagt einfach, was man im Kopf hat, und man sagt Sachen, die man sich normalerweise dreimal überlegt. Also ich bin jedenfalls dann unheimlich ehrlich. Auch mir selbst gegenüber.“

Verstehe, dachte Ewald und machte sich innerlich Notizen, um später Inge Bericht zu erstatten.

„Hier kriegt man nicht mehr Tabletten, als man sowieso schon hat. Mir dosieren Sie immer alles runter. Oder geben mir neue Pillen, die überhaupt nicht wirken. So homophatisches Zeugs."

Ewald konnte sich gerade noch verkneifen, Stefan zu verbessern, beinahe hätte ihn seine Ausbildernatur überkommen.

„Ich bin froh, dass ich genug Rezepte dabei habe, um bei Bedarf aufzustocken." Das letzte hatte Stefan ihnen zugeflüstert und sprach jetzt wieder lauter. „Die sind schon in Ordnung hier. Würden am liebsten alles mit Sport in den Griff kriegen. Hauptsache Entspannung und Bewegung. Ich hab vielleicht einen Muskelkater vom Walken und Schwimmen vorige Woche! Ich bin jeden Abend so fertig, da schlafe ich von ganz alleine, und für schlechte Stimmung habe ich gar keine Zeit. Das geht erst wieder los, wenn ich zu Hause bin." Bei diesen Worten wandte er sich Mirko zu. „Falls ich da jemals wieder ankomme und mich nicht vorher dein Psychopath umbringt."

„Sehr witzig. Alle reden darüber, die Schwestern auch."

„Die Ärzte nicht?", fragte Ewald.

„Die sind doch am Wochenende gar nicht da. Nur einer für Notfälle. Der kommt, wenn er angerufen wird."

„Wohnen die denn alle hier in der Nähe?"

„Welp wohnt ganz schick in einer Villa bei Warnemünde. Der Rest wohnt entweder in Rostock oder hier." Stefan holte ein Päckchen Kaugummi aus seiner Trainingsjacke und bot den andern beiden davon an. „Zikowski zum Beispiel wohnt in einer Ferienwohnung."

„Woher weißt du das denn? Warst du mal da?"

„Quatsch. Ich habe ihn in seinem Garten gesehen. Müsste auch mal was dran gemacht werden. Aber der macht sich im Leben nicht für einen hübschen Rasen die Hände dreckig."

„Ich finde den in Ordnung", verteidigte Mirko den Arzt. „Ich bin in seiner Gruppe, und das ist ganz toll."

„Habe ich was gegen ihn gesagt? Der war ja letztes Jahr auch mein Bezugstherapeut. Voll okay. Trotzdem hat der in seinem ganzen Leben noch nichts Richtiges gearbeitet. Nur studiert wie blöde. Und alles nur, um so Deppen wie mir zu helfen, das richtige Programm im Oberstübchen einzuschalten."

Ewald Klee fragte sich, ob Stefan tatsächlich so wenig von sich hielt oder ob er mit dem Minderwertigkeitskomplex nur kokettierte. Er war ein Typ Mann, mit dem er vor Wochen kein einziges Wort gewechselt hätte. Dem er Äppelwoi und Bembel ebenso zutraute wie die Mitgliedschaft in einem Roland-Koch-Fanclub, dessen große Klappe ihn außerhalb dieser Klinik eher abgestoßen als angezogen und an dessen psychische Befindlichkeit er sicher keinen Gedanken verschwendet hätte.

„Ankerklause nach dem Essen?", fragte Stefan plötzlich.

Mirko verneinte. „Ich bin schon mit Anita zum Scrabbeln verabredet."

„Vielleicht komme ich später dazu", antwortete Ewald, der vermutete, dass von einer Kneipe die Rede war. „Ich mache heute Schlafentzug."

„Ach, du Scheiße. Dann musst du morgen früh auch zum Beklopptenhüpfen." Stefan tippte sich an die Stirn. „Hab ich noch nie gemacht. Solange ich schon hierherkomme. Es gibt Sachen, die mache ich nicht. Punkt. Bin doch nicht im Kindergarten."

„Er meint den Tanz der fünf Rhythmen", erklärte Mirko beruhigend. „Eigentlich macht das Spaß. Ist wie eine große Disko mit ganz vielen Leuten, lauter Musik und im Dunkeln. Dauert drei Stunden und danach bist du fix und fertig. Es kommen viele Gefühle hoch, wie auf Droge. Total intensiv. In jeder Hinsicht."

„Aha", sagte Ewald, der eine etwas therapeutischere Erklärung dafür von Schwester Agathe bekommen hatte. „Ihr zwei macht mir ja Mut!" Er blickte zum Speisesaal, der wenige Minuten zuvor geöffnet worden war, und stand auf. „Ich gehe essen, kommt ihr mit?"

Inge Nowak betrat die Klinik alleine, eine halbe Stunde, bevor die Abendessenszeit zu Ende war. Sylvia und Timo warteten draußen und kamen erst zehn Minuten später herein. Am Empfang betätigten sie die Glocke und kurz darauf erschien Schwester Agathe.

Förmlich legte Timo den Beschluss für die Beschlagnahmung der Krankenakte von Ellen Weyer und die Einsicht in die Behandlungspläne der letzten Wochen vor.

„Aber das ist nicht so einfach. Wir haben die Behandlungspläne im Computer und jetzt ist niemand von der Verwaltung da, der Ihnen da helfen kann." Schwester Agathe schien untröstlich und gleichzeitig ein wenig panisch. Sie schien gewisse organisatorische Probleme vorauszusehen. „Und außerdem muss ich da erst den Herrn Professor fragen."

„Wir müssen überhaupt niemanden fragen", erwiderte der Oberkommissar freundlich, „das ist ein richterlicher Beschluss. Man hat versucht, auch Ellen Weyer, die Tischnachbarin von Angela Esser zu töten, ihr Freund und ihre Schwester wurden ermordet. Das reicht, um hier in der Klinik alles zu beschlagnahmen und sämtliche Computer einfach mitzunehmen." Letzteres stimmte ganz und gar nicht, aber die brutalen Neuigkeiten zeigten ihre Wirkung.

„Um Gottes willen!“ Agathe Simonis wechselte von einem Moment auf den anderen die Farbe und bekam Hitzeflecken im Gesicht.

„Sie können aber auch jemanden organisieren, der uns dabei hilft, die Daten jetzt und hier einzusehen. Dann kommt nichts durcheinander.“

Die Oberschwester bat, wegen der Computer den Verwaltungsleiter anrufen zu dürfen. Und natürlich den Chefarzt wegen der Krankenakten.

„Würden Sie uns vorher noch den Tisch zeigen, an dem Ellen Weyer und Angela Esser gesessen haben? Wir würden uns gern noch einmal mit ihren Tischnachbarn unterhalten.“

„Ich bringe Sie hin. Wollen Sie vielleicht auch einen Happen essen?“

„Nein, danke. Aber ein Glas Wasser wäre nett.“

„Das bekommen Sie am Tresen. Da ist ein Zapfhahn für Mineralwasser mit und ohne Sprudel.“

Schwester Agathe führte die beiden Kommissare durch den Speisesaal und alle Blicke ruhten auf ihnen, als sie den Raum durchquerten, hin zum letzten Tisch in der Ecke, an dem Ewald Klee und Inge Nowak saßen.

„Jetzt denken alle, wir sind die Mörder“, flüsterte Ewald.

„Schlimm?“, fragte Inge leise zurück.

„Ich habe mir in meinem ganzen Leben nicht ein einziges Mal etwas zuschulden kommen lassen. Nicht mal einen Lutscher geklaut. Und jetzt gleich ein Gewaltverbrechen!“

„Das geht oft schneller, als man denkt. Und nun reiß dich zusammen, damit niemand merkt, dass wir den hohen Besuch gut kennen.“

Vielleicht, so dachte Inge Nowak, würde die Tatsache, dass die Polizei erneut im Hause war und das Gespräch mit ihnen suchte, jemanden nervös machen, möglicherweise ergriffe er oder sie die Flucht. Doch die vier hatten nicht lange Gelegenheit, die Anwesenden zu verunsichern, denn schon nach kurzer Zeit erschien Schwester Agathe wieder am Tisch. Sie war sichtlich erleichtert.

„Der Verwaltungsleiter, Herr Vogel, kommt selbst. Er wird in einer halben Stunde da sein. Wollen Sie solange hier warten?"

„Wir würden uns gerne ein wenig in der Klinik umsehen. Wäre es in Ordnung, wenn uns Herr Klee und Frau Nowak die Räumlichkeiten zeigen würden?"

„Natürlich", stimmte die Krankenschwester zu. „Die beiden kennen sich ja hier schon ein bisschen aus."

„Gibt es gerade einen Arzt im Haus?"

„Frau Dr. Nestmann. Sie hat Bereitschaft. Sie müsste in ihrem Zimmer sein."

„Wo ist das genau?"

„Im Erdgeschoss, im Nebentrakt. Da sind alle Therapeuten und Ärzte untergebracht. Die Namen stehen jeweils an der Tür. Aber außer Frau Dr. Nestmann ist heute niemand da."

„Wo ist denn das Büro des Chefarztes?", wollte Sylvia Eberstätter wissen.

„Auch dort, ganz am Ende des Gangs, auf der linken Seite. Ich habe dem Herrn Professor übrigens Bescheid gesagt. Er ist auch auf dem Weg." Sie schüttelte ungläubig den Kopf. „Er ist ganz außer sich wegen der schrecklichen Dinge, die passiert sind …"

Sie bedankten sich bei Schwester Agathe, und Inge Nowak führte die drei direkt in ihr Zimmer.

„Wenn meine Vermutung stimmt, muss irgendjemand heute Nacht aktiv werden. Es wird nicht so schwierig sein, die Lage hier zu beobachten: Fünfzehn Schlafentzug-Kandidaten werden herumgeistern und versuchen sich zu beschäftigen. Drei wollen die Nacht in Rostock verbringen, der Rest hält sich mit Sport, Filmen oder Spielen wach. Es wird also sowieso ein wenig Unruhe herrschen."

„Wichtig ist, dass wir all diejenigen im Auge behalten, die Zugang zu den Krankenakten haben, richtig?", fragte Sylvia.

„Alle Akten werden im Hauptbüro der Verwaltung aufbewahrt, bis auf die von den Patienten, die gerade behandelt werden. Deren Unterlagen sind bei den jeweiligen Ärzten oder im Umlauf", erläuterte Timo. „Die Oberschwester weiß darüber bestens Bescheid."

„Soso", murmelte Inge.

„Denkst du, sie hängt mit drin?"

„Keine Ahnung, möglich ist alles. Sie wäre bei dieser Art von Geschäft sicher eine große Hilfe."

„Also: Wer etwas Auffälliges sieht, meldet es nach draußen, damit wir denjenigen festsetzen können, der versucht, etwas aus der Klinik zu schmuggeln. Medikamente, Kisten, Ordner, Computer – wir müssen einfach sehr wachsam sein."

„Timo, du nimmst dir jetzt aber zuallererst den Herrn Professor vor. Versuch ihn aus der Reserve zu locken, du musst ihn provozieren. Wenn er etwas damit zu tun hat, muss er Angst bekommen, mögliche Komplizen kontaktieren und handeln."

Inge sah dem jungen Oberkommissar an, dass er sich der Aufgabe nicht wirklich gewachsen fühlte.

„Pass auf: Du bist die Polizei, du bist das Gesetz. Und du kannst auch einen Chefarzt jederzeit für ein paar Stunden in Gewahrsam nehmen. Das heißt, du bist der Boss. Und so musst du ihm gegenüber auftreten. Überheblich und selbstsicher. Als wärst du der Chef deines Chefs." Sie lächelte. „Er weiß nämlich nicht, dass du das nicht bist, Herr Kommissar."

Timo atmete durch. „Ich versuche es."

„Du, Ewald, hältst dich im Foyer auf und schickst ungesehen eine SMS an Sylvia, sobald jemand in Richtung Arztzimmer kommt oder geht."

„Und du?"

„Ich muss mich ein kleines bisschen ausruhen, bevor das hier alles losgeht. Immerhin bin ich krankgeschrieben. Ich komme später dazu."

„Aber wehe, du schläfst!", drohte Ewald.

„Keine Sorge. Gegen meine Schlafstörungen kommt auch die allergrößte Erschöpfung nicht an. Und jetzt raus mit euch!"

Sergej hatte vor dem Verlassen der Hansestadt ordnungsgemäß das Fahrrad zurückgebracht und in einem Touristenlokal ein Fischgericht gegessen. Um 15.28 Uhr war er zuerst in einen Bus und kurze Zeit später in die S-Bahn nach Rostock gestiegen, um 16.34 Uhr in die Regionalbahn nach Berlin. Am dortigen Hauptbahnhof hatte er sich auf der Toilette umgezogen, war mit dem Taxi zum Flughafen Tegel gefahren und hatte ein Ticket für die Businessklasse in der letzten Maschine nach Heathrow gekauft, das er bar bezahlt hatte. Nach einem langen und nur mäßig erfolgreichen Arbeitstag landete er planmäßig um 22.15 Uhr in London.

Sein Handy klingelte, als er sich gerade bei einer Thai-Massage entspannte.

„Ja", sagte er.

„Ja", erwiderte er auch auf die zweite Frage.

„Nein", war seine dritte Antwort.

Am anderen Ende redete jemand plötzlich viel und laut. Sergej wartete höflich, bis sein Gesprächspartner fertig gesprochen hatte. Dann sagte er, was er zu sagen hatte.

„Übergabe Morgen um 12 Uhr. London, *Wetherspoons*, erster Stock, *Victoria Station*. Stick gegen Geld."

Kurzes Schweigen, dann sagte die Stimme am anderen Ende knapp: „Wir schicken jemanden."

Damit war das Gespräch beendet.

Sergej war nicht neugierig. Er würde seine Beute in keinen Computer schieben, um zu sehen, wofür sein Opfer hatte sterben müssen. Es gab immer einen Grund zu töten. Und er wollte ihn nie wissen.

Die Gänge des Rostocker Klinikums schienen kein Ende zu nehmen. Der Mensch trug einen weißen Kittel und sein sicherer, sanfter Gang auf dem hellen Linoleum verriet, dass er sich hier nicht zum ersten Mal aufhielt. Für einen kurzen Moment wurde er melancholisch, erinnerte sich an seine Facharztausbildung und die Träume, die er gehabt hatte. Die Dinge waren anders gekommen. Der Wunsch nach einer Familie und Kindern hatte sich nicht erfüllt, der Reichtum aber war zum Greifen nah. Gut Ding will Weile haben, hatte sein Mentor an der Universität immer gesagt und wie oft waren es die Geduld und seine Beharrlichkeit gewesen, die ihn weitergebracht hatten. Auch jetzt würde er nicht aufgeben. Schon gar nicht so kurz vor dem Ziel.

Die Studien waren fast abgeschlossen, alle Tests waren ausgewertet, und die Ergebnisse konnten sich sehen lassen. Seine Auftraggeber waren zufrieden mit ihm und würden ihm dafür, da war der Mensch ganz sicher, einen Platz in einer der oberen Etagen anbieten. Die Dinge an entscheidender Stelle mitentwickeln, das war es, was er wollte: Macht und Einfluss. Mit einem Chauffeur zur Arbeit fahren, fürstlich wohnen und in guter Gesellschaft sein. Die Menschen um ihn herum von ausgesuchter Höflichkeit und guter Erziehung. Klavierabende, vielleicht Kammermusik im kleinen Kreis. Und endlich gepflegte Unterhaltungen. Sydney, Buenos Aires oder doch New York?

Das Krankenzimmer zu betreten war einfacher, als der Mensch es sich vorgestellt hatte. Der uniformierte Beamte auf dem Stuhl davor akzeptierte ohne Nachfragen seinen längst abgelaufenen Klinikausweis und ließ ihn auf einer Liste unterschreiben. Niemand hielt ihn davon ab, die Tür zu öffnen und das Privatzimmer zu betreten. Ellen Weyer war überhaupt kein Typ für die erste Klasse, das hatte der Mensch schon bei ihrer ersten Begegnung gedacht. Sie verdankte es einzig und allein ihrem Vater, dass sie sich privat versichern konnte. Eine unterdurchschnittliche Klatschpresseschreiberin, die sich maßlos überschätzte. Das hatte sie nun davon. Man musste im Leben eben ein bisschen mehr aufbringen als nur den Mut, sich in Gefahr zu begeben.

Die Patientin, so dachte der Mensch ironisch, ist ganz offenbar wieder über den Berg. Dann ging er um das Bett herum, griff in die rechte Tasche seines Kittels und zog eine Spritze heraus.

Ich hätte dich gleich töten sollen.

Der Mensch, der bereits bei zwei Menschen keine Gnade hatte walten lassen, zog die Spritze mit der Flüssigkeit auf, die er aus der linken Tasche geholt hatte, und setzte zu seinem dritten Mord an.

„Lassen Sie das.“ Inge Nowak trat langsam hinter der Tür des Badezimmers hervor. „Nehmen Sie lieber die Hände hoch.“

Der Mensch fuhr erschrocken herum und begriff sofort, dass er in die Falle gegangen war. In Sekundenschnelle erfasste er die Situation, sah seine eben noch wunderbar anmutende Zukunft in einem fernen Land schwinden und sich in einem deutschen Gefängnis. Kleine graue Zelle. Für den Rest seines Lebens.

Vor zwei Tagen war die Frau noch seine Patientin gewesen, nun richtete sie eine Pistole auf ihn. Wie rasch sich die Verhältnisse ändern konnten, dachte er und reagierte ebenso schnell. Unvermittelt warf er ihr die Spritze entgegen, nutzte den Moment der Irritation, stieg auf den Hocker, der vor dem schnell geöffneten Fenster stand, und kletterte von dort auf die Fensterbank.

„Nicht!“, rief Inge Nowak, ging vorsichtig in die Knie und legte langsam ihre Waffe auf den Boden.

Einen Augenblick zögerte der Mensch und musterte die Kommissarin, wie sie nun mit erhobenen Händen vor ihm stand. Ein wenig verstört, so als verstünde er die Geste nicht. Vielleicht mit einer vagen Hoffnung, diesen letzten Schritt nicht gehen zu müssen. Doch dann erinnerte er sich, dass er nur eine einzige Wahl hatte: die zwischen Pest und Cholera.

Der Mensch sprang nicht. Er ließ sich einfach aus dem dritten Stock fallen.

„Scheiße“, murmelte Inge Nowak, rief ihren Kollegen vor der Tür und nach einem Notarzt. Dann wählte sie die Nummer von Sylvia Eberstätter.

Sie waren nicht lange unter Deck geblieben. Verónica hatte sich zweimal zum Salsatanzen auffordern lassen und Johanna hatte ihr bewundernd dabei zugesehen, wie sie sich leichtfüßig über die Tanzfläche bewegte.

„Sieht toll aus, wenn du tanzt."

„Danke. Willst du auch mal? Ich führ dich und zeig dir ein paar Schritte."

Johanna hatte den Kopf geschüttelt und war trotzdem ungelenk von dem Barhocker heruntergestiegen. Das lange Sitzen bereitete ihr Unbehagen und die Musik dröhnte in ihren Ohren. Seit dem Unfall reagierte sie empfindlich auf alles Laute, es kam meist ganz plötzlich, dass sie sämtlichen Geräuschen entfliehen wollte.

Verónica hatte gespürt, dass ihre Begleiterin sich unwohl fühlte.

„Bisschen anstrengend hier, was? Wollen wir raus?"

Die junge Frau hatte dankbar genickt, Verónica hatte ihre Gläser mitgenommen und auf dem Weg nach oben zwei Decken unter den Arm geklemmt.

An der Seite des Schiffs fanden sie einen windgeschützten Platz mit Blick auf das Wasser. Unter ihnen vibrierte dumpf die Musik, vor ihnen plätscherte leise die Spree, über ihnen erstreckte sich ein weiter nächtlicher Stadthimmel, dunkelblau und von hellen Wolken bevölkert.

„Ist mir früher nie aufgefallen, dass man Wolken nachts sehen kann", sagte Johanna. „Erst im Krankenhaus. Wenn ich nachts wach lag. Dann habe ich oft den Himmel beobachtet, die Sterne gezählt und gesehen, was eigentlich da oben los ist, wenn alle schlafen."

„Da, wo ich herkomme, wird es irgendwie nie richtig dunkel, also nicht so schwarz wie hier im Winter."

„Hast du manchmal Heimweh?"
„Ja, aber ich weiß nicht wonach." Verónica lächelte. „Jedenfalls nicht nach Spanien."
„Dann ist es kein Heimweh."
„Sondern?"
„Sehnsucht."
Auf der anderen Seite des Flusses blinkten Lichter, fuhren Autos eine Straße entlang. Johanna verfolgte sie mit ihrem Blick von links nach rechts, bis sie hinter einer Brücke verschwanden.
„Ja, wahrscheinlich", nickte Verónica.
„Weißt du, wonach ich mich sehne?"
Sie schüttelte den Kopf. Im seichten Licht der roten und gelben Lichterkette, die das Oberdeck des Schiffs beleuchtete, schimmerte die Narbe an Johannas Hals beinahe silbern.
„Nach Zärtlichkeit", sagte sie leise.
Es gab in diesem Augenblick keinen einzigen Gedanken in Verónicas Kopf, nur eine Stimme in ihrem Herzen, der sie blind folgte. Vorsichtig legte sie ihre Hand auf die von Johanna und streichelte sanft ihre Finger. Schloss die Augen und ließ es geschehen, dass auch sie berührt wurde, ganz leicht auf der Haut und tief darunter.
Plötzlich zuckte Johanna zusammen und Verónica zog ihre Hand zurück. Doch Johanna griff nach ihr und hielt sie fest.
„Nicht aufhören, bitte."
„Ich dachte, du magst es nicht."
„Doch. Sehr. Es ist schön, aber es tut auch weh." Sie schob den weiten Ärmel ihres Kapuzenpullis ein wenig nach oben und oberhalb des Handgelenks konnte Verónica sehen, was die sengende Hitze innerhalb von Sekunden

angerichtet und was die Zeit aus der Wunde gemacht hatte. Sie hielt Johannas Hand ein wenig fester und sah ihr in die Augen.

„Du bist wahnsinnig tapfer, weißt du das?"

„Das sagen alle."

„Und du bist wahnsinnig schön."

Bevor Johanna ihr widersprechen konnte und bevor sie es sich anders überlegen konnte, bevor das schlechte Gewissen einen Riegel vorschieben würde, bevor der Zweifel sie überfiele, tat sie es einfach. Verónica küsste Johanna auf den Mund.

Dr. Juliane Meyfarth war noch auf dem Rasen des Krankenhauses gestorben, in dem sie am Ende ihres Studiums fast alles über den menschlichen Körper und seine Seele gelernt hatte. Niemand würde jemals erfahren, dass Inge Nowak kurz vor ihrem Tod eine Waffe auf sie gerichtet hatte. In dem offiziellen Bericht würde später stehen, dass Kriminalhauptkommissarin Nowak an jenem Abend mit ausdrücklicher Erlaubnis ihres Rostocker Kollegen Erich Werle die noch nicht vernehmbare Ellen Weyer privat im Krankenhaus besucht hätte. Dabei hätte sie Juliane Meyfarth am Krankenbett überrascht, die bei dem Versuch zu flüchten vom Fensterbrett abgerutscht und in die Tiefe gestürzt sei.

Doch noch wussten Sylvia Eberstätter, Timo Heiser und Inge Nowak nicht, wie sie mit den neuerlichen Ereignissen umgehen sollten. Sie saßen in der letzten Kneipe am Hafen, die noch geöffnet hatte, und tranken Bier.

„Warum hast du uns bloß nicht eingeweiht?", fragte Sylvia Eberstätter kopfschüttelnd. „Und wie bist du überhaupt nach Rostock gekommen?"

„Jeder mittelmäßige Psychologe hätte ein Fake bemerkt. Ich musste euch hinters Licht führen, um ihn oder sie zu täuschen. Es konnte nur jemand aus der Klinik sein und er würde bemerken, dass wir uns auf die Überwachung der *Seerose* konzentrieren. Damit war die Möglichkeit gegeben, im Krankenhaus bei Ellen Weyer zuzuschlagen. Ich wollte, dass der Täter sich in absoluter Sicherheit wiegt, und das war nur möglich, indem ich die Einzige war, die Bescheid wusste. Wenn mich der Beamte vor der Tür nicht mit meinem Dienstausweis einfach durchgewunken hätte, hätte ich euch sowieso Bescheid geben müssen." Inge zuckte mit den Schultern. „Und nach Rostock bin ich mit den Nachtschwärmern aus der Schlafentzugsgruppe gefahren. Sie haben mich auf dem Weg in eine Diskothek vor dem Krankenhaus abgesetzt."

„Und wieso musste ich mich dann vor dem Chefarzt zum Idioten machen?" Der Oberkommissar verschränkte die Arme vor dem Oberkörper. „Der ist total ausgerastet. Hat mich beschimpft und mir gedroht, dass er sich beim Polizeipräsidenten persönlich beschweren wird!"

„Deswegen. Damit du dich mal mit einem Großen anlegst. Die lässt man nämlich in der Regel laufen, weil man ihren Einfluss fürchtet. Du wirst sehen: Er wird sich bei dir entschuldigen, wenn er erfährt, was in seiner Klinik tatsächlich abgelaufen ist."

„Und was ist nun wirklich abgelaufen?"

„Das wird uns hoffentlich Ellen Weyer erzählen, wenn es ihr wieder besser geht."

„Bis dahin muss ich eine Runde schlafen, sonst verstehe ich gar nichts mehr. Gehe ich denn recht in der Annahme, dass Juliane Meyfarth die Mörderin von Angela Esser und Jens Wiskamp ist?" Timo legte zehn Euro auf den Tisch.

Inge Nowak nickte. „Davon müssen wir ausgehen, beweisen können wir es natürlich erst, wenn wir die DNA-Spuren vom Tatort haben. Aber ich schätze, eure Kollegen finden gleich die Tatwaffe und noch einiges mehr in ihrer Wohnung."

Nachdem Timo bezahlt und sich von den beiden Frauen verabschiedet hatte, sagte Inge zu Sylvia: „Du kannst ruhig auch schlafen gehen. Ich nehme ein Taxi zurück."

„Glaubst du nicht, es reicht jetzt langsam, die Heldin zu spielen?", erwiderte Sylvia sanft.

„Was meinst du denn damit?"

„Du hast dich ziemlich in Gefahr gebracht mit deinem Alleingang. Was hättest du denn gemacht, wenn sie eine Schusswaffe dabei gehabt hätte? Immerhin war sie eine Doppelmörderin."

„Und ich bin Hauptkommissarin", antwortet Inge trotzig.

„Ja, aber eine kranke." Sie versuchte Inge in die Augen zu sehen, die ihren Blick aus dem Fenster auf die im Hafen liegenden Schiffe heftete. „Ich habe deine Akte gelesen."

„Du hast was?"

„Ich habe vorhin in der Klinik deine Krankenakte gelesen. Ich weiß, weswegen du hier bist."

„Das hättest du nicht dürfen", sagte Inge tonlos.

„Und was ist so schlimm daran?"

„Es geht dich nichts an."

„Aber dich geht alles etwas an, ja? Du kommst hierher, spazierst in unsere Ermittlungen, übernimmst unseren Fall und entscheidest eben mal in Eigenregie, wie er zu lösen ist. Riskierst dein Leben, das eines Opfers, und am Ende haben wir eine Täterin, die mit sich selbst kurzen Prozess macht, und viele Fragezeichen mehr. Herzlichen

Glückwunsch. Das habe ich auf der Polizeischule anders gelernt."

„Leck mich doch." Inge stand auf, nahm ihre Jacke, riss die Tür auf und ging schnellen Schrittes auf den dunklen Kai zu. Ihr Herz raste, ihre Beine zitterten und zum ersten Mal seit drei Tagen stieg der Ton in ihrem Ohr erheblich an. Alles wieder da, zurück auf Los. Bloß ein paar Tote mehr.

Ich kann nicht mehr. Ich will nicht mehr.

„Inge, warte." Sylvia war ihr gefolgt und schloss mit wenigen Schritten auf. „Lauf doch nicht weg. Lass uns reden."

„Reden?" Inge blieb stehen. „Worüber sollten wir reden? Du hast mir doch gesagt, was du denkst, und das nehme ich zur Kenntnis. Ende." Sie umfasste mit beiden Händen ein Geländer zum Wasser hin. „Wahrscheinlich hast du recht. Ich hätte mich einfach raushalten sollen."

„Das ist Unsinn und das weißt du auch. Außerdem habe ich dich um deine Hilfe gebeten. Und du hast den Fall gelöst. Wenn du nicht gewesen wärst, wäre Ellen Weyer jetzt tot, Juliane Meyfarth über alle Berge, und wir würden wahrscheinlich nicht einmal die Zusammenhänge begreifen, sondern immer noch auf Werle warten." Sie stellte sich neben Inge. „Trotzdem war dein Vorgehen unverantwortlich. Vor allem dir selbst gegenüber."

Inge sagte nichts. Sie war müde, erschöpft und gekränkt. Sie hatte in den letzten vierundzwanzig Stunden Verónicas Anrufe und die besorgten Kurznachrichten ihrer Tochter ignoriert, hatte munter das Gegenteil dessen getan, was die Ärzte ihr geraten hatten, und wollte nur noch das, was ihr gerade verboten war: schlafen.

„Ich mache mir einfach Sorgen um dich", fing Sylvia noch einmal an.

„Warum denn? Du kennst mich doch gar nicht.“

„Nein. Aber ich weiß, wie sehr es an die Nieren geht, wenn bei einem Einsatz jemand zu Tode kommt, ganz egal, wie und wer. Und ich weiß, dass du hier bist, weil du mit einem Schuldgefühl nicht klar kommst.“ Inge hob an, um zu protestieren, aber Sylvia fiel ihr ins Wort. „Hör doch mal auf, dich zu wehren, ich will dir überhaupt nichts Böses. Im Gegenteil. Ich sehe doch, wie fertig du bist.“ Sie kam einen Schritt näher. „Und wie hart gegen dich selbst. Lass dir doch einfach helfen.“

Inge ließ es hinter einem Tränenschleier geschehen. Dass Sylvia vorsichtig den Arm um sie legte, sie sanft, aber bestimmt zum Auto brachte, sie mit zu sich nach Hause nahm und ihr einen Kräutertee kochte.

Als Hauptkommissar Werle am nächsten Tag in Rostock landete, wurde er von Inge Nowak abgeholt. Die Geschichte, die ihm seine Amtskollegin aus Berlin erzählte, schien ihm ebenso unglaublich wie die, die er gerade selbst erlebt hatte. Erich Werle wusste, dass seine berufliche Zukunft nun maßgeblich von Inge Nowak abhängen würde. Und umgekehrt. Sie hatten einander in der Hand und er entschied sich, entgegen seiner Gewohnheit ihr seine zu reichen und einfach die Wahrheit zu sagen. Nicht zuletzt, weil ihm Helenes Worte zum Abschied noch im Ohr klang: „Es macht keinen Sinn, Geschichten zu erfinden. Sie sind niemals so gut wie die Wirklichkeit.“

„Genießen Sie es“, lächelte Inge Nowak, als er mit seiner kleinen Beichte fertig war.

Nach über dreißig Stunden ohne Schlaf, nach einer Nacht, die für sie im Wesentlichen darin bestanden hatte, in den Armen von Sylvia zu weinen, nach einem Vormittag, an dem sie sich stundenlang mit hundert anderen ihre Gefühle aus dem Leib geschrien und getanzt hatte, und nach einem Mittagessen mit Ewald, das weniger von einer Unterhaltung als von hysterisch-übermüdetem Gekicher gekennzeichnet war, hatte sie inzwischen einen Zustand erreicht, für den andere Menschen wohl eine Menge Drogen nehmen mussten. Sie fühlte sich leicht, ein wenig entrückt, und sie hatte ausgesprochen gute Laune. Selbst das kurze Telefonat mit Verónica in deren Mittagspause hatte sie als angenehm empfunden: Endlich begriff Inge, warum alle Welt so scharf darauf war, Endorphine auszuschütten.

„Wie geht es denn jetzt weiter?", fragte Erich Werle mit einem Seitenblick auf sein Handy, das seit seiner Ankunft in Rostock schon mindestens fünfmal vibriert hatte.

„Ellen Weyer ist der Schlüssel zu allem."

„Hätten Sie Lust, mich ins Krankenhaus zu begleiten? Ihnen vertraut sie sicher eher als mir."

„Gerne."

Auf der Taxifahrt plauderten sie über Städte.

„München", fand Werle, „ist im Vergleich zu Köln und Rostock eine Weltstadt."

„Auch ungefähr so teuer, wenn ich mich recht erinnere."

„Stimmt. Sie dürften in Berlin andere Preise gewöhnt sein." Was Erich Werle nicht dazu sagte, war, woher er wusste, dass keine andere deutsche Großstadt so billig war. Selbst die Dienstleistungen vom gastronomischen Angebot über den Escort-Service bis hin zum Hotelzimmer mit gepflegter Begleitung waren bezahlbar. Doch wenn der Hauptkommissar jetzt an seine einsamen Wochenendtrips dachte, kam es ihm vor, als wären es Erinnerungen aus einem anderen Leben. In Zukunft würde er vom Flughafen abgeholt werden und privat übernachten. Oder Helene sogar in seine Wohnung einladen. Jedenfalls hoffte er das. Und auch, dass Inge Nowak bis auf Weiteres die Einzige wäre, die davon wüsste.

Im Rostocker Universitätsklinikum fanden sie eine ansprechbare Ellen Weyer vor, die aufrecht im Bett saß und versuchte, einen Teller Suppe zu essen. Sie sah noch sehr mitgenommen aus, das Löffeln kostete sie offensichtlich große Anstrengung, aber sie war außer Lebensgefahr.

„Sie ist natürlich schwer traumatisiert", erklärte der behandelnde Arzt. „Wir wissen noch nicht, ob sie gesehen hat, wie ihr Freund getötet wurde, fest steht aber, dass sie Stunden mit der Leiche in einem Erdloch eingesperrt war. Außerdem hat man sie mit Psychopharmaka zugepumpt, im Übrigen mit Substanzen, die wir hier gar nicht kennen. Wir werden sie von hier direkt in eine Fachklinik mit entsprechenden Rehabilitationsmöglichkeiten überweisen, in der sie sich erholen kann."

„Aber nicht in die *Seerose*", bat Inge Nowak.

„Natürlich nicht. Wir haben hier an der Ostsee noch einige andere ausgezeichnete Häuser zu bieten", lächelte er und fügte ernst hinzu: „Es wird schwierig werden, Vertrauen zu ihr aufzubauen, und lange dauern, bis sie sich auf eine Behandlung wirklich einlassen kann. Immerhin hat eine Therapeutin sie entführt, unter Drogen gesetzt und versucht, sie zu töten."

„Kannten Sie Dr. Meyfarth?"

Der Arzt schüttelte den Kopf. „Ich bin noch nicht so lange hier. Aber ein Teil des älteren Personals kann sich wohl an sie erinnern. Sie soll während ihrer Facharztausbildung eine absolute Überfliegerin gewesen sein. Und der Liebling des damaligen Chefs hier."

„Wo ist der heute?"

„Keine Ahnung, den habe ich nur noch am Rande mitbekommen. Ich glaube, der arbeitet inzwischen in der Forschung. Irgendwo in der Schweiz."

Die beiden Kommissare sahen sich kurz an und Inge überließ es ihrem Kollegen, kurz zu verschwinden, um zu telefonieren. Er ist ein alter Fuchs, dachte sie. Kauzig, starrköpfig, vielleicht durch die Provinz ein wenig faul geworden. Und in Momenten der Liebe blind wie alle. Aber er versteht sein Handwerk.

Ellen Weyer wusste noch nichts von den Plänen, sie zu verlegen. Sie war noch viel zu sehr damit beschäftigt, sich in den vier Wänden zu orientieren, in denen sie am Morgen erwacht war. Die junge Frau hatte einen Moment gebraucht, bis sie glauben konnte, dass sie in Sicherheit war. Der Anblick der Schwester und der Ärzte in Weiß hatte sie vollkommen panisch gemacht und sie hatte geschrien, man solle sie in Ruhe lassen, nicht anfassen und aus dem Zimmer verschwinden. Zwei Pfleger mussten sie festhalten, damit der Arzt ihr ein Beruhigungsmittel verabreichen konnte. Danach war mit ihr zu reden, und allmählich wich die Angst einer immensen Erleichterung und Traurigkeit. Der Schock würde noch eine Weile anhalten und das Erlebte nur Stück für Stück an die Oberfläche drängen, gerade in dem Maße, wie ihre Psyche die schreckliche Wahrheit aushielt. Und noch hatte Ellen Weyer nicht erfahren, dass sie nicht nur ihren Freund, sondern auch ihre Schwester verloren hatte.

„Sagen Sie ihr das noch nicht. Überlassen Sie das bitte einem Psychologen."

Als Inge Nowak mit Erich Werle das Krankenzimmer betrat, schaute Ellen Weyer sie überrascht an.

„Was machst du denn hier?“

„Dich besuchen. Du wolltest mich doch sprechen, oder?“ Sie lächelte aufmunternd.

„Wo ist die Meyfarth?“ Sie sah Inge nervös an. „Die will mich umbringen.“

„Keine Angst, die haben wir längst überführt. Das ist übrigens Kriminalhauptkommissar Werle aus Rostock. Wir brauchen deine Aussage.“ Inge holte sich den Stuhl heran, der vor dem Bett stand. „Erzähl uns alles, wenn du kannst, möglichst von Anfang an.“

Ellen Weyer holte tief Luft und atmete geräuschvoll aus. „Ich war gar nicht krank, ich habe nur simuliert. Von einem Informanten wusste ich, dass in der Klinik geheime Testreihen durchgeführt werden.“

„Von wem?“

„Das darf ich nicht sagen. Ich habe ihm versprochen, seinen Namen nicht zu nennen.“

Inge Nowak ließ es für den Augenblick darauf beruhen. Zu einem späteren Zeitpunkt würde man Ellen unmissverständlich zu verstehen geben, dass ihr journalistisches Ethos hier fehl am Platz war.

„Okay. Erzähl weiter.“

„Ein großer Pharmakonzern angeblich in der Schweiz stellt neue Wirkstoffe für Psychopharmaka her. Damit man daraus patentierte Medikamente machen darf, müssen die Mittel, bevor sie in den Handel kommen, an Tieren und später in Studien an Menschen erprobt werden. Legal natürlich mit der Einwilligung der Probanden.“ Ellen sprach mit schleppender Stimme und manche ihrer Worte artikulierte sie undeutlich. Das Sprechen fiel ihr noch schwer. „Das ist aber sehr teuer, und man führt gerne Vorstudien durch. Und die laufen unter der Hand, entweder an Kliniken in Entwicklungsländern oder eben hier, indem man Ärzte in Praxen und Kliniken besticht.“ Sie schob den Tisch, auf dem das Essen stand, von sich weg und sank ein wenig in den Kissen zusammen.

„Soll ich dir das Kopfteil höher oder niedriger stellen?“

„Liegen ist besser“, antwortete Ellen fast unhörbar, sie drohte wieder einzuschlafen.

„Du kannst dich gleich wieder ausruhen, aber wir müssen jetzt wissen, was du weißt“, sagte Inge Nowak eindringlich.

Ellen nickte und erzählte mit geschlossenen Augen weiter, nachdem Inge sie etwas bequemer gebettet hatte.

„Zuerst dachte ich, der Chefarzt selbst würde mit drinhängen. Um das aber herauszufinden, musste ich selbst Patientin werden und mich einweisen lassen. Zufälligerweise saß ich mit Angela an einem Tisch, und es war schnell klar, dass mit ihr etwas nicht stimmte. Sie war ein typisches Opfer, das man mit allem Möglichen vollstopft, um zu sehen, was passiert. Ich habe ihre Medikamenteneinnahme heimlich beobachtet und Buch darüber geführt, wann sie was nimmt, habe ihre Krankenakte abfotografiert und schließlich bin ich in Meyfarths Büro eingestiegen und habe sämtliche Daten von ihrem PC kopiert.“

Du hast zu viele schlechte Filme gesehen, dachte Inge Nowak.

„Sie war total unvorsichtig. Hat akribisch Buch über ihre Probanden geführt, seitenweise, vollkommen krank. Berichte und vor allem Listen, in denen man genau nachlesen konnte, wann sie welche Wirkstoffe verabreicht hat, mit den entsprechenden Untersuchungsergebnissen. Sie hat das Zeug sogar in ihrem Medikamentenschrank gehabt, aber an den bin ich nicht herangekommen.“

„Jens", und bei diesem Namen zitterten ihre Lider und Tränen quollen darunter hervor, „also wir dachten, wir könnten die Riesenstory verkaufen. Als wir uns das Datenmaterial angesehen haben, war klar, das sind Menschenversuche in großem Stil, da werden Nebenwirkungen am lebenden Objekt getestet. Es lief wohl solange, wie die Meyfarth in der Klinik war, also zwei Jahre. Es sah auch so aus, als ob in der Zeit eine ihrer Patienten deshalb einen Selbstmordversuch verübt hätte." Ellen öffnete die Augen und fuhr sich mit dem Handrücken darüber. „Jens und ich wollten die ganze Sache in Ruhe auswerten und eine große Reportage daraus machen. Mit Fotos von der Klinik und der Meyfarth. Wir wollten uns bei ihm treffen. Aber dann war er nicht zu Hause, sondern hat mir eine SMS geschickt, dass ich zur Datscha kommen soll. Er wollte mir etwas erzählen." Ihre Stimme bröckelte und sie brach in Weinen aus. Schluchzend fuhr sie fort: „Und alles nur, weil ich so bescheuert war, Angela zu warnen. Aber ich wollte nicht, dass sie das Zeug weiternimmt. Wir hatten doch gelesen, was passieren kann, und sie war so labil. Ich hatte Angst, dass ihr etwas passiert. Nie hätte ich gedacht, dass sie damit zur Meyfarth läuft! Und jetzt ist Jens tot." Ihre Stimme wurde eigenartig flach, ihr Blick wanderte aus dem Fenster. „Das war so schrecklich. Ihn da im Auto zu sehen, das ganze Blut. Wieso ist er überhaupt dahingefahren?"

Inge Nowak behielt für sich, was sie bei der Überprüfung der Mobiltelefone festgestellt hatten: Juliane Meyfarth hatte insgesamt zweimal mit Jens Wiskamp telefoniert. Einmal vor der Gruppentherapie und ein weiteres Mal, ganz kurz danach. Beim letzten Gespräch hatte Wiskamp seiner Mörderin wohl den Treffpunkt vorgeschlagen und war in die Falle gegangen. Nachdem sie den Fotografen erschossen hatte, musste Juliane Meyfarth nur noch von seinem Handy eine SMS an Ellen Weyer schicken, um auch sie zur Waldhütte zu locken.

„Und Dr. Meyfarth?“

„Stand plötzlich hinter mir mit einer Pistole. Mehr weiß ich nicht mehr. Nur, dass ich irgendwann in dem Kellerloch aufgewacht bin und dachte, dass sie mich vergiften will.“

„Wo hast du denn die Daten gespeichert?“

„Auf meinem Notebook.“

„War das in deinem Auto?“

Ellen nickte und Inge ging davon aus, dass es Juliane Meyfarth in die Hände gefallen war, die sicher die Daten gelöscht hatte.

„Gibt es noch Sicherkeitskopien?“

„Ich habe meiner Schwester einen USB-Stick geschickt, da ist alles drauf.“

Inge nickte. „Gut.“ Sie wollte auf keinen Fall das Gespräch auf Lydia Kronberg bringen.

„Wer hat mich überhaupt gefunden?“

„Ewald. Er hat sich Gedanken über dein Verschwinden gemacht, ist die ganze Gegend nach deinem Wagen abgefahren und hat nach dir gesucht.“

„Das ist der Lange an unserem Tisch gewesen, nicht wahr?“, murmelte Ellen und schloss die Augen, ohne eine Antwort zu abzuwarten. Diesmal, um endgültig vor Erschöpfung einzuschlafen.

„Wie geht es Ihnen?“

Inge saß ihrem Bezugstherapeuten Roland Zikowski gegenüber, der zu dem Zeitpunkt weder wusste, warum seine Kollegin Juliane Meyfarth an diesem Morgen nicht zur Arbeit erschienen war, noch, womit sich seine Patientin Nowak die letzten drei Tage beschäftigt hatte. Das Rostocker Ermittlerteam hatte die Staatsanwaltschaft um zwei Tage Rückendeckung und Verschwiegenheit gebeten. Kriminalhauptkommissar Erich Werle erhoffte sich dadurch mehr Spielraum, um an die Drahtzieher der Morde heranzukommen, die laut Ellen Weyer in einem Schweizer Pharmaunternehmen saßen. Ob mit ihren Recherchen und diversen Unterlagen genügend Beweismaterial für weitere Schritte vorlag, war jedoch fraglich. Inge Nowak wusste, dass nur ein Teil des Falles abgeschlossen war. Nun müsste langwierige intensive Polizeiarbeit folgen, um die Auftraggeber von Juliane Meyfarth ausfindig zu machen. Erste Überprüfungen des Bankkontos hatten zwar im letzten Jahr mehrere Bareinzahlungen hoher Summen auf ihr Konto ergeben, doch woher das Geld gekommen war, wäre nicht nachzuweisen. Das Einzige, was ihnen blieb, war das Handy der Psychologin und eine Rückverfolgung der Telefonnummern. Allerdings war nicht davon auszugehen, dass der Kopf einer derart kriminellen Vereinigung so unvorsichtig wäre, einen eingetragenen Telefonanschluss zu nutzen. Wenn die Verbindung zu Juliane Meyfarth nicht sowieso über einen Mittelsmann gelaufen war. Ihr ehemaliger Chef? Reine Spekulation. Auch der Mörder von Lydia Kronberg war mit Sicherheit bereits untergetaucht, er hatte kaum verwertbare Spuren hinterlassen; möglicherweise könnte man sein Profil ähnlichen Auftragsmorden zuordnen, aber das wäre auch schon alles. Dennoch glaubte die Berliner Hauptkommissarin auch in diesem Fall an Gerechtigkeit und die richtige Mischung aus akribischer Ermittlungsarbeit und Zufall, durch die sich Täter in der Regel überführen ließen. Und sie setzte auf Gert Hoffmann. Wenn es einen Menschen gäbe, der die Ausdauer besäße, die unbekannten Substanzen zu einem Medikament zusammenzusetzen, das irgendwo auf der Welt produziert und patentiert würde, dann er.

„Ich bin", gab sie Zikowski zur Antwort, „erschöpft."

„Sie haben ja auch eine ganze Nacht nicht geschlafen", nickte der Therapeut verständnisvoll. „Was haben Sie denn stattdessen gemacht?"

„Geweint", antwortete Inge wahrheitsgemäß und wunderte sich über ihre Offenheit.

„Worüber?"

„Über meine Unfähigkeit aufzupassen."

„Auf wen würden Sie denn aufpassen wollen?"

„Auf die Menschen, die mich umgeben."

„Und auf sich selbst?"

„Auch."

„Und was passiert, wenn Sie das nicht tun?"

„Dann geht alles schief und ich bin schuld."

„Fühlen Sie sich denn schuldig?"

Inge lachte verbittert auf. „Deshalb bin ich ja wohl hier."

„Weshalb?", fragte er nach.

„Weil ich nicht damit klarkomme, das Leben anderer zerstört zu haben."

„Sie glauben, dass Sie das Leben anderer zerstören können?"

„Nein, natürlich nicht." Sie schüttelte leicht den Kopf und zuckte dann mit den Schultern. „Oder doch. Zumindest hat meine Verantwortungslosigkeit zu einer Katastrophe geführt."

„Es gibt also etwas, das Sie bereuen." Er stellte das einfach so fest. Und Inge Nowak begriff vielleicht in diesem

Augenblick zum allerersten Mal, dass etwas ganz und gar unwiderruflich geschehen war.

Sie nickte.

„Was würden Sie denn anders machen, wenn Sie die Möglichkeiten hätten, die Zeit noch einmal zurückzudrehen?"

Die Hauptkommissarin dachte nach. Erinnerte sich an den Morgen, an dem sie mit der Zeitung den ersten Drohbrief aus dem Briefkasten geholt hatte. Sie war auf dem Weg zum Bäcker gewesen, hatte kein Brot mehr zu Hause gehabt und wollte nicht bei Verónica frühstücken. Früher hatten sie das abwechselnd getan, einmal bei der einen, einmal bei der anderen, aber seit sie die Durchgangstür zwischen ihren beiden Wohnungen häufiger geschlossen hielten, kam es immer seltener vor. Der Umschlag war aus der Zeitung auf den Boden gefallen und Inge hatte auf den ersten Blick gesehen, dass mit ihm etwas nicht stimmte. Die Art, wie ihr Name darauf geschrieben war, die fehlende Briefmarke und kein Absender – wie oft hatte sie solche Schreiben schon in durchsichtige Tüten verpackt der Spurensicherung übergeben.

Ich bring dich um, du alte Fotze, das schwöre ich dir.

Beim Lesen der kleinen fettgedruckten Worte auf weißem Papier, hatte sie sich geschämt. Noch nie hatte sie jemand so genannt. Das Blut schoss ihr sofort in den Kopf, sie fühlte sich dabei ertappt, das Wort in Gedanken auszusprechen, als ob ein Unbekannter sie dabei beobachtete und als würde eine Stimme aus ihrem tiefstem Inneren aufsteigen und flüstern: *Stimmt doch. Bist du doch.*

Wem hätte sie diesen Zettel zeigen sollen? Verónica? Erkner? Berger? Niemals. Zu groß die Scham, die Angst, man könnte merken, wie wenig Respekt sie wirklich verdiente.

All das dachte Inge Nowak innerhalb von Sekunden in dem lichten Raum, in dem sie Roland Zikowski in einem schmalen Ledersessel gegenübersaß. Blitzschnell spulte sich der Film ab, es wurde eng in ihr, das ungute Gefühl des Sich-verstecken-Wollens machte sich unaufhaltsam in ihr breit.

Sie schluckte. „Ich weiß gar nicht, ob ich etwas hätte anders machen können." Ihre Finger hielten einander fest. „Sonst hätte ich es ja wahrscheinlich getan."

„Was denn?"

„Es sagen."

Es sagen.

Die beiden Worte waren ihr beinahe im Hals stecken geblieben, und nun, da sie ausgesprochen im Raum herumgeisterten, spürte Inge einen Würgereiz, ein Bedürfnis, noch mehr von dem auszuspucken, was tief in ihr vergraben schien. Sie legte die Hand auf die Brust und holte tief Luft.

„Atmen. Tief atmen", sagte der Therapeut. „Soll ich Ihnen dabei helfen?"

Sie schüttelte den Kopf. Schon vorbei. „Geht schon."

„Muss gar nicht gehen." Er lächelte. „Ich glaube, was Sie gesagt haben, ist ganz wichtig."

„Was denn?" Sie erinnerte sich schon nicht mehr. Der Ton im Ohr, der immer mit der Beklemmung kam, überschrie jeden klaren Gedanken.

„Dass Sie getan haben, was Sie konnten." Wieder machte er eine Pause und sah ihr in die Augen. Sie hielt ihm stand. „Ich glaube sogar, dass wir immer alle genau das tun, was wir gerade können. Vielleicht ist es nicht immer das Richtige und oft hat es Folgen, die wir nicht voraussehen und schon gar nicht beabsichtigen. Oder haben Sie aus bösem Willen gehandelt?"

„Nein – wie kommen Sie darauf?“ Der Ton im Ohr wurde lauter, sie wollte gehen. Schon wieder einer, der sie in die Ecke drängte.

„Warum fühlen Sie sich dann schuldig?“

„Ich hätte es eben besser wissen müssen.“

„Haben Sie es denn besser gewusst?“ Seine Stimme wurde eine Nuance härter und sein Blick glasklar. „Haben Sie die Zukunft vorausgesehen?“

Sie schüttelte den Kopf.

„Woher wissen Sie, wie viel von dem, was Sie glauben, verschuldet zu haben, mit Ihnen zu tun hat? Was wirklich passiert wäre, wenn Sie anders gehandelt hätten – ob Sie überhaupt etwas hätten beeinflussen können?“ Er lehnte sich zurück und faltete die Hände. „Darf ich Ihnen einen meiner Lieblingssätze von Bertolt Brecht zitieren?“

Brecht, dachte sie. Wie lange ist das her. Und nickte.

Zikowski richtet sich ein wenig auf und hob mit klarer Stimme an:

„Was geschehen ist, ist geschehen. Das Wasser, das du in den Wein gossest, kannst du nicht mehr herausschütten, aber alles wandelt sich. Neu beginnen kannst du mit dem letzten Atemzug.“

Tränen stiegen ihr in die Augen. Sie verspürte keine Trauer, doch die Worte rührten sie.

„Wie schön“, sagte sie leise.

„Ja, nicht wahr?“

Einen Augenblick schwiegen sie. Dann sagte Zikowski eindringlich: „Schuld ist der hilflose Versuch, die Vergangenheit dem Jetzt vorzuziehen. Hören Sie auf damit. Kommen Sie im Moment an. Er ist die einzige Zeit, die es wirklich gibt.“ Er sah auf die Uhr und zog spielerisch die Augenbrauen nach oben. „Und schneller vorbei, als man denkt.“

Draußen hupte ein Auto. Der Ton in ihrem Ohr war verschwunden. Plötzlich hörte und sah sie vollkommen klar: Johanna, Verónica, Susanne, Erkner, Berger, Marit, Ewald, Ellen, Sylvia – sie alle waren die anderen. Im Zentrum aber stand sie. Und lebte. Inge Nowak atmete tief ein und aus. Ja, sie war zur richtigen Zeit am richtigen Ort. Heute, jetzt und hier.

Sterben, dachte sie, sterben war gestern.

Schade, dass der Krimi zu Ende ist?

Dann lesen Sie am besten gleich weiter:
Ein Auszug aus *Schattengesicht*
von Antje Wagner.

Eine Jeans, ein Pullover, ein T-Shirt, eine Wetterjacke.

Drei Schlüpfer, drei Unterhemden, zwei Paar Socken.

Ein Paar Freizeitschuhe, ein Paar Hausschuhe.

Drei Handtücher, ein Geschirrtuch, zwei Taschentücher.

Ein Teller, eine Schüssel, eine Tasse, eine Kanne, ein Salzstreuer, eine Frischhaltedose, ein Satz Besteck.

Ein Kissen, ein Kissenbezug, zwei Wolldecken, ein Bettlaken, ein Bettdeckenbezug.

Ein Schlafanzug.

„Unterschreiben Sie hier!"

~

In Flugzeugen gibt es keine dreizehnte Reihe. Die Deutsche Bahn hat keinen Waggon mit der Nummer 13. Und in keinem der Hotels, in denen ich gearbeitet habe, gab es ein Zimmer 13. Auf das zwölfte folgte gleich das vierzehnte.

Wie seltsam also, dass – als ich von der *Kammer* komme, wo ich meine Sachen abgegeben und neue bekommen habe, einen ganzen Arm voller fremder Sachen – ich vor einer Tür mit der Nummer 13 stehe. Dass man mir aufschließt. Ich trete ein, die Tür fällt ins Schloss, ich bin allein. Ich werfe die Sachen aufs Bett und gehe sofort hinüber zum Fenster.

Man sieht den Hof, den Rasen, die Wäscherei und die angrenzenden Wirtschaftsgebäude. Darüber der Himmel wie ein aufgehängter Lappen. Kein ruhiges, gleichmäßiges Grau, sondern so ein Drecksgrau. So ein Waschmaschinenabwassergrau, wenn es aus dem Schlauch ins Waschbecken schießt.

Ich drehe mich um. Der Blick hat nicht viel Platz zum Herumstreifen. Zwei mal vier Meter. Ein Bett, ein Tisch, ein Stuhl, ein schmaler Metallschrank, ein Standregal. Der Boden ist gefliest. Die Fliesen haben die gleiche Farbe wie die Haut starker Raucher.

Polly ist nicht hier. Wäre sie jetzt da, würde sie zuerst die kleine runde Plastikplakette mit der eingestanzten schwarzen 13 von der Tür abmontieren und stattdessen mit Tesa einen Zettel rankleben: 12 A.

Polly fehlt mir. Sie fehlt mir wie verrückt. Ich halte mich am Fensterbrett fest und lege die Stirn gegen die Scheibe. Schließe die Augen. *Polly. Polly. Polly.*

~

Als es klopft, zucke ich zurück und fahre herum. Ich habe nicht einmal Zeit, meinen Gesichtsausdruck zu wechseln, schon geht die Tür auf, und eine Frau, die ich nicht kenne, steht im Raum. Ich wische mir kurz übers Gesicht.

„Milana Helmholz?“

Ich sage nichts, nicke auch nicht, ich sehe sie einfach an.

„Ich bin Frau Hartwig.“ Sie kommt auf mich zu, hebt mir ihre Hand entgegen, drückt meine. „Frau Klemm und Frau Zenker zeigen Ihnen die Bücherei, die Waschküche und die Kantine. Kommen Sie.“

~

Der Gang ist beige. Rechts gehen Türen ab. Sie sind klinkenlos und aus Stahl. Es riecht nach Sagrotan.

Die Bücherei besteht aus einer Regalwand. Das Holz ist rissig. Man bleibt mit dem Ärmel hängen, wenn man zu dicht daran vorbeigeht. Die Bücherei ist einmal wöchentlich geöffnet.

Es stehen nur Schmöker drin. Zerlesene Taschenbücher und alte, schwere Schinken. Ich lasse meinen Blick über die Kategorien streifen, die jemand mit Kuli auf gelbe Zettelchen geschrieben und an den Regalbrettern befestigt hat: *Heimat. Liebe. Natur.*

„Ich bin wegen Betrug hier", sagt die, die Ilka heißt. Sie erzählt es, ohne dass ich danach gefragt habe. „Sandra wegen schwerer Körperverletzung."

Ich sehe kurz auf Sandra. Sie ist vielleicht einsfünfundsechzig, hat schwarze Locken, schulterlang, ein fleischiges Gesicht, ihre Augen sind wach und beweglich. Ihr Körper wirkt zusammengestaucht, dicht, schwer. Sandra sieht so aus, als würde da, wo sie hinschlägt, so schnell nichts nachwachsen.

„Es war Notwehr", sagt Sandra. „Er hat es so hingebogen, als ob ich ihn absichtlich angegriffen hätte."

„Und … hast du?", frage ich.

„Erst als sie keine Luft mehr bekommen hat", sagt Ilka.

An der Leichtigkeit, mit der sie die Sätze hin- und herspringen lassen, merke ich, dass sie dieses Gespräch nur für mich führen. Sie wissen all diese Dinge längst voneinander. Es ist ihre Art, sich vorzustellen. Ihre Art, mich aufzunehmen. Es mir zu erleichtern, hier *anzukommen*.

Ankommen – das Wort klingt nach einer Reise, die nach Strapazen und Abenteuern endlich dahin führt, wo man hinwollte. Kurz geht mein Blick aus dem Fenster, in den zerwühlten Himmel, rutscht ab und prallt gegen die Mauer, die unser Gelände hier umzieht. Früher war es ein

Klostergelände. Aus irgendeinem Grund denke ich *Heimat, Liebe, Natur,* drehe mich um und sage: „Okay, jetzt die Waschküche."

Später haben sie mir noch die Kantine gezeigt. „Drei von uns können abwechselnd hier und in der Küche arbeiten", sagte Sandra.

Ich habe mich mit an ihren Tisch gesetzt, mich den anderen vorstellen lassen. Und wieder haben sie es mir leicht gemacht. Ich musste nur nicken und hin und wieder lächeln.

„Warum bist du hier?", fragt Ilka plötzlich, als wir nach dem Abendessen durch den Gang gehen. Vor Nummer 13 bleibe ich stehen.

Um neun ist Nachtverschluss, und morgen früh geht es zu *Tillmans*.

Arbeit ist etwas Seltenes hier, hatte Sandra betont, ein Ausblick. Es gibt nicht viele Werkstätten, die mit Strafvollzugsanstalten zusammenarbeiten. Ich habe Glück, ich habe einen Platz zugeteilt bekommen. Manche Frauen müssen den ganzen Tag in ihrer Zelle hocken. Taschen. *Tillmans* fertigt Taschen an.

„Mila?"

Ich schrecke zusammen. Sehe sie an. „Ich hab jemanden umgebracht."

MORD UND TOTSCHLAG AUF HOHEM NIVEAU

QUER

Band I – Aus Rache
Kriminalroman
Jan Stressenreuter
12,90 €, 978-3-89656-165-7

Ein Köln-Thriller mit ungewöhnlichem Ermittlerduo. Prickelnd und spannend erzählt.

Band II – Tod durch Erinnern
Kriminalroman
Corinna Waffender
12,90 €, 978-3-89656-166-4

Hochspannung mit Tiefgang: literarisch, fesselnd, einfühlsam.

Band III
Die Knochennäherin
Kriminalroman
Martin Arz
12,90 €, 978-3-89656-167-1

Todesinszenierung am Münchner Residenztheater: Pfeffers dritter Fall. Ausgeklügelt und außerordentlich unterhaltsam.

Band IV
Anleitung zum Mord
Kriminalroman
Christoph Wildt
12,90 €, 978-3-89656-168-8

Grausame Verbrechen in der Berliner Literaturwelt: dieses kriminalistische Meisterstück geht unter die Haut.

Band V
Zum Sterben nach Kairo
Kriminalroman
Andrea Karimé
12,90 €, 978-3-89656-173-2

Spurensuche am Nil. Eine Welt voller gefährlicher Gegensätze, gefährlich auch für Hala Habidi.

WWW.QUERVERLAG.DE/CRIMINAL

CRIMINAL

DIE NEUE REIHE AUS DEM QUERVERLAG

Band VI – Aus Angst
Kriminalroman
Jan Stressenreuter
12,90 €, 978-3-89656-174-9

Ein Fall zwischen Hoffnungslosigkeit und Jugendkriminalität, Kommissarin Plasberg ermittelt wieder.

Band VII – Töten ist ein Kinderspiel
Kriminalroman
Corinna Waffender
12,90 €, 978-3-89656-179-4

Inge Nowaks zweiter Fall- Ein kaltblütiger Mord führt zu einem unaufgeklärten Verbrechen. Ein spannender Plot meisterhaft erzählt.

Band VIII – Schattengesicht
Kriminalroman
Antje Wagner
12,90 €, 978-3-89656-180-0

Zwei Frauen auf der Flucht vor einem Geheimnis. Eine packende Reise in die Tiefen der menschlichen Psyche.

Band IX – Tödliche Aussicht
Kriminalroman
Markus Dullin
12,90 €, 978-3-89656-181-2

Nach einem mysteriösen Tod am Grand Canyon ermittelt Kommissarin Seyfahrt in der Berliner Szene. Krimidebüt mit Spürsinn und Hochspannung.

Band X – Toter als tot
Kriminalroman
Christine Tapking
12,90 €, 978-3-89656-189-3

Als Friedrich mit seinem Hund Fridolin im Gebüsch eine Leiche findet, ahnt er nicht, dass er dem Mann am nächsten Morgen beim Einkaufen begegnet und noch einen Tag später unter Mordverdacht steht.

Unsere quer criminal-Reihe finden Sie auch als eBook u.a. im Apple iTunes-Store!